輯三：綿裡鐵散文

《窺夢人》序

李瑞騰

1.

出生嘉義東石的顏崑陽教授，十五、六歲隨父母北上三重，輾轉於板橋、桃園間，過著貧窮而流離的歲月；然而，這個漁村來的小夥子，竟進了師大附中，讀了臺師大的國文系，雖備極艱辛，但終於還是讀完博士，講學上庠，成為著名的中文系教授，且勤於筆耕，學術論述之外，在古典詩、現代散文和小說諸文類的創作上，都有出色的表現，總體營造了一座豐饒璀璨的人文花園。

顏崑陽最新的散文集《窺夢人》，具體而微地表達了這樣的人生及其意義。

2.

大體來說，他在本集的「輯一：綿散文」中，以柔軟之筆寫其人生重大經驗及感觸，從嘉義寫到花蓮，從父母寫到師友，寫到妻子及一雙子女，結筆於走過千山萬水之後的重返淡水五虎崗。不是流水帳式自敘，主旨落在人生某些重要現場的轉折，拉出一條豐富的生命史，如紀事本末體，是有深度的自傳體散文。

崑陽長我四歲，一九七〇年代中葉，我們因文學而相識於台北，迄今已逾四十年，有許多關乎他人生的大小事，都有些了解，特別是他在一九九四年之搬離臺北移居花蓮，乃至於隔兩年之辭去中大，那是我初到中大不久的事，記憶猶新；現在看來，他到花蓮的墾拓，是他生命史上的大事。

超過半個世紀，崑陽從北遷到東移，結識的人、發生的事，值得一記的當然很多，本輯諸篇所敘，皆極為關鍵；我們從中亦可發現，崑陽是通達之人，有情有義。

輯二被稱為「鐵散文」，很清楚是以如鋼鐵般硬筆，直指人世之不公不義，或批判，或嘲諷。這樣的散文，以〈豬的研究〉來說，這類動物論，崑陽寫過一些，有龍、狗、鼠、烏龜等，大體引述文獻，並有長期觀察，於物形物性物情皆有所著墨，且旁涉人間世情，寫豬亦如是，甚至於寫〈饕餮懺悔錄〉，於飲食之意涵，有正有負兩面觀察，有警世醒世之作用存焉。

或許是身在其中，且有本質之掌握，崑陽以今之大學為議論的散文寫了一些，如〈哀大學〉、〈三哀大學〉等，重點在教育行政，也觸及人事，特別是大學的市場化、功利化、量化，他批評最為用力，顯然是愛深責切。

其中有幾篇是《文訊》「人文關懷」專欄上的文章，發表時就已讀過，大學亦其關懷重點，其他像媒體亂象、理性茫昧等社會病痛，他都痛心疾首。崑陽始終堅定支持《文訊》，另篇寫於《文訊》二十五歲生日的回思，我讀來感受特深；他指出張夢機老師生命裡存有的漂浮感，一語中的，合看輯一的〈詩人真的走了〉，夢機老師的生命形象更完整立體。

輯三的散文稱「綿裡鐵」，顧名思義，即在柔軟文筆中藏有尖銳的批判；這個「藏」字，說明輯三各篇皆有文外之重旨，崑陽大膽大方地向我們展示他的散文理念：可以記實，可以議論，也可以上下古今虛構各種離奇情節以寄寓諷諭之旨，如本輯首篇〈不知終站的列車〉，究竟是指在時間之流中的人生？或者只有「我」不知「終站」？在列車上，怎麼會有「兩隻瘋狂追咬著我的狼犬」、「端坐不動的乘客」、全身赤裸「戴著列車長制帽的男人」、「刻意將性感寫在臉上的女人」？列車最後忽然緊急煞住，竟不是到站，而是「不遠的前方，有一列滿載石化物品的貨車起火燃燒」。這根本可視為小說了，崑陽虛擬這樣一個空間，讓列車上的性、謊言和射殺，與「山川依然美麗、混亂而悲涼」的窗外，形成一種離奇的對照，一切都扭曲變形，是夢或非夢，什麼都不明確，「這列車要開往哪裡？」、「他們要到哪裡去？」答案是，許多人都沒有自己的「鄉」；最後，「我」因而只能在滿足性慾之後「自殺身亡」。

人際關係是「肢體相當親近，心靈卻又完全陌生」，物我關係呢？我們讀〈貓奴〉，讀〈被拋棄的東西也有他的意見〉，人為貓奴，「那是埋在生命深處的蠱毒」；人擁有許許多多的物品，終將拋棄，而人呢？也終將被抬走。甚至，俯仰其間三十年，曾「因憧憬而興奮」，最後卻想逃離的都城台北，「一個不種樹的城市」、「一個巨大而灰茫的鍋爐」、「已成地獄的入口」，而「都城的人潮像茫茫廣漠中覓食的狼群」，「那種人潮裡的孤獨……竟然凝聚成解不開的情結」，因之必須追尋「一個無車無人無街道無房子無塵無垢無利無害的原鄉」（〈告別都城〉）。

然後我們看他寫花蓮，包括鳳林、太魯閣等，尋找到「在花蓮山水中，不可被割除的人了」。

3.

作者的歸類是一件事，想來他也無意制約我們閱讀，因此，合看輯一的我父我母之敘寫，把輯三的〈想像父親在死亡的邊緣〉、〈出海外記〉一起閱讀，甚至於〈不知終站的列車〉、〈貓奴〉、〈被拋棄的東西也有他的意見〉，都寫到父親母親，輯二的〈每個名字都是夢想〉，也有父親的元素。讀輯二的〈哀大學〉、〈三哀大學〉，何妨參照印證輯一之寫林耀曾（〈永不褪落的圖像〉）、黃錦鋐（〈我們在悲傷之後〉）、鄭清茂（〈家族想像中的爺爺〉）以及寫一九八二年之昏倒高師院課堂（〈一九八二，我的山海關〉）、寫中大的〈走向木棉花道〉、寫淡江的〈走過千山萬水之後〉，甚至於輯二的〈我們是一個大規模的「知識家族」〉（寫東華）、輯三的〈觀看一座種滿松樹的校園〉（也是寫中大），這裡面有他的母校臺師大、他任教過的高師院、淡江、中大、東華五校，崑陽的大學批判，有深刻的人文與現實基礎。

崑陽說：「七十歲將至，也該整理一生的成果了。」我讀信乃大嘆服，崑陽一生有為有守，他極細膩且妥適董理舊篋近五十篇散文，親編親校，以「窺夢人」顏其書，凸出「窺祕」之禍害，允許自我「留白」——讓每個人「可以孤獨地躲進一個任何他者所無法侵入的世界」，安全地、放心地生活。

由此看來，我的朋友顏崑陽，不只是文學家，更是一位智者。

（本文作者為國立中央大學文學院院長）

走進生命黑箱
——顏崑陽的《窺夢人》

陳義芝

顏崑陽寫古典詩而很少寫現代詩，偶一為之而已。但在他最新集成的《窺夢人》散文集，卻附錄了〈伊蓮娜三曲〉，一首描繪情愛原型的現代詩，以「聯章」形式述說情愛的憧憬、阻隔、緣命，小露一手學養稟賦合成的才情。第三曲〈我們裸身若蛇〉結合「行雲暮雨」情境，敘事者站在巫山峯頂發聲，說「陽臺向著天日袒露」是「準備受孕的子宮」，「朝雲從妳燃燒的雙眸冉冉升起……／暮雨在妳胯間飄落成潺潺的溪流」，「慾望是盤古精液餵養的蟲」，將渴慕的激情化成洪荒一頭渾茫衝撞的獸，身體與天體結合，敏銳而又有氣象，見證二〇〇三年我對他文筆的觀察：「寓真於誕，寓實於玄，複麗奇詭之至」。

崑陽自述其散文質地，或如綿，或如鐵，或彷彿綿裡鐵，剛柔相參。他在自序中顯示的散文觀，頗有廓清二十一世紀台灣散文迷氛的作用。「純文學與雜文學、藝術性與實用性、工具性與目的性」，既非勢不兩立，「文學」與「人生」豈能截然二分？「創造力夠強的文學家，法自內出，依隨不同的題材及主題而善變」，顏崑陽說。這也是我編輯「新世紀散文家」系列所強調的「文成法立」——章法原理是創作者所開發的，好文章寫出來，法度就顯現了，並不是有什麼一成不變的規矩作法。文壇人士或謂散文不可虛構、不可像小說，實是自設框架。論者未細思現實生活的真實倒映在筆下，如何認定其真實與否？作此認定的目的又為何？每一篇文章都是一段人生、一個世界，讀者要的是文筆組成的人生，求其笑淚曲折、豐富而有寓意，並不要真實卻平板的書寫。

散文家下筆前考驗選材功力，行文時何嘗不考驗其情思馳騁的功力。直白固然有素樸力道，言在此而意在彼的寓言，更可以在妙趣中傳達思想。「夢境」原是有血有淚、有情有性的「內心世界」，散文家豈能棄此鳶飛魚躍的世界於不顧？崑陽的散文特能表現這等斑斕生趣！

▪

第一輯「綿散文」寫親人、師友，最突出的篇章是〈夢中歸鄉的母親〉及〈我父正傳〉，其血肉相連之思、之苦、之痛、之惜，深入骨髓。前者以一個惝怳的夢境起始，疊映深沉記憶裡的母親：

母親不停地踽踽在如棋盤的田埂，彷彿陷入了迷陣。霧像大片的棉絮，從稻畦間噴湧上來，田埂如長長直直的霓虹燈管，閃著紅黃藍綠各種顏色，母親惘惘地獨行於一條接一條、轉折又轉折的田埂間；忽然卻又置身在一座繁鬧的城市。我不知道，真的不知道她如何跨離那樣錯綜的田埂，跨離生長她的鄉土，而跋涉過多漫長的路途，陷落在這座繁鬧的城市。

將田野比擬成棋盤，未出所料；將田埂比喻成「長長直直的霓虹燈管」，則出人意料。從鄉下遷徙至城裡艱辛討生活的母親，終究未能回鄉，最後的歸宿是在城郊的靈骨塔。文中五度出現母親發出的呼喊：「你們都跟我回去吧！」崑陽沒有細描不安的生活情節，但在摩肩擦踵的陌生街道，母親那隱忍壓抑的回鄉夢已深入他潛意識，化成那一聲聲呼喊。最後，夢中，孩子跟著母親的呼喊奔跑了起來……

我們忽然都飄浮了起來，我看不見自己，只看見母親憑空地踩著腳步，卻沒有前進。她轉身，低頭瞪視著阡陌如網絡的曠野，沒有一條路看得見盡頭，她忽然驚慌地呼喊著：「走哪一條路，才回得去家鄉！」

以夢境始，夢境終。夢的景象無比奇異，又無比真實。幽暗的生活前景，困住了匍匐在城市腳下的勞苦百姓，作者藉夢提問：他們有什麼路可走，如何能不再飄泊？本文記事因此不只是顏氏一家人之事。

〈我父正傳〉也不只是個人情感紀實。父親作為二戰期間日本統治的臺灣人，被徵調至南洋當軍伕，輾轉於巴拉望島、新幾內亞島、新不列顛島，因沉船而在海上漂流，也歷經炮火、瘧疾的死亡威脅；晚年獨立堅韌，沉默不多言，年屆八十還能獨自騎著摩托車走西濱快速道路回東石漁村，甚而遠至墾丁公園。作者的寄慨是「聰明的好人最可惜的就是生錯了環境」：「父親畢竟在那樣一個不安定的時代、那樣一個荒僻的鹽分地區、那樣一個貧苦的家庭，讓他的聰明與才情，只能用在謀求一群孩子的衣食，平凡而勞碌地過完一生。」在不安定的年代，誰能無感於這一大時代的身影！

▪

顏崑陽著我寫序的原因，我想是：他的貧窮我經歷過，他的學思我能感知。試看第二輯「鐵散文」，講人性、文化、大學教育、電視媒體的病症、居所的抉擇等，的確也是我積鬱甚深的課題。

有關大學的理想，本世紀與上一世紀、東方與西方的看法，未必完全相同，有人主張作為探求知識、創造發現的學術中心，有人則設定為社會發展、解決問題的服務站。無論如何，它應具有獨立性、自由性、批判性、超越性、包容性，而今被體制、法規、計畫、數字束縛成工廠，雖偶然也能產出若干成品，但土壤酸化，畢竟無法期待繁花盛景。我記得牟宗三先生說過，大學人才應求駁雜秀異，而非受制於同一標準。反觀今日台灣的大學教師，在崑陽眼中，多患有「狹心症」、「冷感症」、「焦慮症」，只成為「知識經濟」生產線上的工人、「人心不景氣」的論文製造者。

崑陽以其切身體察，三哀大學，主張重建人本精神。這是他對教育的關懷。至於文學，他批評有些「散文」為消費而寫作，無異於「油脂過剩的消費文化所冒出來的青春痘」，而他的「鐵散文」是要為社會弊病刮垢剜瘡的。我在課堂講臺灣日據時代的文人作品，經常提到蔣渭水的〈臨床講義——對名叫台灣的患者的診斷〉，崑陽的這些散文也可視為他為當代社會開出的臨床講義。

在諸多臨床講義中，〈豬的研究〉最稱絕妙。其研究命題之一：豬的命運也就是人的命運，人指的是待宰的百姓。命題之二：豬被囚在柵欄的牢獄中，人被囚在成見的牢獄中，人看豬愚蠢卻不自知己蠢；豬性喜乾淨，人卻以骯髒之性對待；豬在食與色上，有其性分，人之貪婪與放蕩，逾越性分千萬倍。命題之三：豬雖族繁，但因沒有「豬政客」搞權力鬥爭，因此無族群對立紛爭。結論是：

> 我研究「豬」已經很久了，所得到的結論卻是：人和豬可分辨的差別，僅在於人穿衣服，豬卻袒裼其身。人能吃豬肉，豬卻不能吃人肉。不過，這結論或許有一天會被推翻：在已成為叢林的城市中，滿街都是穿著衣服的豬，正熟練地煎煮炒炸，大啖肥美的人肉！

從人豬的對比、人不如豬的議論，到人變成穿著衣服的豬、大啖人肉的豬。人還是人嗎？崑陽翻出這一層意思，不在貶抑豬，而在批判無異於禽獸的人。

文中還提及「在朝」、「在野」，說在朝之豬是家豬，在野之豬是山豬。在朝豬雖「臥」享其成，但每天被關在方丈之地，「世界，就剩一個豬槽和主人的臉色」。在野豬雖不受羈絆，但恐被獵殺，「淪為什麼白色、紅色或綠色各種『恐怖』的犧牲品」。這等書寫，以其無故事，難稱寓言，卻有寓言精神，稍一加工即可成寓言。這是崑陽極擅長的表現，也是顏氏散文的風格特色。

■

崑陽散文最為詭奇幻變的，自屬第三輯「綿裡鐵散文」。在他筆下沒有虛構與真實的困擾，已如前述。他慣以夢為通道，進入潛意識層，將私密心理極其創造性地引出。〈不知終站的列車〉一文，列車是人生旅程的意象，「你們是誰？」「這是什麼地方？」「這列車要開往哪裡？」「我是哪裡人？」「這究竟是夢或非夢？」……生命的根源、過程與去向為何？一切都不明確，於是在列車上的人就必須不斷地探問。文中的「我」在夢與非夢的界域，強烈地思想起母親，借用容格（Carl G. Jung）學說，母親是「我」心中最根深柢固的女性形象，借由這一通往潛意識的梯子，展現了男性肉體心理：列車上「乳房聳如富士山峯」的女人，是性慾望；瘋狂追咬他的狼犬，莫非性衝動的恐懼——男性須克服的險阻。此文後記所述「那個不知終站的『我』，在T城某賓館與車上邂逅的女子做愛多次，被告『通姦』，三個月後自殺身亡」，則是因茫然、恐懼的處境，而以頹廢對抗沒有終極目標的人生。似此阿尼瑪原型（anima），在崑陽其他篇章中也時常出現。

〈貓奴〉文中再三亮出的那句話，「那是埋在每個人生命深處的蠱毒」，連結上守候、照顧、性飢渴、夢遺、魚水之歡等或顯或隱的情節，作者又一次「想到遠方的母親」，而在恍惚的夢中走到一處滿天星斗的曠野，「和一個臉孔模糊的女人，躲進草叢中做愛」。此情色筆觸，為挖掘生命深處的東西，是具有精神分析學特性，而非為取悅讀者。有時作者不表明夢境，卻以「記不清」、「弄不清」表露是耶非耶的迷離情境。例如〈被拋棄的東西也有他的意見〉，寫人們對物、對情的濫用。開頭，一個女人穿著雨衣撐著雨傘在雨中澆花的油畫，輕易將「不必如此」的焦慮感點明，而當自家生活空間被盤踞占滿，崑陽他如此接續：

我經常走在一條直通到地平線的彩色街道上，兩旁是一間接著一間的商店，落地窗全都彩繪著古典的春宮圖，每家門口站著一個披著面紗卻赤裸著身軀的女人。街上熙熙攘攘的人群都戴著墨鏡東張西望。我與女人擦肩而過，走入街頭第一家商店，整間屋子從地板到天花板堆滿了紙尿布，成千成萬在地上蠕蠕爬動的嬰孩，你推我擠地爭搶著……印象最深刻的卻是街尾的最後一家商店，當我踏進門口，立刻被滿屋大大小小的棺材嚇住。

他用「彩繪古典春宮圖」的意象，說明原始、本我的慾望，從初生到死亡，慾望無時無處不有。「一條一條的領帶與領巾，從衣櫥裡鑽出來，像一群雨傘節、龜殼花、竹葉青」，「一件一件的背心，像一群夜梟，衝開衣櫥的門板」，「一只一只電子錶，從抽屜蹦出來，像一群蠍子」。啊，崑陽是如此長於想像、運用比喻，以使形象生動。

作為書名的〈窺夢人〉，解析「每個生命都是一口黑箱，而且必須是一口黑箱」，直探生命真相，內涵最為豐富。「窺夢人」一詞是一具多元層次的符徵，可以是通靈者、處心積慮者、疑神疑鬼者、精神分裂者。作者有意不明指，保持筆意的曖昧，「他們究竟看到了什麼？誰都沒有說明白」。說不明白對方生命真相，也說不明白自我生命黑箱中的黯黑。文中泡在溫泉湯中的裸尼，當然又是一個潛意識的「內在女人」、「肉體阿尼瑪」。

顏崑陽寫作「綿裡鐵散文」，「帶引讀者進入一個似現實又似幻境的世界」，可舉述的佳作頗多，我未能賞析而亟想推薦的兩篇是〈因死亡事件被記取的小鎮〉及〈消失在鏡中的兒子〉，表現社會變遷中令人悲憫感慨的現象，以如真似幻之情，勾勒時代之傷，借事用典，沒有文言白話的扞格，造境敷衍，也沒有小說與散文體裁的困惑，實在難得。

情深學富的散文家，新著《窺夢人》，不僅為個人創作里程再攀高峯，也堪稱台灣散文一傲人成果。

二〇一六年十月三十日寫於淡水紅樹林

（本文作者為國立臺灣師範大學國文系副教授）

自序

我，玩散文於心手之間，如纅棉花糖，如煅煉精鋼，如拉坏燒陶；質地，或柔如綿，或剛如鐵，或彷彿綿裡鐵，剛柔相參。

早期，在臺灣讀過中學的人，腦袋裡烙印的散文，大約就是朱自清〈春〉、〈荷塘月色〉、〈背影〉，徐志摩〈康橋的早晨〉，許地山〈落花生〉，夏丏尊〈白馬湖之冬〉，梁實秋〈鳥〉等。很抒情，很輕，很軟，很美，帶些甜味，好像舔食著棉花糖。

這是國文課本拿來餵養孩子們的大眾口味，也形塑了散文風格的模範。於是，大家都以為「散文」就只有這種口味，只有這個模範。我就鑄造個名詞稱呼它——綿散文。

那個年代的散文家，我們就只認得朱自清、徐志摩、許地山、夏丏尊、梁實秋等。至於魯迅、周作人、冰心、豐子愷、梁遇春、郭沫若、俞平伯等，就很少人聽過他們的名聲、讀過他們的作品。為什麼？因為國民黨政府認定他們的政治腦袋被紅色污染了！他們的作品就被隔絕在臺灣海峽的洪濤巨浪之外，連封面都不准碰，名字也不准掛嘴。

觸犯政治禁忌的大陸文學被封印了，那麼臺灣文學呢？國民黨政府遷臺之後，很多活躍在日治時期的作家，他們的名字與作品也同樣坐著無期徒刑的政治牢，一直被幽囚在不見天日的文獻堆中；因為政府當局認為他們的腦袋被日本人粉刷過。於是，賴和、吳濁流、楊逵、巫永福、呂赫若、張文環、龍瑛宗、王昶雄、鍾理和等；對我們來說，這些臺灣重要作家的名字，竟然比當時韓國、越南的政客們還要陌生，更別說誰讀過他們的作品！

那是一個什麼都沒有根的年代；文學，只是總統府辦公室茶几上的瓶插。

我也能寫「綿散文」，這本散文集的輯一，十七篇作品就是了。不過，比起朱自清、徐志摩等那幾篇範文，口味就有些改變了，不單是甜，還摻了酸，混了苦，拌了辣。或許，我的生活從來都不僅吃糖喝蜜，多的是嚼不完的酸菜、苦瓜、辣椒！讀者們可以品嘗，我的「綿散文」是不是含藏著豐饒的多種口味。

「為情以造文」的散文，都不離現實生活的體驗，當然酸、甜、苦、辣都有；只給孩子們餵糖吮蜜，哪天現實生活硬塞給他們滿嘴的酸菜、苦瓜、辣椒，他們怎麼經受得住那樣多苦了舌、嗆了喉、酸了胃而煩了心的口味呢！

文學，何嘗離開人生？「不為人生而文學，只為文學而文學」，這話是誰在虛無縹緲的夢境中，所喊出來的胡言亂語？我彷彿聽過魯迅跟隨日本人鈴木虎雄，而鈴木虎雄又跟隨西洋人，曾經說過類似的話。他們斧頭一劈，就分出「為人生而藝術」與「為藝術而藝術」的兩種文學；

而說什麼必須「為藝術而藝術」，文學才能「獨立」。中國古代的文學，幾曾脫離知識分子所身處的政教情境而「獨立」過？就是說這話的魯迅，一輩子何時不是在「為人生而藝術」？他捨棄做個撈大錢的醫生，改當只賺微薄稿酬的文學家，不就認為醫學只能治療人身體的病，而文學才能治療人心靈的病嗎？真不知那時候，魯迅是不是像魏晉名士那樣，餌了藥，喝了酒，隨口清談胡謅！但是，他這麼一胡謅，幾十年來，卻害了很多鸚鵡學舌、拾人牙慧的新知識分子也齊聲附和；認為「純粹審美」就是文學自身的「目的」，因此不食人間煙火的唯美作品，才是「純文學」，才有藝術性；而將文學當做「工具」，帶著「實用性」的作品，就是「雜文學」，沒什麼「藝術性」。純文學與雜文學、藝術性與實用性、工具性與目的性，一刀砍斷，勢不兩立。這麼一來，中國古代一半以上的文學作品，就被丟到歷史之外了。到現在，還有不少腦袋灌飽水泥的學者，依然故我地彈著這種不通至極的舊調。

我認為，僵持這種截然二分的死腦筋，將「文學」與「人生」的關係打成兩橛，那是外行人所說的外行話。從古到今，從中到西，有哪個文學家離開他的人生，還能寫出偉大的作品？因此，比較正確的講法應該是「即人生而文學」。文學與人生不是「為」或「不為」的關係，而是「相即不離」的關係。作家的人生存在經驗就是他創作文學的原料；他對人生有所感、有所思，自然發而為文，就是絕好的文學了。因此，文學家最優先要做的事，就是在現實世界中，真切地生活著。至於如何表現？這種語言形式問題，創造力夠強的文學家，法自內出，依隨不同的題材及主題而善變，會有什麼固定的規格呢？

近三十年來，臺灣政治解嚴了，國文課本開放了，拿來餵食孩子們的散文口味就多樣化了，不再只是朱自清、徐志摩等人的「綿散文」。楊逵、鍾理和、琦君、余光中、司馬中原、洛夫、陳冠學、楊牧、林文月、南方朔、張曉風、吳晟、亮軒、蔣勳、杏林子、吳念真、蕭蕭、傅佩榮、王溢嘉、徐仁修、周芬伶、陳幸蕙、阿盛、劉墉、簡媜等，其中有些並不以散文名家；甚至，國民黨政府心眼中的「思想犯」：魯迅、周作人、豐子愷、朱光潛等。他們排成浩浩蕩蕩的隊伍，散文口味就不只是輕柔、甜美的棉花糖了；但是，餵食孩子們的散文，也不能太苦、太酸、太辣，而光明、健康、溫馨與勵志總是必要。因此，那種如刀如斧如棍如錘的「鐵散文」，還是不宜放進中學的國文課本，聽說有害他們心靈的成長。

抒情、輕柔的「綿散文」，固然不離現實生活；那麼「鐵散文」就更是如刀如斧如棍如錘，切割、撞擊著虛假、僵化、混濁、紊亂的這個時代，舉凡政治、教育、經濟、倫理秩序、生態環保、社會風氣……，各種弊病都必須強烈地刮垢剜瘡。輯二的十四篇作品，就是這一類「鐵散文」。

其中，最「鐵」的是幾篇「哀大學」之作。我站在大學的講台上，徘徊在恍似淨土的校園中，卻眼看近二十多年來，臺灣「教育亡國」的現象已成沈痾，整個教育系統瀕臨崩壞，卻又見不到當權者徹底反思，進行改造的微光；絕大多數腦中沒有「人」而只有「錢」的教育領導階層，還沈迷在資源掠奪、排名競爭的幻夢中。教育核心的「人」已在學校中徹底消失了，剩下的只是紙面上一堆沒有生命存在意義的數字。整個社會已彷彿隨時都會爆炸的大鍋爐，暴戾之氣上衝雲霄；而原本應該安詳、樂業的校園，手握大權的領導階層，卻還在想盡各種辦法強加壓力，並沾沾然自喜如此就可以提高競爭力，其實只是招來怨氣罷了，愚哉斯人也！這是臺灣教育最深沈的悲哀，做個以教育為終身志業的當代知識分子，能不殷憂切慮嗎？我曾三次發出「哀大學」的吶喊，民間有些回響，而當權者卻還是麻木以對！

即便如此，這一類「鐵散文」還是必須繼續書寫；而且更多人一起寫，總有聚蚊成雷而振聾發聵的一日吧！

文學，絕不是資生堂化妝品，只能遮醜飾陋。假如，面對這樣的時代，文學家還一味地「為文學而文學」；甚至面對這資本主義的社會，還一味地「為消費而文學」。那麼，所謂「文學家」也者，只不過就是動物園裡的孔雀，供桌上的瓶花，樹林間喃喃自語的黃鸝鳥，甚或是百貨公司內的櫃檯員而已。

或許，現代所謂的「文學家」，很多已不再自我期許做個關懷社會的「知識分子」；而只是關懷自己，從事文字產業，渴望暢銷以致富的寫手吧！於是，我彷彿看到臺灣很多以「文字」為物料的無煙工廠，飄浮著成群沒有臉孔的文學靈魂。

這個文學現象，就是資本主義社會，油脂過剩的消費文化所冒出來的青春痘。既已存在，必是合理；不能逆反，不能消除，只能等待它向前演變。

然而，關懷社會的「文學家」也還不至於絕種。我曾經主編九歌版的《九十二年散文選》，特別選錄龍應台、南方朔、柏楊、唐諾、胡晴舫、李衣雲等議論性的作品，並在〈導言〉中提出「新載道精神」的觀念。這一類散文表現了當代知識分子關懷、批判社會的文化精神，可視為傳統「載道」文學的承繼與創變。這種知識分子的「文化精神」，古今一也；但是，所載之「道」則與時俱化矣，不再是現代化之前，從醬缸裡掏出來，酸腐撲鼻的「道」；而是從當代活生生的社會經驗，政治、教育、倫理秩序、生態環保……等現象，切實而深沈的感思，因而所創發的「道」。表現這種「新載道精神」的散文，也就是我前面所說的「鐵散文」，甚至衍變為我下面所要說的「綿裡鐵散文」。

知識分子關懷、批判社會，其精神如一；但是，包含著特殊內容的表現形式，卻可以做出新鮮的創變；不一定如刀如斧如棍如錘，也可以化作沒那麼惹眼的鋼針，並將它藏到棉花團裡，彷彿「綿裡鐵」，剛柔相參。而讓詭奇幻變，如詩如小說如寓言如神話的意象，帶引讀者們進入一個似現實又似幻境的世界中，想像，體會，各以其心而自得。

輯三的十六篇作品，就是這種魔幻寫實的「綿裡鐵」散文。內容都是出於我對當代社會經驗現象，切實而深沈的感思；形式卻是盡其詭奇幻變，完全穿越散文、詩、小說、寓言、神話的文體疆界，回歸貼近現實社會，真真切切的存在經驗，而直抒感思，不定一體，自由書寫。其中，發表於一九九六年，〈不知終站的列車〉是我散文體式轉型的開端；〈窺夢人〉發表於二〇〇〇年，是中途站的一座高塔；而時間最近，發表於二〇一四年的〈龍哭他方〉，詭奇幻變至極，卻不是終端之作；我的散文還繼續漫步在寬闊的創變之途中。

西方文學界不怎麼看重散文，它被視為邊緣文類；而真正的主流文類是詩、小說與戲劇。因此，西方以散文名家者，彷若寥天疏星。讀者們熟悉的大約就是法國蒙田（Montaigne 1533-

1592）、英國蘭姆（Lamb 1775-1834）而已；但是，蒙田的正業是哲學，蘭姆的正業是兒童、青少年文學。他們的隨筆散文，只算是副業產品。

或許，散文太貼近平常生活，形式也太自由了；比起詩歌、小說與戲劇，在體裁上，散文似乎沒有那麼專業，誰都可以玩它幾筆。就像有嘴巴、有聲帶、沒耳聾的人就能說話一樣，似乎認得字的人就能寫散文。

西方人也太不懂得散文的奧妙了。其體自由而沒有定式，就像玩紙黏土，揉、捏、捶、壓、拉、扯、拍、甩……，變化無盡，一切隨你的心手操弄之。文學，不就是自由創造，妙出於靈活的神思嗎？話，人人會說，但說得妙者卻不多；散文，個個會寫，但寫得妙者也很少。

散文的奧妙，中國人最懂得，創造的體裁最多樣，使用的場域最廣泛；只要「事出於沈思，義歸乎翰藻」，便是文學性的散文了。因此，從遠古時期，在文學世界中，散文就與詩二分天下而有其一；至於小說、戲曲只不過是邊陲地帶的兩個小部落而已。因此，以散文名家者，佔領了中國文學史的半壁江山。或者，雖不專門以散文名家，但詩好，散文也好，這種作家就更是多如晴夜繁星了。

中國古代，散文寫不好，而能稱為文學家者，實未之有也。原因應該是：「政教關懷」乃知識分子普遍而傳統的文化意識形態；即使退居田園、隱逸山林，也是一種抗拒朝政污濁的姿態。他們對這個坑坑窪窪的生活世界，總是有話要說。散文自由的形式，比起詩歌、小說、戲曲，更方便知識分子「用」以直接抒情、表意、說理。因此，很多「實用性」融合「藝術性」的散文，例如〈過秦論〉、〈李陵答蘇武書〉、〈出師表〉、〈陳情表〉等，哪一篇不實用？卻又哪一篇不美！哪一篇不藝術！「實用性」與「藝術性」從來都不必然一刀兩斷。不離真與善的主觀人格之美，以及彼此互動得宜的人際、物際和諧之美，乃是中國古代文學、藝術之美的根基；完全不同於近代西方人所顯揚的客觀事物表象、形式之美。這個道理，「五四」以來，新知識分子們就很少有人懂得了。

中國古代，知識分子的心眼中，都是「即人生而文學」，離開現實世界的日常之「用」，不可能產生文學。說什麼「純文學」，那只是不食人間煙火的夢囈！美或不美，藝術或不藝術，不僅是「寫什麼」的問題，也不僅是「怎麼寫」的問題；而必須將「寫什麼」與「怎麼寫」合著看待。談政治、談道德、談文化、談社會，這些都是被看作帶著實用性的「寫什麼」；只要作家真懂得「怎麼寫」，能創造出美妙而含著內容意義的形式，都會是藝術性的好散文。談風花雪月之美、談琴棋茶酒之趣、談個人喜怒哀樂之情，這些都是被看作不帶著實用性的「寫什麼」；然而，一旦作家不懂得「怎麼寫」，無法創造出美妙而含著內容意義的形式，也會寫出缺乏藝術性的壞散文。

散文，是形式最自由的文體，我可以玩它於心手之間，要柔就柔，要剛就剛，也可以剛柔相參；要樸質就樸質，要華麗就華麗；要寫實就寫實，要奇幻就奇幻。即情即意，即理即趣；即個人即社會，即特殊即普遍；即實用即藝術，即善即美。總之，即人生即文學，而法自內出，意隨心轉，變化未始有極。這本散文集，如斯而已。

綿 散文

夢中歸鄉的母親

1.

母親回來了，在她往生之後的第十七天，在我惝恍的夢中。那時候，父親呢？他是一個沈默而經常冷藏著喜怒哀樂的男人，卻在母親被從醫院太平間冰櫃移出來的時候，對著這張相看幾十年而今卻已僵硬、陌生的臉容，放聲痛哭。

「終究，我們沒有回鄉，一起葬在父祖的近旁。」

父親在哭聲中夾雜著自語。不，他是對母親訴說的吧！或許，他們曾經有過什麼樣的期盼與約定。

母親往生之後的第十七天，在我惝恍的夢中，她回來了。她看似比往生那時候年輕了許多，是藏在我記憶裡一個中年婦人的影像，身穿淡藍碎花洋裝，濃密而鬈曲的長髮彷彿剛洗過，濕濡的髮絲沾惹了幾片水草葉子。這又讓我猜疑到她剛由池塘裡捉田螺回來。她經常這樣的，「孩子愛吃！」她不怕麻煩，做了許多孩子喜愛的物事。她又下池塘去捉田螺，很有可能呀！

在她來到我的窗邊，探頭呼叫我之前，母親不停地踽踽在如棋盤的田埂，彷彿陷入了迷陣。霧像大片的棉絮，從稻畦間噴湧上來。田埂如長長直直的霓虹燈管，閃著紅黃藍綠各種顏色。母親惘惘地獨行於一條接一條、轉折又轉折的田埂間；忽然卻又置身在一座繁鬧的城市。我不知道，真的不知道她如何跨離那樣錯綜的田埂，跨離生長她的鄉土；而跋涉過多麼漫長的路途，陷落在這座繁鬧的城市。

城市也有各種霓虹燈管，直的、彎曲的；甚至圓的、方的、多邊的；而顏色更比一盒二十四色的水彩還要繁雜。交錯的街道上，成群如螻蟻朝著不同方向蠕蠕前行的人們，沒有聲音，也沒有臉孔，彼此擦肩而過。母親在人群中，如一塊從深山中被洪水沖入江海的浮木，隨浪潮的推送與拍擊而漂盪、翻滾，定不住任何方向。母親翕張著嘴巴，彷彿在呼喊，卻沒有人停下腳步。

母親翕張著嘴巴，在我的窗邊；我聽到她的呼喊：「你們都跟我回去吧！」她還很年輕，淡藍碎花洋裝襯顯著瘦健的身材，水草葉子黏在濕濡的髮梢，像刻意裝飾的簪子。當年，帶著我們離鄉，不就是這模樣的母親麼！她要我們跟她回去哪裡？

那時候，父親呢？這個經常冷藏著喜怒哀樂的男人，孤獨地睡在我隔壁的房間。他也和我在同一夢裡，看到還年輕的母親——他的妻子，向他呼喊：「跟我回去」嗎？他們曾經有過什麼樣的期盼與約定！

2.

五、六〇年代，下港很多庄腳人窮得像荒年的田鼠，別說白米，連發霉的番藷籤也都朝夕不繼了。而臺北是鍍金的城市，像大戲裡皇帝出場的舞台，眼睛看得見的地方都是珠光寶氣，京城的風沙也可以篩得到金粉吧！聽說，臺北人每餐倒掉的廚餘比下港人請客的菜肴還要豐盛。

半輩子都打赤腳走路，沒踏出村庄一步，不知道火車長成什麼樣子，這般的下港人的確是如此地想像著臺北——大約那是個成仙才能去的地方吧！別說見到真正的臺北人，總被他們的細皮嫩肉與錦衣玉服所驚呆了；就是見到從臺北淘金回來的庄內子弟，光鮮的西裝與閃亮的皮鞋也夠他們羨慕的了；甚至猜想著西裝口袋裡的鈔票，肯定是辛辛苦苦耕種百畝甘蔗也賣不了那麼多的錢。

於是，彷彿在河床乾涸而皸裂，草木如同被火燒成灰燼的曠野上，他們是忍著飢渴的牛群，一隻挨著一隻，塵埃飛騰裡，沈默地邁向一個水草豐饒的遠方。遷移，是當現實困苦不堪的時候，追求生存或者夢想的可行之路。他們必須想像遠方是一片流著奶與蜜之地，才能不在崎嶇的途中倒了下來。

五、六〇年代，坐在總統府如陽具高聳的塔頂，就可以看見縱貫鐵路與公路上，一列列火車、一輛輛汽車，滿載著面目黧黑、胼手胝足的男女，拎著皮箱、布袋或包袱，駛過濁水溪、大肚溪、大安溪。當故鄉被貯入記憶的拼圖之後，他們便如潮地落腳在淡水河畔，散佈到三重、蘆洲、五股、泰山、板橋、土城、中和、永和，逐工廠煙囪而居，遠遠眺望著隔岸高樓林立、燈火燦爛的都城。

他們都是「王」的子民，從邊陲的南方麕集到「王」的腳下；匍匐著，在煙囪到處飄散著煤灰的衛星市鎮裡，勞苦工作之餘，每值雙十之日便被編入普天同慶、薄海歡騰的行列，高呼著「總統萬歲、中華民國萬歲」；並仰瞻據說能帶來和平與希望的鴿子伴隨氣球逐漸消失在雲端，而接著就是孩子們等待夜晚提燈遊行，以及眾人被每發可值全家七口人一個月生活費的煙火，瞬間驚爆的璀璨逗得目眩神搖。次日，一切又如往常，煤灰仍然飄落在都城邊界幾個市鎮的屋頂、街面、溝旁以及人們的鼻孔，甚至塞入幽暗的心竅間。他們終於明白：都城的風沙篩不到金粉，只有煤灰摻和著酸臭的汗味。而故鄉已經永久被貯入記憶的拼圖，再也不是可以腳踏的實地了。

聽說，七〇年代以後，臺灣的經濟奇蹟，他們是埋在底層的無名英雄；但是，只有「維士比」了解他們的功勞，並為他們準備了每個明天的氣力。

在遷移的牛群中，我是一隻沒有鄉愁的犢兒，以為這是一次可以吃到豐盛野餐的「遠足」，沿路歡悅地踴踏在父母身邊；然而，他們卻都很沈默！

3.

在低矮、昏暗而老態龍鍾的瓦屋中，母親正和她的婆婆，也就是我的祖母，大聲地爭吵著：「田地不能賣掉，那是祖宗的血肉！」祖母嚴厲而帶些哽咽；「兩分地，沙土當米來煮，也塞不飽七張肚皮。搬去臺北，賺了錢，還怕買不到田地呀！」母親如此堅決，幾近於將這個家從鄉土上連根拔起。那時候，她是不是想像著一個過度美好的遠方？

「你們都跟我回去吧！」在夢中，母親是這樣呼喊著；然而，我們能回去哪裡？終究，祖母早已帶著些許遺憾去世了。母親並沒有賺到許多錢，以買回被割棄的祖宗的血肉。在低矮、昏暗而老態龍鍾更甚於當年的同樣那間瓦屋中，母親沈默著，沒有與祖母爭吵。她只是肅穆地凝視這個一輩子都腳踏實地的老婦人，躺在如大地平鋪的木板床上，彷彿一塊被過度耕種而顯得貧瘠的旱田；然而，在即將撒手人寰而什麼都該捨離的時刻，她卻仍然喃喃著：「田地千萬不能賣掉！」我們如何能體會到她對土地那般至死不渝的情感，甚至彷彿她就是土地的化身！

「你們都跟我回去吧！」在夢中，母親是這樣呼喊著。終究她已向著祖母回歸，向著生我們長我們的土地回歸麼！然而，所有失去的都很難再召喚回來。母土，並非僅僅是可以用體積去計算的泥塊，或可以用價格去估量的財產。那時候，一心憧想著都城榮景的年輕的母親，似乎並沒有理解得那麼多。

賀伯颱風過後，衰老的母親不管我們怎麼勸阻，都非要回鄉一趟不可，「就剩這麼一幢屋子了，不能任由颱風給吹壞。」她就在那幢屋子裡孕育了五個孩子。我們遷離之後，祖母獨自生活其中，多歷年歲。我每趟回鄉，她都會叨叨絮絮地複習著這屋子所裝載的前塵往事，尤其是她如何在主臥室昏暗的油燈下，從母親的子宮裡將她的五個孫兒接生到這世間來。祖母往生之後，屋子就閉鎖著我們聯繫故鄉的種種記憶。母親年紀愈大，愈是惦記這幢老屋！它的價值還抵不上都城一幢華廈的兩根樑柱，卻竟然成為她飄浮的靈魂得以安定下來的最後根據地。這次颱風淹水，她和父親彷彿回到年輕的往日，夫妻合作無間地清除了滿屋漫過腳踝的泥漿；但是，她卻勞累過度，終究為了維護背離半生的家園而一病不起。

或許，她曾經和父親期約著再回到故鄉，終老於這幢她孕育了五個孩子的老屋，並一起葬在父祖的近旁；但是，畢竟她只能在往生之後，在我惝恍的夢中，呼喚著我們和她一起回去。故鄉終究已貯入記憶的拼圖了。

「屋子儘管破舊，總是自己的，還踩得著土地呢！」

在到處盡是「空中樓閣」的都城裡搬了好幾次家，每次都會聽到母親這樣念著；而她最後所住進去的「家」，非但窄小，更是上不見天，下不著地。那是桃園八德市近郊一座巨大高聳的靈骨塔。母親就住在塔中一格比微波爐大不了多少的龕位內。

母親往生之後的第一個清明節，八德市的公墓舉辦團祭。廣場，在巨大高聳的靈骨塔前，牲禮果品鋪滿每一張供桌，示意著一個連死者也能享受錦饌玉食的年代，那已相距母親催著我們離鄉之後將近四十年；但是，廣場上人們的秩序仍然混亂如昔，在煙氣逼人流淚的氛圍中，每個人都扯開喉嚨，爭相高談闊論，卻彼此都聽不到對方說些什麼。這是只要有中國人在的地方，都必然會如此的景象，市場、餐廳、殯儀館、議會、立法院以及這個唯有死者懂得沈默的團祭會場。其眾聲喧嘩，實在難辨差異。

人們摩肩擦踵，卻又彼此陌生，沒有誰熟知誰來自何方與什麼名姓。在巨大高聳的靈骨塔中，都有背世的親人居住在一框比微波爐大不了多少的龕位內，這是人們唯一的關係。我想像著一生最怕寂寞的母親，在這塔內，或許將如同生前遷居幾處的公寓，總是和不知來自何方的男女老少，做著福禍不相聞問的鄰居。每當清明節，十里墳崗上，人們一面芟除著雜草，一面彼此追懷著碑碣下，父祖們生前的交誼，或臆想著他們在另一個世界也時相往還的情景。這情景，竟然不必等到我的兒孫一代，就已成僅供想像的傳說了。

望著巨大高聳的靈骨塔，從外面很難測準母親住在哪個高度的哪個位置的龕內。她一生有半數的日子赤腳踩著泥土，怎麼也沒想到最後的歸宿卻凌虛也若是。

「母親沒住到獨棟豪宅，至少也住了大廈啦！」么弟仰望著巨大高聳的靈骨塔，幽默得非常黑色。

「你們都跟我回去吧！」恍然間，我彷彿聽到母親的呼喊，穿透嘈雜的眾聲，敲痛我的耳膜。我們能回去哪裡呢？母親。

4.

母親往生之後的第十七天，在我惝恍的夢中，她回來了。身穿淡藍碎花洋裝，站在我窗邊，探頭呼叫著：「你們都跟我回去吧！」

我們都跟著她奔跑了起來。弟妹們赤裸如夏日午後在池塘玩水的野孩，吆喝、嬉笑、跳躍，隨手扯下一枝一枝的霓虹燈管，像仙女棒揮舞著，映照出母親瘦健的背影。她頻頻回頭向我們招手；水草葉子黏在她額端濕濡的髮梢，像刻意裝飾的笄子。父親則沈默地跟在最後頭，偶爾拍拍這個孩子光溜溜的屁股、拍拍那個孩子黝黑而沾滿污泥的背脊。

幽闃的曠野，雲霧團團擦身掠過。遠方卻透露著熹微的亮光，映現層層疊疊如劍戟的山影。阡陌像網絡密佈，向四面八方延伸，沒有一條路能看見盡頭。

我們忽然都飄浮了起來。我看不見自己，只看見母親憑空地踩著腳步，卻沒有前進。她轉身，低頭瞪視著阡陌如網絡的曠野，沒有一條路看得見盡頭。她忽然驚慌地呼喊著：

「走哪一條路，才回得去家鄉！」

後記

一九一〇年代，臺灣很落後、很窮；母親生長的家鄉，嘉義東石的一個小漁村，更窮到連老鼠都活不下去。聰明、剛強而能幹的母親沒機會識字。

一九六〇、七〇年代，在下港往臺北的遷移潮中，母親與父親帶著我們五個孩子，開始漂泊於都城。一九九〇年代，她已衰老，一直渴望歸鄉，卻終究讓骨灰存放在桃園八德市公墓的靈骨塔中。在她往生十幾日之後，真的到我夢中來，呼喚我們跟著她回去。

母親是大地、是鄉土。因此，這不只是我母親一個人的故事與情懷，尤其在這大流落的時代，很多人都只能夢中歸鄉。我必須將它寫下來，為千千萬萬失鄉而漂泊的靈魂。

自由時報副刊　二〇〇五年三月二十日

我父正傳

我們所敬愛的父親，名水山，民國十五年誕生在嘉義縣東石鄉副瀨村。父親顏福，母親李菊，薄有二、三畝貧瘠的田地。不安定的時代，荒僻的鹽分地區，窮苦的家庭，這就是父親命定的生存環境。他攜帶到世間的良好條件，就只是溫和寬厚的性情與聰明的頭腦。

聰明的好人最可惜的就是生錯了環境；在日治時代，貧困的漁村家庭裡，父親以優異的成績讀畢小學，便只能拿起鋤頭或撐著竹筏，過著耕種、打魚的生活了。

他的少年時期，曾因忠厚、聰明而又認得字，受到村裡一個代書的賞識，做起測量的助理來。然而不久，第二次世界大戰開始。到了昭和十八年（一九四三），父親還未滿十八歲，卻被日本政府徵調，加入第二回「特設勤勞團」，送往太平洋戰爭的前線去當軍伕，擔任運輸、補給、修復的雜役。

鄉人稱這為「出海外」。父親出海外，究竟去了哪裡？起先是被送往「巴拉望島」（パラオ）。三個月後，又準備送往「新幾內亞島」（ニューギニア）。在那兒，日軍正與美、澳展開一場血染山海的大戰。

臺南州一千個勤勞團員所乘坐的運輸艦走到半途，在赤道線上被美軍潛艇擊沈。父親抱緊救生板，隨著洶湧、冰冷的海浪，漂流了好幾個小時，幸運地被救了起來。「新幾內亞」之役改由臺中州的勤勞團前往，幾乎沒有人生還；而父親與其他獲救的臺南州勤勞團員則改送「新不列顛島」（アニューブリテソ）。

新幾內亞、新不列顛，都在距離臺灣非常遙遠的大洋洲，已靠近紐西蘭、澳洲了。新不列顛島上住的是美拉尼西亞人，過著很原始的生活。日軍在島上建立了基地。父親就從昭和十八年秋開始，在這島上歷經著炮火、瘧疾的死亡邊緣；終於大戰結束後，昭和二十一年（一九四六），從基隆港回到差一點兒就永別不歸的故鄉。

明年（一九四七），父親娶同村女子為妻，就是我們所敬愛的母親柯株。那時，臺灣已經光復。又明年，民國三十七年，長子崑陽出生。我們所敬愛的父母親，就在那樣不安定的時代、那樣貧苦的村落，艱辛卻很成功地生養了四男一女。次子崑赫、三子文德、四子文和（改名為則明），長女碧雲。

民國五〇年代，鄉村生活更加艱苦，很多中南部的鄉下人，紛紛遷移到高雄、臺南、臺中、臺北等大都市去討生活。民國五十一年，我們所敬愛的父母親，還不到四十歲，就在這遷移潮中，攜著一群年少的子女，舉家遷到臺北三重埔，蝸居在淡水河邊，與鄉親另一家人分租一幢大約十幾坪的磚瓦平房。

葛樂禮颱風，三重淹水一層樓高，我們全家差點兒就葬身在這幢瓦屋中。此後，我們所敬愛的父母親就帶領著一群孩子，多處遷徙，從三重、板橋到桃園，至少搬了七、八次家。

五個孩子要吃飯、要穿衣、要讀書。錢有四隻腳，人只有兩隻腳，怎麼追得上呢！母親的勞苦，暫且不說；就說我們所敬愛的父親吧！剛來臺北前幾年，日夜賣力拉著三輪車，也才勉強讓全家人溫飽。民國六〇年代，臺北都會區的三輪車全面轉業為計程車。這需要一大筆買車的資金，父親就因為口袋只裝著空氣而失業了，短期做過建築工、待過牛皮膠工廠。過些時日，父親靠著聰明，很快學會做日式「和菓子」甜點，並教給了母親。批發之外，自己也設攤零售。

那時候，孩子們已長大了些，上學之外，也可以拉在身邊幫忙。記憶中，弟妹們都做過父親的助手，尤其么弟更是辛苦。我在課餘，也必須添加手腳。因為父親這把手藝，家裡經濟狀況改善了很多；但是，這種完全手工的食品生產，非常耗費時間與體力。父親晚年，只好收掉自家的營業，到海霸王餐廳去做上下班制的甜點師父。

多次遷移之後，我們所敬愛的父母親漂泊了大半輩子，最終和幾個兒女落腳在桃園的八德市，只有我遠居到花蓮去。這似乎也沒有什麼很好的理由，「下港人」們都是「城市游牧族」；假如「游牧族」逐水草而居，他們則是為了討生活，逐「工作」而居，哪兒能找到養家活口的工作，就住到哪兒。鄉，只是一團沒有定位的浮雲。我們所敬愛的父母親落腳在桃園，唯一的理由就是在那兒可以做好「和菓子」的生意。

假如說父親像是大海，母親則像是一團火，性情非常剛烈，脾氣也很急躁。不過，火在風平浪靜的海面上，怎麼都延燒不起來。有時候，他們雖也不免吵個小嘴；但是，當母親開始燃起大火時，我們所敬愛的父親便會靜默如春日朗亮中的海面，讓那團大火慢慢自己熄滅。恐怕就因為這樣的絕配，我們所敬愛的父母親才得以白頭偕老吧！尤其到了晚年，他們彼此照顧，相互慰藉；讓工作忙碌的兒女們也比較放心。家族中的男人們，真應該拿我們所敬愛的父親當榜樣。

父親的氣力看起來沒有母親剛強；然而，剛者易摧，柔者難折。母親真的先走了，民國八十八年，幾場大病後，這團烈火便永遠熄滅。我曾擔心父親難以適應孤單的生活，但不久便發現他的心靈遠比我們所想像還要獨立、堅韌。對別人而言，孤單就是寂寞；但是，我們所敬愛的父親，卻可以一個人自在地享用著清靜的生活況味。

他將老舊的屋子整理到半塵不染。一天之中，默默地做著他想做的事，自己解決自己的問題，從沒聽過他抱怨什麼，也不去打擾兒女們的家庭生活。甚至，經常從八德市騎著摩托車，來回將近三小時的路程，遠到觀音鄉兒子經營的釣蝦場去幫忙。有時候，興來就一個人騎著摩托車去玩。他很喜歡沿著西濱快速道，一路櫛風沐雨，回到那漁村的故居。有一回，失蹤二天，讓我和弟妹們震驚起來。啊！我們所敬愛的父親，就要八十歲了，為生活忙碌一輩子之後，獨自騎著摩托車，終於實現他到墾丁公園去旅遊的夢想。

這就是我們所敬愛的父親呀！到了這麼大的年紀也絲毫不願讓自己變成兒孫們的掛累。「這就是福！」很多豪門子孫用億萬錢財都買不到的福氣，上蒼竟然不必分文地賜給了我們。

父親的身體雖然有著腸胃的疾病，排泄不很通暢；但是，心臟、血壓、肝腎、代謝都很正常。我們原以為他會有百歲的高壽，還能騎著摩托車到處跑。因此，民國九十七年九月十七日，當他又因為大腸扭結而到林口長庚醫院急診時，他自己完全沒想到竟然一去不回，而我們也覺得意外。

他忍受著日夜不歇的胸腔劇痛，在急診區被「慢慢觀察」了六天，才診斷出食道破裂，胃酸流入胸腔，腐蝕肺部，而已細菌感染，引發敗血症。雖然二次開刀，切除食道與乙狀結腸；但是，卻因為延誤診治，感染太嚴重，在加護病房中，二十幾天，意識清醒地忍受著肉體劇痛及心靈恐懼、焦慮、不甘、悲傷的折磨，終究敗血而撒手人寰。遺憾的是，連一句遺言也沒有交代。父親，當我們看到您有很多話要向我們訴說，卻由於插管而無法開口，因而焦急、痛苦、悲傷、不甘；我們也同樣焦急、痛苦、悲傷、不甘啊！

我們所敬愛的父親，這樣一個連玉皇大帝都不會訶責的好人，真的如此意外，一句遺言都開不了口，就離開我們而去！十月十四日中午，我們真的在加護病房的床邊，悲痛地眼看著維生器的儀表，心跳歸零；而我們所敬愛的父親就此靜默地與我們永別。一如他生前雖然寡言，而我們卻都能在靜默中領受他的愛。最終，這個「無言」的遺憾，難道也是他沈默的性情所命定嗎？

父親相貌俊秀，神采溫文，雖然平常都在烈日鹹風中耕種、打魚，卻始終像個讀書人的模樣。他性情沈靜溫和，寬厚的胸懷彷彿日日所面對的大海及平原。在我們的記憶中，從沒有見過父親對人口出惡言，或由於是非利害而與人計較、衝突。因此，他的嘴巴雖不伶俐，人緣卻非常好。

父親很聰明，不管耕種、織網、造筏，都比別人更能想出一些新巧的方法及技術。打魚，必須七、八人合造一艘駛帆的竹筏，協力出海作業。獲利，十天半月分帳一次。因為父親的溫厚與聰明，又讀過書，能識字，會算帳；所以村裡人都爭相與他合作，接受他的領導。

從父親身上，經常讓我想到「桃李無言，下自成蹊」的道理。巧言令色者，反而無法受到人們長遠的信任與愛戴。我想，父親所留給我們最大的遺產，不是錢財而是這樣的人格典範，可當做傳家寶，子孫代代留遞下去。

父親真的很聰明、很有藝術才情。我的記憶中，始終鐫刻著一些印象：小時候，經常看到父親拿著色筆塗塗抹抹；臥房的石灰牆上，父親所畫的幾幅花卉，到現在還枝蕊鮮明地浮現在我腦海中。而他更無師自通地在老家砌過一幢磚造的廚房；在三重埔的寓居，也同樣ＤＩＹ蓋成一幢磚造的起居室。它們都牢固到經得起多次的地震與颱風。

我有時候常會得意地認為，自己大概是遺傳了父親這等才藝的基因。夠了！父親不必留給我什麼豐厚的財產，除了他溫和寬厚的人格之外，再加上這等才藝的基因，就夠我享用一輩子了。我的弟妹們，或許也是這麼想吧！他們同樣很有藝術的才情，這大約都是父親之所賜吧！

聰明的好人最可惜的就是生錯了環境。我常在想，假如父親生在教育機會比較多的都市、生在有錢栽培孩子的家庭；他在某些方面，例如文學、繪畫、建築等，會不會做個很有成就的專家？然而，命運從來都不能讓我們這樣癡想；父親畢竟在那樣一個不安定的時代、那樣一個荒僻的鹽分地區、那樣一個貧苦的家庭，讓他的聰明與才情，只能用在謀求一群孩子的衣食，平凡而勞碌地過完一生；沒有高官厚祿、豐功偉業可以載入史籍。不過即使如此，我們所敬愛的父親，在窮困的環境中，卻能乾乾淨淨地生活而無所愧怍於天地。

每當看著現今這個社會，許許多多有權還要更有權，有錢還要更有錢而欲望永無止境的人們；我就會覺得，幸好我們能有這樣一個父親，子孫們不必蒙臉閃躲千人萬眾的如戟之指！

二〇〇八年十月

農村，我生命風景的原圖

1.

我早已離開農村；然而，農村卻從不曾離開過我。稻米、甘蔗、土豆、地瓜……根本深植在我的記憶中，怎麼都拔除不掉；甚至農村的生活風景，也就是我生命風景的原圖。

人們的性格，我將他分為二種：一種是農村性格，生活趣味散佈在田埂上、稻浪間；一種是都市性格，生活趣味卻只能到百貨公司及夜店裡購買。

我是哪一種人？讓我告訴你吧！

一九六〇年間，嘉義鹽分地帶的農漁村，窮到什麼境地？那真叫站在二十一世紀都市中喊窮的人們很難想像：一家幾口，三餐只能搶食一鍋彷彿蚯蚓糾結的地瓜籤撈飯、一碗腥臭的醬煮魚。於是，下港的田庄人就像飢餓的鴨群擁向聽說遍地蚯蚓的臺北。

一九六二年，我初中二年級時，父母親也成為覓食蚯蚓的鴨隻，賣掉微薄而貧瘠的田地，帶著七張嘴巴與肚皮，搬到臺北討生活。

一九九六年，我告別了漂浮三十幾年的臺北都城，舉家遷居到花蓮吉安村；屋後就是可恣意倘佯的田野，讓我恍然錯覺自己就是吟誦著〈歸去來辭〉的陶淵明。腳不著地在都市生活了三十幾年，我生命風景的原圖竟然從不曾塗改過！

2.

當我帶著還年幼的孩子們，穿行於吉安村的田埂上、稻浪間，享受無須推擠、競逐的自在感；許許多多年來，塵埋在都城車陣中、人潮裡的農村生活記憶，便紛紛甦醒了。

那是我生命風景的原圖，只有「腳踏實地」，感覺到各種蠢蠢欲動，即將破土而出的生命，這幅圖像才會鮮明起來。於是，咸豐草、龍葵、過貓、刺莧、蚶殼草、野豌豆、蒲公英……；蚯蚓、土猴、雞母蟲、蟋蟀、草蜢……，它們的生生息息，都在這片大地上與我渾然同體。

買了幾本關於「野菜」的書，全家上山巔、下水湄，按圖索「菜」；我們嘗過昭和草、野豌豆、筆筒樹芽、刺莧、龍葵、過貓……，所幸沒有中毒。

剛搬到吉安第二年，清明初過，煙雨蕭疏，我與妻在山坡間採摘過貓的嫩葉；體會著孕育各種物資的大地，讓那些拒絕貪欲的人們，還能有賴以生存而保持品格的憑藉。菜蔬可以拿錢到市場購買，日子何須過得有如清貧的隱士！其實，這不關乎金錢，野菜也未必都是美味；我想領會的只是：切實體驗所有生命都無法離開土地而存在；缺乏這種體驗，的確是活在空中樓閣的都市人最難以救濟的貧窮。

人，可以脫離土地、毀壞土地而懸空獨存——這是極端工商化、都市化時代，人們站在一〇一大樓頂上的妄想。縱使人類已經登陸月球而即將侵入火星，所追尋的難道不是地球之外，另一片能孕育「生命」的土地嗎？

這些年，我總在預卜著：當有一天，人們紛紛從盲目競爭的躁鬱症中、從工商經濟的崩盤中、從歷經戰火的都市廢墟中，逃難到農村；將會聽到他們齊聲吶喊著：「土地在哪裡！」我怎能讓孩子們也變成這種找不到土地的難民！

3.

我帶著孩子到豐田山上，玩耍或者耕種。在都城，彷彿漂木三十幾年，如今能擁有一塊永遠不會隨著經濟景氣衰退而蒸發的土地，那種踏實生活的感覺，只看存款簿數字的人們很難體會。

我與妻背著砍草機，奮力工作著；烤焦皮膚的烈陽，滿身汗水黏著草屑、泥粉，痠痛的肩膀及手臂，那種感覺真的不是坐在冷氣房裡拿筆、動嘴巴、搞電腦的人們所能體味。這時候，我幾乎遺忘了那些站在講台上高談闊論的日子。

孩子們在一塊平坦的地面上，想玩出一小畦菜圃，種植蘿蔔或高麗菜。他們的雙手、臉龐滿是泥污；這兩個出生在都市的小傢伙，從不曾真實痛快地摸過泥土，此刻已經有些「野孩子」的模樣了。

這時候，記憶召喚著我回到嘉南平原一個小村落。烈陽下，我彎腰伏身，雙手在兩行秧苗之間不停地摩抄，抄除害稻的雜草。爸媽就在我前方不遠，同樣做著「抄草」的工作。他們破舊的汗衫，就像剛從水盆裡撈出來。當時，我童稚的心眼完全體會不到父母對生活的憂苦，也無法從「抄草」看到幾個月後，稻穗如金的風景；因此只覺得這項工作勞累而乏味。我比較喜歡在收成的季節，跟隨地主僱來的工人們背後，用腳掌或小鏟子撥開鬆軟的泥土，撿拾漏掉的地瓜或土豆；眼前立即就有意外收穫的喜悅。

蘿蔔怎麼只長了茂密的葉子，根莖卻像個小指頭？孩子們詫異而失望。詢問鄰近的農人，磷肥長根莖，氮肥生葉子，原來施錯肥料啦！「爸爸，只會讀書，不會種田！」我忽然想到孔子，不就曾經自嘆「不如老農」、「不如老圃」嗎？這個世界，假如只靠那些腦袋肥大、四體萎縮的知識分子，恐怕人們連蘿蔔湯也沒得喝哩！

我們已經耕種過，孩子們！以後就知道蘿蔔應該怎麼種植了。

4.

去年，我帶著孩子回到他們沒有任何印象的故鄉。塵封很久的老屋，正房只剩四面石灰牆壁及水泥地板。「爸爸就在這房間裡出生長大！」許多記憶就像快轉的影帶，雜亂地閃過眼前。「房間好小哦！」孩子驚訝的叫著。我忽地也發現這收藏在記憶中幾十年的房間，竟然悄悄縮水了；很難想像已拆掉的那張通鋪，幾十年前，五個大大小小的軀體，如何東横西豎的睡在上面，而且只蓋一床老舊的棉被。

這就是當年的農村生活，就是我的故鄉。屋子已老，卻還健在。村子裡三條街道也沒有什麼變貌，只是彷彿縮小了些。台灣的農村，一直都是都市高樓大廈陰影下，被丟棄的工程廢土。

這就是我的故鄉；然而，它也會是孩子們的故鄉嗎？假如不是，那麼他們的故鄉在哪裡？當許許多多人如同被颱風連根拔起、被洪水沖流的漂木，「故鄉」將只是籍貫欄上一個沒有水溫土味的地名！

聯合文學三三四期　二〇一二年八月

十七歲，寂寞嗎？

1.

白先勇賦「寂寞」給十七歲；而你的十七歲，真是寂寞嗎？

我的女兒正好十七歲，寂寞嗎？我並不知道。她是 e 世代的孩子，住在很寬敞的家，擁有自己的房間；房門關起來，連蚊子都無法打擾她。生活中，似乎從不曾缺過什麼，除了她隱藏在內心而終究沒有實現的渴望。

她當然也不知道父親的十七歲，寂寞嗎？我很少向她談到那個比雲煙消散得更渺茫的年代。怎麼說，一九六五年對她而言都只是一串不關感覺與記憶的數字；但對我而言，那個年代雖已雲煙消散，許多感覺卻如封藏幾十年的普洱茶，仍然泡得出當年的滋味！

十七歲，寂寞嗎？坦白說，我十七歲的時候，連「寂寞」二字在詞典裡是什麼意思，都沒有弄清楚，更不必說它實在的況味了。「寂寞」，似乎是不愁吃穿又太空閒的人才會咀嚼到的滋味。

2.

十七歲，我沒有一個寬敞的家，更無法獨自擁有房間。

我要怎麼形容，才能讓十七歲的女兒清楚地想像，當年也是十七歲的父親，全家七口人就擠在同一個房間裡，坪數大小與她現在獨自所擁有的房間相彷彿。靠裡頭是一張可讓兩人連體而臥的木板床，靠外頭是一張大通鋪，中間隔著舊床單改製的布簾，爸媽睡在裡頭。外頭大通鋪上，便是我和弟弟妹妹們，像五隻小豬仔並排而臥。日子雖然過得很辛苦、很匱乏，卻沒有人會睡不著覺。

這是一幢很奇特的屋子，像長箱型的營房，斜頂，黑瓦、屋脊下方是從這端貫通到那端的廊道，漫長而昏暗。沿著廊道兩側是用木板隔成一個接一個的房間，門戶向著廊道對開，每間約有五坪大小。這原是某農林企業公司的單身宿舍，卻不知怎的一戶戶以數千元的權利金，讓售給窮困的人家；父親好不容易也籌錢頂下了一戶。就這樣，幾十戶二百多人擠在彷如蜂巢的大雜院中，共用八間糞坑式的廁所，四間沒有有水龍頭的浴室，一座抽取地下水而過濾處理的水塔，一條通道兼充各戶臨時廚房的長廊，以及一方雨天便泥濘滿地的院子。而它就在三重埔高樓夾峙的市區中，自成一個破落、混雜卻充滿人情味的天地。

二〇〇二年，十七歲的女兒，住著七十餘坪獨院式的樓房。當她一個人舒適地徜徉於自己的房間中，如何能清楚想像，一九六五年，她的父親就在一座大雜院，度過沒有閒情去咀嚼「寂寞」滋味的十七歲。

後來，我聰明的父親，就在「家」門前廊道的上方搭造了一間閣樓，約二坪大小，做為我兄弟四人的窩。這真是名副其實的「窩」，狹窄而低矮；躺著，頭腳恰可貼住前後板壁；站著，頭正好頂住屋脊的主樑。由於是邊間，外牆鑿開一扇二尺見方的窗子。

閣樓有二個連接外面世界的窗口，一個看得見，一個看不見。看得見的是這扇小窗，它讓我滿心幽暗地蟄居閣樓的少年歲月中，還能管窺朗亮的天日，從而去想像眼前櫛比鱗次的屋宇之外遼敻的世界——隔著淡水河彼岸繁鬧的臺北都城或蒼鬱的大屯山脈或淡水小鎮響著汽笛駛近碼頭的渡船或其他什麼的物事。另一個看不見的窗口，竟只能倚靠靈敏的耳朵與想像去連接閣樓外的世界。樓板下方的廊道，從清晨到深夜，經常流盪著各樣的聲音。日子久了，竟然可以憑藉耳朵與想像，在心中繪製著廊道的生活圖像——沈重而凌亂的木屐聲敲醒許多人的睡夢，隨後就會聽到周胖子酒後狂歌，狂歌之後的痛哭。鍋鏟聲如武士惡鬥而刀劍交擊，這是賣菜阿桃正在爆炒花生米。一細一粗的對罵聲，這是青蚵嫂與番婆為搶用浴室而爭吵……。我靜默如一隻蜷伏的貓兒，只憑靈敏的耳朵，便能辨識他們的身姿、步履與表情，甚至心中絲絲縷縷的喜怒哀樂。

我的十七歲，以及往後好些年的日子，幾乎都幽閉在這閣樓上；除了上學、吃飯或偶爾去看場電影、逛舊書攤和小說出租店之外，閣樓差不多佔領了我生活大部分的版圖。在它的庇藏中，我像一隻飢餓的食字獸，嗜讀著一本一本的唐詩、宋詞、武俠小說以及其他由攤子很便宜買到的舊書。然後，瘋狂地寫著古典詩詞、現代散文，甚至武俠小說。可惜，這些載記那段青蒼歲月種種感覺與夢想的文稿，後來因著大雜院改建，就隨閣樓拆除而散滅得屍骨無存了。

十七歲，我也曾因著不可遏抑的青春，性啟蒙之後，就在閣樓的庇藏中，赤裸地撫觸著自己日益壯健的軀體，並一次次地耽溺於亢奮卻又不安的自瀆。然而，閣樓所庇藏我青春的騷動，也並不都是這樣的腥臊。有很長的一段時日，放學後的傍晚，我經常守在窗口，視線往右前方平射不遠便被一幢白色樓房的邊牆擋住。軟弱的斜陽照著一扇半開的窗子，窗楣上懸掛著一只五顏六色的風鈴。我並非等待在寂靜中聆聽它輕脆的流響；而是等待窗內一個少女的身影，齊耳短髮，白衣黑裙。由於距離和光線，她的臉容始終都在縹緲間，讓我聽憑想像，恣意地勾勒渲染。她可以是當時好幾個偶像女星的化形；然而，不管將她想像成什麼模樣，都必定有一雙明澈靈動的眼睛。就是這雙眼睛，我經常感覺到她也凝坐在窗邊有意無意地望向我。因此，我十七歲的心便被這雙眼睛擄走，每當在街頭巷尾碰到一群白衣黑裙的女孩，我就心弦叮咚地索尋一雙渺遠而熟悉的眼神。然而，這段從未曾真正開始與結束，也一直無法告白的戀情，即使十七歲已經消逝又過了若干年後，在我的追憶中，她也只是一團齊耳短髮，白衣黑裙的身影，以及一雙明亮靈動的眼睛而已。其他，終究是永遠的留白。這樣的戀情，怎能說給 e 世代十七歲的女兒聽？「爸爸，遜斃啦！」我幾乎可以推想到她如此的評語。

閣樓，就這般無所拒絕地在我貧困、單純的少年歲月中，接納了一切能啟齒與不能啟齒的物事。它雖然狹窄低矮，卻似乎有著極大的容量，即使如今以女兒獨自所擁有寬敞的房間也無法取代。

每個人的生命歷程中，都會有一兩個只屬於自己而無可取代的房間，不管它是金窩、銀窩，或是狗窩。

3.

我的十七歲，生活中唯一不匱乏的就是腦袋與手腳吧！我不但必須用它來讀書，還必須用它來幫忙父母做很多事。

二〇〇二年，我開著車送十七歲的女兒去上學。這城市的每一條街道上，都有無數像我這樣的父親，或者母親。一九六五年，我每天騎著單車，穿過煙塵瀰漫的臺北橋，到遠在信義路的師大附中去上學。沿路從三輪車潮中，找尋父親手扶車把，賣力踩著踏板的身影，並猜想舒適地坐在棚座中的是什麼樣的貴客。

前年暑假，剛滿十五歲的女兒，曾憧憬到美國去遊學，後因安全上的考慮而作罷。我沒有告訴她，好幾個寒暑假，她的父親幾乎都在市場或建築工地「遊學」，跟著我勞苦的母親學做泥水零工或賣菜。那時候，並沒有覺得自己特別可憐，彷彿一切都是當然，母親能做的，我也能做。這是我們從下港搬家到臺北，別無更好選擇的生活方式。因此，在建築工地，挨著母親的身旁，敲擊板模上一根根的鐵釘，有時候還會兀自唱起文夏或洪一峰的流行歌曲。

十七歲那年的暑假，我沒有隨母親去做工，自個兒到新莊丹鳳營盤口一家牛皮膠工廠找了一份差事。將每綑一百多公斤的牛皮乾扛進石灰池裡泡軟，然後撈起濾乾，用電鋸切成碎片，放進高溫的鍋爐裡熬煮。從早晨七點半上工，加班做到深夜十一點。某天晚上，一輛豪華轎車駛進工廠，老闆帶著兒子來巡視。我正專注地切著牛皮。「怎麼會是你！」我抬起頭來，老闆的兒子正驚詫地注視著我。他，竟是現在我的同班同學。這一刻，至今回想起來，仍然弄不清當時是什麼樣的感覺。

這樣的十七歲，雖然窮苦，但並沒有特別覺得悲傷，也說不上是否「寂寞」。我彷彿還在混沌中的生命，很少和朋友往來，沒有去過咖啡館、彈子房、歌舞廳；而寧願獨自在閣樓上或庭院中，握著洞簫一遍又一遍地吹奏〈荒城之月〉或其他什麼歌曲。那讓我恍然在無邊的曠野中，看到向著蒼茫遠方踽踽獨行的自己，這也算是「寂寞」嗎？或者，很多時候，自得其樂地讀詩、寫詩，卻不知其有用或無用；只是經常想到不久之前，一個老師驚異地發現了我，並且鄭重叮囑：「你應該以文學做為終身志業！」

因此，一九六五年，十七歲，我就在窮苦的生活中，帶著一個單純卻堅實的夢想，沒有徬徨地一路走到現在；而於二〇〇二年，向 e 世代的女兒詢問：「十七歲，寂寞嗎？」

自由時報副刊　二〇〇二年十月二十九日

無罪的告解

我無罪，卻必須告解。

有些事，早已是個人生活的上古史了；然而，它們並沒有真正過去，只是貯藏在心庫底層，無意間偶爾就會被掏出來，騷動我不安的靈魂。雖然，我無罪，卻必須告解！

夏日午後，烈陽灼亮得讓人厭惡。我蹲坐在大片蔗葉的斜蔭下，不夠專心地戍守眼前這塊稻田，必須隨時驅趕公然搶劫的鳥兒們，保護剛結穗的稻米。

我厭煩這樁工作，那時我才九歲，喜歡和一群孩子們打陀螺、玩彈珠或鬥蟋蟀。「不幫忙田裡的工作，哪來飯吃！」母親的訓斥，很多年後，當我開始自己挑下生活的重擔，才真正聽懂這簡單一句話的深沈重量。

當時候，我實在厭煩於看護田間作物，那讓我感覺像一具滿腦子遊戲卻被釘在原地不動的稻草人；而距離田園不到一百公尺，就是村裡唯一的戲院，正在上演著布袋戲，東南派與西北派的打鬥，究竟輸贏如何？

那天傍晚，我勇敢地拋棄稻草人的工作，撿了十幾分鐘的戲尾。散場時，我以麻雀在稻田中跳躍的腳步，隨著人潮走出戲院。母親臉色鐵青地握著一枝竹棍，「土豆種籽被雞啄光啦！夭壽死囝仔！」昨日才撒種的土豆，明後天從雞屎裡，肯定怎麼也找不回來了！

我「勇敢」地拋棄稻草人的工作，跑去撿戲尾；而中國國父孫中山曾經勇敢地勸導侵入翠亨村的強盜，叫他們要好好做人；美國國父華盛頓勇敢地向父親招認自己砍倒了園子裡的櫻桃樹。他們和我都在蒙昧的童年呀！都做了「勇敢」的事呀！為什麼人們卻說：偉人啊！小小年紀就有一般孩子仰望不到頭頂的美德；而我的童年呢！快樂地走出戲院，吃飽母親的竹棍之後，想起這些掛滿小學課本的偉人畫像，幼稚的心靈竟然微微地感到羞慚與悲傷！

在那遙遠的童年，不管男男女女，不管才高八斗或才低一撮，我們都時常接受訓勉：應該立志做「偉人」！教室內、走廊上，尤其是腦海裡，都掛滿了一個個偉人的畫像：

孔子、孟子，叫作「聖人」；他們都能消除欲望，擁抱天理；儘管肚子餓成乾癟的皮囊，節操卻必須保持無瑕的白玉。

文天祥、史可法，叫作「民族英雄」；他們對大一統的皇室絕對忠貞，不管皇帝多麼渾球，這條路的盡頭，就是壯烈的拋頭顱、灑熱血。

孫中山、蔣介石，叫作「偉大領袖」；他們全都是民族的救星，時代的舵手，能夠帶領百姓脫離水深火熱的日子；每個人都必須效忠他們、擁護他們，而且要經常從肺腑高呼「萬歲、萬萬歲」！

偉人的童年總是和我們這些愣頭呆腦的孩子不一樣。就說蔣介石吧！國語課本就告訴我們：小時候，他站在家門外不遠的小河邊，看到一條魚兒奮勇逆流而上；幾次被沖退下來，卻毫不氣餒，繼續往前衝，終於游到目的地。他頓悟了，不怕困難，終必成功！

我非常慚愧；童年的暑期，經常泡在村外的大圳溝中，一群野孩子歡天喜地打著水仗，有時也撈到不少魚蝦，可就從沒領悟過什麼道理！也不曾因而立志做出什麼偉大的事業。我們只是一群不知天有多高、地有多厚、世界有多大，雖然貧窮卻無憂無慮過著童年的孩子。或許，這就是我們成不了偉人的原因吧！

偉人也是「人」嗎？他們也懂得玩水的趣味嗎？這是童年時代，始終沒有弄懂的問題。不過，許多年後，我也頓悟了：快樂的人不一定偉大，偉大的人也不一定快樂。那時候，每當想起蔣介石所看到的那條魚兒，為什麼不快樂地順流而下，卻非要辛苦地逆流而上不可？對於這個問題，我始終感到非常疑惑！

等到我長大了，能用自己的腦筋思考，這才發現在人類的道德、宗教、政治裡，都有一種「造神工程」：當一個人搆得上「偉大」，或必須被塑造成「偉大」，就會有人為他捏製「神話」，諸如母親夢見青龍或白虎入懷，於是這個奇異的孩子便有了「非人」的童年。

如今，我已經抱了兒子。他，看來很有成為偉人的希望；我是不是應該搬到一處門前有條小河，後園種上一排櫻桃樹的屋子去住？我想，吾兒的童年也會有一些聰明而勇敢的神話吧！

我的童年早已成為沒有什麼神話的上古史，甚且幹了許多大人們眼中頑劣的勾當；雖然無罪，卻必須告解。

那一日午後，烈陽讓我焦躁起來，蔗葉斜蔭覆蓋著我蒙昧心靈中所隱藏的絲絲蠢動。眼前，裝進我視線的不是成群正在搶劫稻粒的麻雀，而是鄰田的一個大姊姊；她是嬸嬸的姪女，與我同樣在看護初結的稻穗。不知為什麼，她凹凸有致的身體像一只磁鐵，吸住我的眼睛。忽然，我瞥見她鑽進蔗叢中；蔗葉擋不住十分熠耀的太陽，我隱約看到她蹲踞著，如雪的圓臀在斑駁的光影中，是一幅從不曾看過的奇異圖像。剎那間，彷彿有一把鼓槌正在敲擊著我的心臟。

這幅奇異的圖像從此糾纏著我蒙昧卻又彷彿若有光的童年；會不會就是這幅圖像的騷動，讓我總喜歡玩鬧女生，握著一把芒花搔拂女生的脖子、抓著幾條蚯蚓塞進女生的衣服內……；這是性啟蒙都會有的渾蛋行為嗎？然而，依照課本，那些聖人、英雄以及偉大的領袖們，童年想的、幹的卻都是諸如勸導強盜、觀看魚兒奮勇逆流而上的壯舉，好為自己將來的偉大預做準備。他們未被揭露的幽微心靈中，究竟有沒有某些奇異的圖像，也曾糾纏著童年呢？

面對這些偉人的童年，我真像一隻只會撲蝴蝶、追皮球的小貓。那樣叫人不堪的對比，能不讓我幼稚的心靈感到羞慚與悲傷嗎？雖然無罪，卻必須告解！

至今，每當想起已經過世多年的二弟，有一樁往事還是讓我覺得惴惴難安。那天傍晚，二弟跪在斜陽斑爛的屋簷下，父親揮著竹棍抽打在他上舉的屁股。他咬著牙，沒有哭出聲來。「還敢再偷零錢嗎！」父親也咬著牙，大聲喝斥。這是那個匱乏到三餐只有一鍋番薯籤飯、一盤鹹魚的童年，經常上演的庭訓景象。孩子每天的零用錢是一毛銅板，可以買到五顆糖球，卻只夠填塞欲望的縫隙。

偷拿櫥櫃抽屜中的銅板，二弟的前科遠超過我幾倍；但是，這回他真的冤枉，我心裡明白，卻在旁邊眼睜睜看著父親揮動的棍影、二弟咬到快要碎掉的牙齒，最終還是無法像華盛頓那般勇敢，誠實地招認：「錢是我偷的！」這雖然已是我的上古史，二弟也過世多年了；但是它並沒有真正過去，只是貯藏在心庫底層，時而騷動我不安的靈魂，我必須告解！

我不知道家庭富裕的華盛頓，他的童年每天能有多少零用錢？偉人是否從小就沒什麼欲望，不需要玩具、不需要糖果餅乾、不需要漫畫書？他想的總是每科考試一百分、學業成績全班第一名、操行只有記功而從不犯過、各種比賽都拿冠軍、獎狀貼滿家裡的牆壁、歷代偉人的畫像一幅接一幅釘在腦門上；而我窮苦的童年，卻怎麼只想偷取幾個銅板，好買玩具或零食呢！對照偉人誠實的美德，這能不讓我幼稚的心靈感到羞慚與悲傷嗎？雖然無罪，卻必須告解！但是，有時候卻也不免疑惑：究竟偉人的童年過得比較真實呢？還是我們這些凡人的童年過得比較真實？

我必須告解自己真的不夠勇敢，無法像國父那樣，當強盜闖進翠亨村，大人們都嚇得逃跑了；這個將來會成為「國父」的小孩竟然敢對一群凶神惡煞即席演講：「你們應該好好做人呀！」這真是讓人「心嚮往之而未能也」的神話；想到自己少年時期一樁刑警捉流氓的往事，就覺得愧對偉大的國父。某日午後，一個穿著藍色牛仔褲、黑色 T 恤的中年男人，緊握手槍，追逐一個赤膊上身、理著平頭的年輕壯漢。他們闖進我家蝸居的大雜院，就在門前幾尺的地方，中年男人將年輕壯漢撲倒在地，壓著他，用槍托擊打腦下後頸，同時向圍觀的群眾急喊：「我是刑警，他是流氓，幫我呀！你們快幫我呀！」我跟隨害怕的群眾後退幾步。午後刺眼的陽光穿過大雜院破敗的遮雨棚，那個刑警因為奮力、緊張、焦慮、憤怒而扭曲、漲紅的臉容，剎那間釘死在我的腦門上，幾十年剝除不掉。那時候，我十七歲，正就讀臺北市一間成績優良的高中。

我無罪，卻必須告解，為著自己眼睜睜看著刑警捉拿流氓，卻不敢上前幫忙。很多年後，經常閱聽關於警察與流氓的新聞報導，逐漸有了一個疑問：當警察脫掉象徵法律權力的制服，如何從人性分辨他們與流氓的差別？假如大雜院那幕戲碼重演時，我要如何正確分辨這二個人的社會角色？然後，就像偉大的國父一樣，勇敢地幫忙捉住流氓，勸導他：「你應該好好做人呀！」

我的童年甚至少年，過得那樣平凡而真實，只知道做自己想做也會做的事；課本中那些偉人的畫像始終覺得遙不可及，「偉大」也只是高掛在燈塔頂端的標語；對著它，這輩子從仰望到遺忘，才逐漸明白：每個人的一生從初解人事的童年到拋離人事的卒日，不分聖凡賢愚，都只是不斷「覺今是而昨非」的漫長歷程。聖人、英雄、偉大領袖，他們「非人」的童年，都只是「造神工程」的產物。

我的童年，門前沒有小河，後園沒有櫻桃樹，也從來沒有強盜闖進村莊庄裡；除了一串雖然無罪，卻必須向這處處高牆厚壁的世界告解的劣行之外，沒有任何可資流傳的「神話」；但是，我忽然奇怪的想到，會不會百年之後，被誤作「偉人」，因而出現種種捏造的「神話」，將我的童年弄成「非人」的模樣！

自由時報副刊　二〇一一年十月三日

一九八二，我的山海關

一九八二年，是臺灣的國際機場跑道；卻是我的山海關！國際機場跑道，臺灣的經濟正準備起飛；山海關卻是生死存亡的分界，我能不能安然度過這座險峻的生命隘口？

這一年五月，某個沒有國家大事發生的夜晚。我躺平在高雄師範學院教室的講台上；一群學生，慌亂，七手八腳將我抬起來，向街頭狂奔。計程車，快叫計程車！送到高醫！

我的意識還沒有完全昏迷；幾分鐘前，站在講台上，唐詩的風韻正流盪於燠熱的夜氛中。突然，心臟竄動如臨陣戰鼓，眼前燈光就像日蝕一般昏暗下來，學生們的臉孔也模糊成一團五官斑駁的亂影；恍惚間，身體搖晃如風中枯柳。

「躺下去！老師躺下去！」然後，錯雜的桌椅碰撞聲、腳步聲，學生們像一波駭浪，湧向講台邊。

我被學生抬出教室，還沒有完全昏迷，死亡意識似水滲紙，佔領恐懼的心靈。我彷彿看到鬢髮灰白的父母親，正撫棺慟哭；我是他們寄望最深的兒子啊！而新婚的嬌妻，幸福猝然從她青春的臉龐上片片剝落，即將變成孤夜飲泣的嫠婦！想到這裡，我的手腳倏地痲痺起來。

山海關前，我竟然荒謬地想到，腳上那雙費去四分之一個月薪水的新皮鞋；被學生脫下來，會不會就遺忘在教室！「我的新皮鞋呢？」呢喃聲卻被噪音淹沒。

高醫沒有收留我，只好轉到市立民生醫院，住院幾天，終究走出死亡的蔭谷。遠在桃園的父母親及臺北的妻子，並不知道這幾天，他們的摯愛正站在山海關前，生死哀樂僅是一扇大門的開闔出入而已；而這一切都不是我倒在講台上的那片刻之前所能預卜。人生無常，此時方知，是否已遲？

一九八二年，臺灣正蹲踞在國際機場跑道上，經濟準備起飛，卻還沒有起飛。那時候，大學講師的鐘點費一節課九十元。一個讀了二十幾年書的「大有為青年」，依靠兼課繳付數十萬房屋貸款，年息百分之十二．六；同時又得仰事俯畜，養活一家人；究竟每星期必須嘴不停歇地說講多少節課，才能過得了這樣起碼的生活？

我結算過，那幾年間，攻讀博士之外，為了生活，我每星期最多上課三十二節，四個教授的工作量，前後開過二十幾門課程。此外，還必須焚膏繼晷地寫作，賺取微薄的稿費，才能解決生活的基本需求。就這樣，全年無休，每天從清晨工作到深夜，只睡不到六小時。於是金剛之身，終究壞成破碎的陶片！

我沒有死；但是，卻陷入身心交瘁的泥淖，五臟六腑爭相演出病象。我開始盯緊自己的身體，這具曾經被荒忽而以為它永不會毀壞、消失的血肉筋骨。於是，我將視線從奔馳不盡的四面八方收回，聚焦在這不及六尺的軀幹；每天懷疑那是心臟病！那是肺氣腫！那是腸胃炎！那是腦神經衰弱！那是肝功能異常！……我不斷出入醫院各科門診；醫生說我的臟器都正常，不正常的是精神或神經，服用鎮定劑就行了；這個庸醫！我心裡罵著。

我病了，再也不能家居臺北而遠到高雄工作；但是，回臺北，母校漠然拒絕了我，我還能到哪兒去呢？幸好淡江大學在我苦難中，給了我一枝之棲。

我害怕擁擠的人群、狹窄而閉塞的空間；這世界是一棟只開了三尺天窗的牢房，置身其中，我立即感到呼吸困難、手腳麻痺。當我想到必須走進擠滿二百多隻手腳、一百多隻眼睛、幾十張嘴巴的教室；而站在講台上，不停叨叨絮絮三個小時，我便幾近窒息、癱瘓；但是，我沒有停歇工作，獨自安寧地躺在曠野，仰觀日月星辰的權利。

我沒有死；但是，死亡的意識始終如影纏身。我經常盤算著各式各樣自殺的可能，一種向這困苦命運與溷濁世界抗議的悲壯感、一種如牛馬抛鞍棄軛的解脫感、一種栽雲植霧而畢竟消散的虛幻感、一種朝暉夕陰而午晴夜雨的無常感。或許，人生最終都只是在等待一場悲劇吧！我就這樣讓死亡意識纏繞著耗弱、焦慮的心靈。每夜都將門窗緊閉，害怕壞人入侵，聽到些微的異響，便起床巡視；經常輾轉反側到清晨，登山健行者的跫音從五十公尺外的山間小徑喀喀嚓嚓傳來。

這一年，臺灣的經濟正駛進國際機場跑道，而我的生命卻面臨山海關；有些醫生說，這是「精神官能症」：一個強迫性格傾向的人，凡事都死抱著理想藍圖，長久頂著千斤壓力，幾乎都會罹患這種精神疾病；有些醫生卻說，這是「自律神經失調症」：因為長期工作太緊張、太勞累，沒有適度的休閒，交感神經與副交感神經已喪失彼此節制的正常規律。不管怎麼說，我是一匹馳騁過度的戰馬，此刻正精疲力竭地仰望著險峻的山海關，將如何安然度過呢？

那時候，我正準備仰賴莊子「生命的學問」，以取得博士學位，找到安身現實的憑藉。三個月前，才寫完一本教人如何能不傷生害命的小書：《莊子的寓言世界》；而如今，我卻困厄地徘徊在山海關前。生命的學問，只是隨風過耳的空言嗎？這，真是我無法答辯的反諷！

我必須將埋藏在深層的「自己」，掏出來細審端視，徹底問明：活著，我真正需要什麼？不需要什麼？我切實能做什麼？不能做什麼？我可以接受什麼？應該拒絕什麼？假如是莊子，他將如何去解答這些疑問？面對生命這般瘁身勞神的病痛，他又將如何洗淨塵垢，割除贅疣？

那段時日，我才懂得了生活的帳簿上，不能一直都只用加法，甚至乘法；很多時候，更必須斷然使用減法，甚至除法。如今，從被迫到自願，我生活的帳簿已減除到幾近歸零的境地；而臺灣的經濟正駛進國際機場跑道，準備起飛！

那段時日，我經常在山邊水湄、寒燈皓月的靜坐中，彷彿看到莊子側臥在無何有之鄉、廣漠之野，一棵參天散木的濃陰下，向我微笑：多向自己以及世界說「不」！這是你治病的良藥。

我忽然感覺自己就並躺在莊子的身邊，逐漸心凝形釋，終而消融在沒有物際的宇宙間。

一九八二年，我的山海關，畢竟安然度過了，並於一九八五年，完成博士論文《莊子藝術精神析論》；但是，每個生命歷程都將不止碰到一座山海關！我的下一座山海關，何時會再碰到呢？臺灣經濟的確在八〇年代之後，駛進國際機場跑道，逐漸起飛了；然而，經濟起飛了，每個人的生命就不再遭遇難以穿越的山海關嗎？

印刻雜誌九七期　二〇一一年九月

在孩子害怕黑暗時，為他們點燈

我女顏訥與我兒顏樞，望著我的「背影」，跟著我的腳步，踏上文學之路，而他們的母親也相隨身旁。我們全家都已安住在文學世界中；這輩子，心靈上應該不會各自遷徙流離了。

一九九八年，我們全家合出了一本散文集《聖誕老人與虎姑婆》。那時候，顏訥十二歲，顏樞八歲。書中除了我與妻的文章之外，最有趣的是顏訥小學時的新詩及散文、顏樞幼稚園大班時，以ㄅㄆㄇㄈ寫的日記。他們從小就是長在文學世界中的樹苗。如今，顏訥已讀完大學中文系，並繼續跨入研究所；顏樞則將以中文系為第一志願，和他姊姊走同樣的路。他們也都已開始寫作了，發表文章了。

每個人都可以隨心定義自己的「幸福」；這就是我對「幸福」的定義，不必費錢去買，而得之卻那麼地自然。

四十歲之後，我就真的領悟到，每個生命都是不能複製、不能取代，自然而然的「獨體」；也有他不可介入、不可支配，自然而然的「歷程」。父母親再怎麼愛子女，也不能替代他們去活。

而能做的只是，在孩子害怕黑暗時，為他們點燈；在孩子害怕孤單時，陪他們說話；在孩子害怕迷路時，和他們一起畫張地圖。

為人父母者，最壞的念頭是，一面說「我愛你，孩子」，卻一面拿孩子當做自己價值觀的複製品，總想支配他們的生命歷程；就像駕駛著愛車，一直抓緊方向盤不放。

孩子們望著我的「背影」，跟著我的腳步，踏上文學之路，一切都那麼自然而然；我從不曾「駕駛」他們，而他們在文學的世界中，將來會過得幸福嗎？假如每個人都可隨心定義自己的幸福；那麼，他們不就是這樣在做了嗎？我應該相信他們，並給予最大的祝福。

這個時代，人們最缺乏的是一種出自內在、單純而堅定的價值信仰。做為父親，我最想幫助孩子的事，就是引領他們找到這樣的價值信仰罷了。

親子之間何以需要溝通？往往是因為孩子硬是想做什麼，父母親卻不允許；而父母親硬是要求孩子做什麼，孩子卻不願意。關鍵其實就在於父母親；然而，要孩子做什麼，或不要孩子做什麼，究竟有何憑準呢？難道都隨著父母親的心情或孩子的哭笑去決定嗎？

對於孩子們，我一向只管他們兩樁有憑有準的事：平安與善良。在他們還不懂事的年齡，可能為了好玩，會做一些危害健康與安全的舉動。這時候，我會毫不遲疑地說：「不！」或者，可能因為情緒或貪慾，會做一些侵犯別人的舉動。這時候，我也會毫不遲疑地說：「不！」當然說「不」之後，我會讓他們知道「為什麼」。

記得顏訥小時候，我曾經帶著她去儂特利買薯條。櫃台上擺著一疊很漂亮的廣告冊頁。顏訥被吸引了，卻不知道它就是送給顧客的。她緊靠著櫃台，眼睛滴溜溜地向店員說「我要買薯條」。小手卻「偷偷」地抽走一本廣告冊頁。怎麼辦呢？芝麻大的一件「壞事」。有些父母親說不定還會稱讚自己的孩子「鬼靈精」哩！然而，最壞的習性不就是這麼一樁樁芝麻大的壞事養成的嗎？我決定嚴肅地告訴她：假如那些廣告冊頁可以任人拿取，就大大方方地伸手；假如不是，就別像老鼠偷偷叼走薯條一樣；假如你很喜歡，卻又不知道可不可以拿取，那就先問問櫃台的阿姨吧。稚小的顏訥羞窘得哭了；然而往後，她卻成為一個很誠實的女孩。

顏樞從小就喜歡嗅火柴燃燒的氣味。有幾次，看到他在玩火柴，我都只隨口警告。某日，跨入餐廳，忽見桌上火光閃耀，一本書正起火燃燒，而顏樞驚慌地撲打著。啊！這小子竟然玩火柴，不小心燒上自己的課本。我當場氣極，狠狠地修理他；他也嚇哭了。之後，我告訴他一些「水火無情」的故事，並且嚴厲地頒佈「不准玩火」的禁令。平安第一，無可商量。

除了平安與善良，關於孩子們的才能及學習，我一向不從成績單的「數字」去評定他們的天資與成長。那樣活生生的孩子，每隔一些日子，便有意想不到的變化，怎麼能以固定的「數字」去衡量呢？他們將有幾十年的生命歷程，怎麼能以一次或一學期考試的「數字」去評定呢？假如，只相信成績單的數字，卻不用心去了解孩子活潑潑的生命；假如，只看一次考試，卻不宏觀孩子的一生。這樣的父母親，不是高興得太早，就是憂慮得太多。

對於孩子的才能學習，我們能做的就是盡力供給資源和環境。我家到處都是書，連孩子的房間也擺滿童書，但是卻不強迫他們閱讀。我們相信，當你將羊兒拉到豐饒的綠洲，肚子餓了，牠們自然就會吃草。在孩子成長的歷程中，他們喜歡學什麼，就學什麼；不喜歡，也不必強迫。在課本之外的天空，他們一直是自由翱翔的雛鷹，彈鋼琴或吉他、繪畫、演戲、寫作、游泳等，想學什麼就學什麼。至於大學要讀什麼科系、未來走向什麼生涯，也由他們依照自己的興趣、才能去抉擇吧。

我一直認為，假如父母親真能體悟到每個孩子都是不能複製、不能取代，自然而然的生命「獨體」；也都有他不可介入、不可支配，自然而然的生命「歷程」；只要用心去了解他們、從旁去引領他們，就不會產生難以溝通的衝突了。

講義雜誌第二四五期　二〇〇七年八月

失落的景象

我站在這所女子中學後門的「北濱路」邊，時間確定是一九九八年五月；但是，眼前彷彿有一張銀幕，不斷輪換著許多泛黃的幻燈片，時間考訂是在一九七二年，月份則不詳。

鏡頭之一

街道，不寬，冷落，很平凡，一邊是水泥灰色的圍牆，高度恰好讓你站在牆外看不到牆內；但不少樹木卻從牆內窺伺牆外，有芭蕉、樹蘭、大葉橄欖、雀榕以及一些不知名的雜樹。牆的中段設了一道子母式的木門，刷上紅漆底色，間以白漆直立條紋。這是女中教師宿舍的後門，像一張無言的嘴，日夜對著浪聲聒噪的大海。

另一邊往下滑落，是兩條窄軌的鐵道，向北通到港口，向南通到車站，走的是貨運火車，但經常大半天見不到蹤影。我們的興趣，並非等待觀看那氣喘咻咻的傢伙，而是趁著它不來的時候，走過鐵橋；從一根枕木跨過一根枕木，中間空隙，可以看到美崙溪向大海投懷送抱的激情。那一端右側，是鼓起如乳房的小垤，上有廢棄的碉堡；其旁叢生林投與芒草，可供男女幽會，或孤獨地望海。

那時候，我正和一群年輕的男女住在紅漆門內。剛來不到幾個月，這條橋卻已跨行了好幾趟，並且站在橋頭，扶著「小心火車，禁止行人穿越」的警示牌，攝影留念。

人生許多時候，就是這般無聊；然而，更無聊的卻是，二十六年前初到花蓮，花蓮之讓我能夠留下一些鮮活的印象，便是它還有些空間，讓我恣意做點害不了什麼人的「無聊」事兒。

鏡頭之二

越過鐵道，便是海岸了。這段海岸完全沒有人工的痕跡，如城牆聳立的防波堤，到右方約二百公尺處，就像巨蟒斷尾，續之而起的是一片雜生黃槿、林投、蘆葦的土阜，內有營房數幢；再續之而起的則是一段泥土間嵌著岩石的天然堤岸，略陡，但有一條被人們長久硬走出來的小徑，通到十幾公尺外的海灘。

海灘前段是細沙，中間是粗礫，靠近浪邊則是鋪展得很平整的鵝卵石。就是這片海灘，教我把花蓮永遠鐫刻在腦版上。

我的感覺經常由下午四點多的夕照間開始活躍起來；踩過鐵軌，站在岸端，我並不急著從那小徑滑下海灘，而讓眼睛先廣收一片愉悅的景象，其焦點並不在「落霞與孤鶩齊飛，秋水共長天一色」的遠方。在海灘上或站或躺或坐或行的人群，服色有黃有綠有橙有紅有紫有灰有藍；但佔據最大畫面的色塊，卻是上白銜接著下黑，白者衣，黑者裙，白衣黑裙的女中學生，三三五五，七七九九，徜徉在海灘上，彈吉他、唱歌、聊天、追逐、嬉笑、揀石頭或靜靜地看海。

傍晚，我們幾個年輕男女在灘上，或坐或臥，等待著「海上生明月，天涯共此時」的奇景。大家反覆唱著〈回憶〉、〈花蓮舞曲〉和片片段段並不懂意思的山地歌。那時候，我第一次對被戲稱為「舊鍋子」的花蓮作曲家郭子究有了很深的印象。

月亮似乎趁我們被歌聲陶醉的時候，倏爾跳出來。當我們瞥見它，它已經大剌剌地站在海平線上，慷慨地向水面傾倒金湯，漫漫然從遠而近地盪漾過來。夜裡習慣隱藏在黑幕中的大海，忽然被赤裸裸地撒上發光的金粉，竟爾亮麗得有些詭異，一種很不真實的幻境。而那一向很遙遠的天陲呢？也因為貼著一輪又大又圓的月亮，而變得好近好近，像舞臺上的佈景。當夜，我已知，即使老而痴呆，都難以將花蓮從記憶中刮除。

那個年代，我時常在回想，一九七〇年代的花蓮，學生們究竟有沒有很沈重的功課？她們最愛想的是什麼？最愛做的是什麼？放學之後，到底人在哪兒？宿舍、家裡、電影院或市內什麼我也弄不懂的娛樂場所？不過，我比較經常看到她們的地方，卻是海灘上。

我想，那個年代，花蓮的海和她們的距離一定很近；那是她們投射快樂與憂傷的場所，甚至連夢想都會塗上海的顏色或裝進海的聲音吧！

人生有些時候，總得能夠浪漫一下，即使被譏誚為不切實際，也值得高興；那表示一顆心還不至於在青春小鳥的年歲，就已變成一台電子計算機了。

二十六年前初到花蓮，花蓮之讓我能夠留下一些鮮活的印象，便是它還有些空間，讓我不切實際地「浪漫」一下。

一九九八年五月，我站在這所女子中學後門的「北濱路」。那道水泥灰色的圍牆不見了，紅漆門不見了，窺伺著牆外世界的樹木不見了，鐵軌不見了，碉堡不見了，堤岸不見了，海灘不見了。而最重要的是，白衣黑裙的色塊，完全從畫面消失了。

我不知道，她們究竟都去了哪裡？在這一九九〇年代的花蓮，可以確知的是，海和她們的距離當然越來越遠，因為許多憑空冒出來的阻礙，有形的、無形的，不斷間隔著她們走向海灘的路徑。

我站在二十六年前站過的海邊，百分之百的陌生，許許多多不知為什麼會在這裡出現的事物卻都在這裡出現了。它們唯一的效果，就是把我和海隔得遠遠的，遠到在我即興的生活趣味之外了。

花蓮在變，雖然速度很慢，但卻沒有一個人明白：她會怎麼變？應該怎麼變？

這，我也一樣不明白，但關心的是：一切不必耗費很多錢就可以讓我們生活得興味盎然的事物，會不會像眼前的大海一樣，在花了很多錢之後，卻被阻隔得越來越遙遠！

更生日報・文化濤聲雙週刊　一九八九年七月二十日

愛上花蓮的理由

住在花蓮或到過花蓮的人，很少不愛上花蓮。假如，「愛」真的可以說得出理由，那麼從人們口中或筆下所說「愛上花蓮的理由」，究竟會有多少種？

到花蓮，搭飛機除了便捷之外，並不是一種能夠把花蓮細嚼慢嚥的交通方式。我想，搭輪船應該不錯，可以在海上一路遠望著峰巒疊翠、煙雲堆錦的島嶼，想像自己彷彿當年的葡萄牙人那樣驚嘆：「啊！福爾摩沙！」可惜，花蓮輪久已停駛。那麼，乘車就是最好的選擇了。搭火車，坐靠海的窗邊，千萬不要睡著，那是無法以門票計價的眼福。當然，最懂得品嘗花蓮的人，大多會自己開車，沿路節奏的快慢，完全由你打譜。

愛花蓮的感覺，從車子駛上蘇花公路就開始了。右翠屏，左碧毯，山與海陪你一路從頭走到尾。很多處轉彎或穿過讓人錯覺時光的隧道，都彷彿是武陵人剛走出山洞，眼前乍現奇景，驚嘆是你最忍不住的感覺。就這樣，心版一路鐫刻著驚嘆號；到清水斷崖，驚嘆號似乎已不足以表徵心中的感覺了。上接碧空的峭壁，層層亂石傾瀉著沈重的灰褐色，向你壓頂而來。下飲滄海的千丈斷崖，拍岸濤聲邈遠如地底幽靈的呼號。不要被嚇著，這只是花蓮迎客的序曲。

花蓮以山水召喚在塵世中疲睏的靈魂——這是所有愛上花蓮的人都可以說得出來的理由；然而，還有其他呢？愛上花蓮的理由，絕不會只有一個。

前些天，我與臺北的朋友通電話，聽說九歌出版社的蔡文甫先生說：「花蓮是臺灣的愛爾蘭！」愛爾蘭的特產之一是「文學」。蔡先生大約是想到愛爾蘭的葉慈（Yeats）、喬伊斯（Joyce），也想到花蓮的楊牧、王禎和吧！這是蔡先生愛上花蓮的理由嗎？

山水與文學，的確是愛上花蓮很好的理由；然而，或許很多人愛上花蓮的理由都不太一樣吧！

聯合報副刊　二〇〇三年二月十五日

文學心眼中的花蓮

從一九七二年開始，我與花蓮就牽纏不斷了。那時候，我剛從大學畢業，到花蓮女中教書。雖然只是短短的一年，卻因而娶了花蓮女人，兩腳從此再也難以完全拔離這片聽說會黏人的土地。

一九六三年，十六歲，我告別嘉義的原鄉，隨著父母在臺北流離了三十幾年。我一直不肯當然地認同臺北是我的第二故鄉。一九九四年，我告別都城，攜著妻兒搬家到花蓮，真的有終老於此的念頭；然而，花蓮是我的第三故鄉嗎？幾年來，我不斷在勸說著那個一九六三年告別原鄉之後，就一直在飄泊著的靈魂：認同吧！花蓮就是你的家鄉。

在「鄉」的認同上，絕大多數的人都是貞女，只把感情和身體給了最初的戀人。這些年來，我才真正懂得當年從河北、山東、陝西、湖南……各地跨海來臺的人們；幾十年了，他們的「鄉」卻仍然在煙波浩渺之外。

從一九九四年到現在，即使已定居花蓮十年；然而對花蓮，我必須坦白地承認，始終都像一個失鄉的旅人。雖然幸福地找到安居之地，卻一直只是在地人與自己心眼中外來的他者。「你是哪裡人？」我經常被這樣詢問；而我有時候也會這樣奇怪地問自己。

外來的他者，在這塊土地上，找不到關於父祖的種種記憶，找不到和我的「生」與「長」貼實的種種記憶。我對花蓮的記憶，從成年開始，從工作而旅居開始。然後歷經了婚姻，終而定居。即使婚姻、定居，我的苦難、幸福與這塊大地上的山風海雨、草木土石、蟲魚鳥獸也還沒有深切記憶的連接。一直，我都只能旁觀，彷彿嚮往山水的旅人，賞心悅目之餘，讚歎是唯一的言語。

「鄉」原來不是僅供觀賞的山川草木，而是與土地、民俗貼實的生活經驗；並且必須累積幾代的記憶，可以向子孫描繪祖先們在這塊土地上銜趾接踵的腳印。

文學作品的確反映了作者「觀」其所在空間的心眼。一九七二年以來，我寫過關於花蓮的作品，散文、小說約有二十篇左右，古典詩約有十六首。多數的作品，尤其一九九四年以前，花蓮對我來說，只是一幅巨大而綿長的卷軸山水畫。我散點式地遊目騁懷，猶如一般的旅客，隔著不帶煙火味的距離，表象地觀賞著人們心目中的最後一片淨土，跟著埋怨起城市生活的混亂與人性的虛矯。相對，就浪漫地發起雲煙縹緲的出塵之想——我就這樣地書寫花蓮。

假如，一定要說我和一般旅客有什麼不同，也只不過是我在這幅山水畫前駐足了比較長久的時間，因而認識了不少的畫中人，其中有一個是我的妻子；這就有些特別的人情味了。許多年來，寒暑假總是全家在鳳林一座農園度過，那是妻的娘家。每天早上，都到鎮上那間小店去享用一餐客家的米食：菜包、草仔粿或發糕。遇到妻家的親友，就彼此和氣又客氣地招呼起來。那種感覺很奇怪，比一般旅客要熟稔、親切了許多；然而，我知道，在這鎮上他們的共有生活記憶中，並沒有我這個人。

對於花蓮，我一直就是這樣的旁觀者。因此，它的山川草木、風土人情還沒有滲透到我生活經驗的裡層，當然也就還沒有滲透到文學作品的裡層。移居花蓮，這十年來，我可以感覺到自己逐漸在貼實這片土地，也不斷在尋求另一種不同以往觀看花蓮的心眼。然而至今，最妥貼的心眼卻還沒有找到，並且反而感到一種「文明」與「自然」的矛盾。

在歷經三十幾年都市生活之後，移居花蓮，我再也無法像從前那麼浪漫、單純地只將花蓮看作是一片出塵的淨土。我仍然欣賞她的山水，也欣賞在山水中優閒生活的人，卻對許多機構的辦事效率非常難以接受。因此，近年來，寫到花蓮時，比以前的作品多了些嘲諷與批判，例如〈逐漸消失的鏡頭〉、〈找尋山水裡的人〉、〈或許花蓮人是對的〉。

我經常在想，這或許是因為我雖然一腳踩上花蓮，另一腳卻還沒有完全抽離臺北；而花蓮也一腳仍舊停駐在自然中，另一腳卻還沒有完全踏入現代化的文明吧！有一天，我終將在這種矛盾中，找到統合的角度，去重新觀看花蓮；而累積出可以花蓮為「鄉」的生活記憶，並讓它滲透到我的文學作品裡。

自由時報副刊　二〇〇四年九月八日

永不褪落的圖像

第一次見到林耀曾老師，大約在一九七〇年暑假過後。那時候，我大學三年級，「中國思想史」的課堂上，耀曾老師果如傳聞中那樣風度儒雅地站在講臺上，以輕舒的語調講述著孔孟老莊荀韓。

他沒有使用固定的教本，只帶一冊筆記，大概是他自己整理的講綱吧！但是，他很少看筆記，腦中似乎有個資料庫，只須開啟視窗，便顯現《論語》、《孟子》等各種經典。他就這樣旁徵博引，豐實地教了我們一年的「中國思想史」。那時候，對於我們這群腹笥中沒裝幾篇文章的年輕學生，見識到耀曾老師的博聞強記，能將古奧的經典背誦如流，的確叫我們瞠目結舌哩！

雖然，三十多年的歲月已去；但是，有一幅耀曾老師的圖像卻始終不曾褪落剝蝕，仍舊鮮明地時而浮現在我的心中：師大第二排古老的紅樓教室長廊上，寒冷的冬天午後，老師穿著一襲米白色的風衣，從長廊的彼端，向我們的教室緩步走來。從高窗斜射的陽光，朗亮地照在他的身上，白皙而煥然的容顏與飄灑的風衣，彷彿融繪成一幅古代「讀書人」的圖像。二十幾年過去，老師病後，我每次去永和林森路家中探望他，坐在客廳陪伴老師聊天，雖然儒雅依舊，但是看著他日益衰颯的氣色，那幅圖像竟自格外鮮明起來。這時，總有一絲蒼涼，從我心頭悄然泛散。

在我還涉世不深而任氣輕狂的年代，景伊老師與耀曾老師二代對我的「知遇」，影響了我一輩子。我剛進大學不久，景伊老師就讓張夢機帶著我去見他，當面給我很多的勉勵。大學畢業到花蓮女中去教書，那時我正陷溺在情愛失落的沮喪中，將繼續進修的夙志沈入眼前的太平洋底。景伊老師似有耳聞，就叫張夢機寫信給我，「命令」我一定要用心準備報考研究所。這是我人生的關鍵時刻，景伊老師將我拉回原來的軌道。至於耀曾老師，記得有一次在景伊老師的壽宴散後，餐廳門口仍是燈火輝煌，耀曾老師有些微醺，直拍著我的肩膀，說：「崑陽，老師很欣賞你。好好用功！」到現在，我都還能回味當時內心那種溫暖、快樂的感覺。

一九八〇年，我博士班三年級，剛通過資格考。某日，見到耀曾老師，那時候他正主政高雄師範學院國文系，很溫煦地對我說：「來高師國文系教書吧！」我還有些不知好歹地推辭：「老師，高雄太遠啦！」他笑笑說：「昭旭、夢機也南北這樣跑了好幾年啦！老師很欣賞你。」於是，我就應聘高雄師範學院，教了二年書。一九八二年，在講臺上昏倒，才只好回臺北。老師還因此而很不捨得我，他一直以為我累出心臟病了。回臺北之後，師大不肯接納我，到文學院，就被擋住去路了。幸好，淡江大學讓我還能有棲身之地。

我永遠都感念著景伊老師與耀曾老師對我那麼好。也因此明白，老師懂得去「欣賞」學生，給一個在混茫中，還立足未穩的年輕人，是多麼大的鼓舞力量。對他們，我除了銘感「知遇」之恩外，也向他們學到了「欣賞」學生的襟懷。因為我明白，可能會有一些在混茫中還立足不穩的年輕人，由於我一句「老師欣賞你」而影響了他一輩子。相對的，每看到那種打壓後進如以利刃剪筍的當道者，就不免想以兩位老師的「長者之風」去質疑這種人：對肯上進的年輕人說「我欣賞你」，真那麼難以做到嗎？

耀曾老師晚年病弱，幽居在家。每回我去探望他，陪他閒談。他總還是殷殷關懷我的近況，尤其我在高師講臺上昏倒這樁事，可能讓他印象深刻，每每垂詢：「你心臟比較好了嗎？別太累了。」我回答他：「沒事啦！」他就顯得放心的樣子。然後，一直陪伴在身旁的師母，便會和我一起勸慰他靜心養病。師母自己的身體也不很強壯，卻始終堅忍地照顧著病弱的老師。她的頭髮，每見她一回，就白過一回。我常想，老師晚年健康雖然不好，但有師母隨身照顧，也算得是有福氣的人哩！在這涼薄的新世代，還有多少這樣彼此照顧一輩子的夫妻呢？

我曾經邀約老師，等他健康轉好，行動便捷時，陪他在花蓮山水間悠遊幾天；然而，這個邀約一直到他去世，花蓮山水卻仍空自期待著他。

老師去世也即將一年了，至今想起來，總覺得他還沒走，就坐在永和林森路家中的客廳裡；而我正打算約個日子，從花蓮去探望他，陪他閒談。他肯定還會問我：「你心臟比較好了嗎？」這時，看著他儒雅依舊卻日益衰颯的氣色，我也肯定會想起那一幅永不褪落的圖像：冬日的午後，老師穿著一襲米白色的風衣，從陽光熠耀的長廊彼端，向我們的教室緩步走來。

聯合報副刊　二〇〇七年一月二十四日

我們在悲傷之後

「詮釋，就是向文本與你自己提出問題；然後，由你自己陪同文本一起去回答。」這是我經常提示學生的兩句話。

四十多年前，在我還沒有從葛達瑪（H.G. Gadamer）《真理與方法》書中，讀到這個道理之前，就在黃錦鋐教授的課堂上，切切實實地領略過了。至今，那次經驗還刻在心版上，始終不曾褪色，並且成為一幅指引我做學問的導航圖。

一九六九年春天，聽說王宗林教授遠去南洋，《論語》課換了一位剛從日本學成回國的教授。在我們的企盼中，陽光溫煦的午後，一個瘦削得近乎憔悴的身影，踏進教室，步上講台。「我是黃錦鋐。」他把自己的名字寫在黑板上；然後，叫我們打開《論語》，翻到「顏淵、季路侍」這一章。讀完課文，做了生難詞解釋，他沒有在黑板上抄寫什麼資料，直接就提出一連串的問題：

季路和顏淵，哪個人的志向比較不容易做到，為什麼？哪個人的志向境界比較高，為什麼？

孔子的志向比起季路、顏淵，境界又高在哪裡？這三個人的志向，你欣賞誰？如果是你，對自己的人生，會抱持什麼樣的志向？

他丟出一連串我們從沒想過的問題，同學們似乎都被嚇傻了，教室裡靜默無聲。我們一向讀《論語》，都是將生難詞的解釋背下來，然後逐句翻譯，再抄錄一堆前人的箋注，這樣不就好了嗎？誰想過那麼多問題！

那麼多問題，沒有人主動舉手回答。於是，他一個接一個叫同學起來，彷彿「逼供」。至今，我都還能感受到，當時真是緊張得心臟快要從嘴巴衝出來。上完這堂課，內心還波濤洶湧；平靜下來以後，我深切地體悟到，閱讀經典，不能僅是訓詁、翻譯；而必須穿透文字，契入作者及自己的存在情境、感思與價值意向，而提出表層文字所沒有明示的問題；並且自己陪同文本，去找出適當的答案，這才算讀懂了那本書。

這就是我對黃老師的第一個印象，永不褪色的記憶，深遠地影響了我往後做學問的基本觀念及態度。明師示人以學問的津梁，而非僅給些毛屑之知而已。

隔年，他開講《莊子》。那個年代，我們對知識還能如同饑者求食、渴者求飲；這門課，學生搶佔座位，真是比西門町爭買電影票還要熱鬧的一幅風景。

我高中時期就讀過《莊子》，所知雖然淺薄；但是懵懂間，卻從生命底層泛起一種響應似的感知，或許我就是莊子在濠梁上所看見那隻浮游的魚兒吧！

這一年，黃老師帶著我們進入莊子的生命存在情境，自己去體悟：當人們陷落在是非圈、利害鍊、生死環的糾纏中，如何才能活得逍遙自在？我每次上課，往往都有一種如從鐘鼓聲中醒來的感覺。

我決定讓童年就已嗜愛的古典詩只當做吟詠性情的趣味，而將學術研究交給莊子。一九七四年，我懇請黃老師指導碩士論文，他給了一個題目：《莊子自然主義研究》。從此，我隨著黃老師進出莊子的存在世界，也進出老師的門庭。有時候，在談論學問之餘，「崑陽，你就留下來，陪我一起喝兩杯吧！」我也真是傻裡傻氣地將老師家當做自己的家。那個年代，往來親切的師生，幾乎情同父子；而師母也將學生看做自己的小孩。對黃老師及師母，我始終就有這種感覺。老師說「你留下來陪我喝兩杯吧」，師母可就有得忙了，辛辛苦苦張羅一桌菜餚；我想，或許她的快樂就是分享了老師與我這份如同父子的師生之情吧！

那時候，我還年少輕狂，在滿是古典氛圍的中文系，我的穿著似乎也太現代、太奇特了；而且仗著一點兒才氣，博得些許兒文名，眼睛便長到天靈蓋上，嘴巴也利如刀鋒，恐怕真叫許多人看不順意吧！有一次，坐在老師家的客廳，閒聊之間，他忽然轉為嚴肅，「崑陽，能做人，才能做學問，你要懂得謙虛呀！」做人與做學問不能分開，這個道理，我過了不惑之年，才真正明白；但是，當年老師一席話卻已在我心田中埋下種籽，等待我自己用人生歷練的養分澆灌它，就能發芽成長。

我的博士論文繼續由黃老師指導，完成《莊子藝術精神析論》。結婚，也請了老師福證。想一想，我這一輩子，學問、做人、婚姻，都由黃老師施給豐厚的養料，才能收割這些差強人意的成果。

那一年，突然聽到老師病倒的消息，我真的非常驚愕、憂傷。起初，我去探望老師，他還認得我，知道我遠從花蓮來，似乎特別欣慰，拿著筆，在紙上可以和我說上幾句話。我心中祈禱著，老師復健會有很好的效果，讓他能和來訪的友生閒話，也能扶著起來走動。這樣，他的餘年就不至於寂寞如封閉在幽谷裡的孤松。不幸中，總還是期待著幸運之神能多少給些眷顧吧！

然而，老師的病情似乎沒有越來越好！八十多歲了，體魄只見日衰。後來的幾年，我去探望他，也不知道他究竟還認得我嗎？看護林小姐將他半扶半抱到客廳，他的神情有時會顯得激動些，林小姐說因為老師很高興我從花蓮來看他；然而，他已無法說出內心的陰晴寒煖，只能靜默地聽著我們閒聊一些他也曾熟悉而如今已非常遙遠的往事。人生至苦，莫過於有情有感卻無法言語；而最讓我難過的也就是眼前這個昔日總是談笑風生的老師，如今卻只能默爾以對。每次離開老師家門，走在這條曾經留下很多美好記憶的萬盛街上，我真的強忍著淚水！

近一兩年來，他已如寒夜殘燭。冬天，我去探望他；他躺在瀰漫暖氣的臥室中，我就站在床邊，看著這個曾經在動亂的時代中，雖歷盡顛沛流離，卻仍然堅持讀書、做學問，並好好做人，而一輩子俯仰無愧的大學者，卻受病苦折磨到彷彿一棵已近枯萎的老松。我隱隱然感到一片難以言宣的傷痛，心中不斷纏繞著：斯人也而有斯疾！天道無親，常與善人；其然乎！豈其然乎！那樣一聲接一聲的浩歎。

如今，吾師已逝。悲傷，固然發乎情；不過，吾師乃當代莊子學的大家；我理智地想到：

「適來，夫子時也；適去，夫子順也。安時而處順，哀樂不能入也。古者謂是帝之懸解。」那麼，吾師以九十一歲高齡，病苦十餘年，如今化鶴而去；我們在悲傷之後，也應該體會到他得以「懸解」的那分輕鬆吧！

國文天地二十八卷二期　二〇一二年七月

家族想像中的爺爺

二〇〇三年，暮春，某一個感覺很特別的午後，我坐在東華大學文學院研究室靠窗的書桌前，開始寫這篇文章。

從窗口可以俯視，被幾幢龐大建築物包圍的假儉草，仍然肆意地鋪開大片的碧毯，而東湖的水也被連番春雨關注得豐饒光鮮。遠處則是平野綿延盡處的海岸山脈，以及更在山脈之外如可想見的滄海。一九九六年以來，這窗口一直收容著我的書寫心情、姿勢以及眺覽的風景。

隔一面薄牆，另一個窗口，坐著鄭清茂教授。我猜想，他的書寫心情、姿勢與眺覽的風景，和我能無相似嗎？

然而，那個窗口坐著的人，今年夏天之後，就不再是鄭教授了。他將正式從東華大學退休。因此，這個午後，我一如往常坐在窗口，書寫的姿勢與眺覽的風景沒變；但是，心情卻特別不同。

鄭清茂教授，東華大學中文系的學生們都喊他「爺爺」，年輕的老師們也跟著這樣喊。我和較為年長的同事們則稱呼他為「鄭公」。

起始，學生們喊他「爺爺」，可能是由於「族譜」中「年長」的分位吧！一九九六年，東華大學中文系誕生了，創系的四位教授是王靖獻（楊牧）、鄭清茂、王文進和我。第一屆的學生為我們編了「族譜」：鄭教授是系主任也是族長，滿頭皚如積雪的銀髮，順當的就是「爺爺」。略小「爺爺」幾歲而擔任院長的楊牧教授，忙著公務，和學生親近的時間比較少，學生們卻難掩孺慕之情，很自然的喊他為「外公」。王文進教授雖是碩壯的男人；但是，家族裡不能沒有讓孩子們覺得「溫馨」的女性呀！他日常碰到學生，總是笑得像冬陽，反串「慈母」，似也恰如其分。至於我，既被學生叫作「嚴父」，凜冽之氣，恐怕讓他們不敢靠近我三尺之內吧！

這「族譜」雖然有些出於諧趣；但是，無意間卻也投射了中國傳統文化的「家族意識」，是一幅非常美好的「家族想像」。大學的科系，是一個分子來自四方，彼此全無血緣關係的群體。這幅「家族想像」，卻從一開始就讓我們這群老老小小的同事、師生們，逐漸孳乳著「一家人」的情意。因此，「爺爺」之稱，在「族譜」編造之初，雖僅是「年長」分位的符徵；但是，當學生們在課堂內外，一聲聲地喊鄭教授「爺爺」時，誰都聽得出來，他們是喊「真」的呀！

這就讓我想到，鄭教授時常與我們談起，他在大學時代，與董作賓、臺靜農、孔德成等幾位老師的情誼，真如同父子。課堂內的「傳道、授業、解惑」而外，平日經常往老師家裡去，喝茶、品酒、欣賞書畫古玩、高談課本外的奇聞逸事，甚至嚴肅的真理明訓。那年頭，物資很匱乏，大學教授清貧者多矣；然而，學生把老師的家當自己的家，老師也打從心裡當他們是子女一樣。尤其最讓人溫馨的是師母，學生三三兩兩來了，彷彿外出的子女回家，她就歡喜地搜刮家裡能吃的東西，弄出幾樣好菜，讓這堆情同父子的師生嘗嘗「一家團聚」之樂。

這般的師生情誼，我與王文進、劉漢初教授，甚至其他年輕的老師們，都品嘗過。這是傳統文化裡糅合了「學」與「行」而成的醇釀。人，在一起讀書，倘若不能因此而更懂得親愛，就不如一一化作儲存知識資料的電腦。電腦，至少還不會自己拿知識去害人。

在「知識」只是經濟商品的這個「消費時代」，師生幾乎已由「情同父子」變異為「老闆與顧客」的關係。曾經有某大學的學生，不客氣地向校長說：「我們是顧客，你是老闆，老師是跑堂。這家餐廳端上來的菜，我們不滿意，怎麼辦？」這個故事是真的，我很想看到那個校長當時的表情，也感覺一下他心裡的滋味。

從那消費性的師生關係，再回頭凝視這幅「家族想像」，我才能肯定三十多年前選擇為「師」，而視財貨如貝殼，畢竟可以無悔。已將退休的鄭教授，必然與我有同樣的感受。

然而，這樣的「家族想像」並不只是「想像」而已，幾年來之所以真能落實，靠的是鄭教授的確做好了「爺爺」，而非徒有其名。他一九三三年出生於嘉義縣民雄鄉牛斗山山中村，是一個厚厚實實以泥土揑出來的人，有著「大地」的性情，承載包容著萬物。他歷經各種崎嶇與平坦的道路。一九五九年從臺大中文研究所碩士畢業後，留學美國普林斯敦大學東方學系。一九七〇年取得博士學位。期間，更赴日本研究。然後，長期在麻州大學亞洲文學系任教，並當過系主任，是國際知名的漢學家。在學識上，他的「博通」，經常會讓當今已過度「專業化」

的年輕人文學者瞠目；然而，鄭教授在我們系裡能做好「爺爺」，還不只是因為他博通的學識，更重要的是他「大地」的性情與「秋水」的智慧。「大地」見其包容，「秋水」見其明澈。真正的學問，「知識」與「人格」不能拆開來，鄭教授可為典型。就是這樣的學識人格，讓所有中文系兒女輩的年輕教師與孫子輩的學生們，都覺得他是最好的「爺爺」。

然而，「爺爺」就要向我們告老退休了。坦白說，「爺爺」並不「老」，不管就他的身體與心境而言，他都不「老」；依我對他的了解，他的身體與心境，比我這少他十幾歲的「小老弟」，還要「年輕」許多；但是，「制度」說他該「退休」了，「爺爺」也只好向我們告別。聽說他離開東華美麗的校園後，要住到西部一個繁鬧城市中的一幢高聳的大樓上。他每天聽著嘈雜的城市之聲，一定會想念在山海之間的我們：正在學習將來也要做好「爺爺」的年輕教師與學生們，以及緜延的山脈、平野，蒼翠的楓香、細葉欖仁、洋紫荊、茄苳、鳳凰木、菩提樹，或曾經憩息徜徉過的美麗建築物。

自由時報副刊　二〇〇三年六月五日

詩人真的走了！

八月十二日上午，剛從烈陽下走進家門，電話鈴響，陳文華教授在遙遠的彼端，以近乎哽咽的聲音告訴我：「夢機走了！」我的心陡然從烈陽下被拋入冰庫。雖然，早就知道這一天終究會到來；但是，沒有讓我在夢機病榻前，執手道別，送他離開這苦海也似的人世，卻只由文華從電話傳來這個消息；這，能不教人驚疑：夢機果真走了嗎？

這幾天，我仍然還沒有認定這個事實；除非讓我看著詩人闔上閱盡滄桑的雙眼。

昨晚，躺在床上，輾轉了許久。腦海中，不斷放映著夢機片片段段的影像：黝黑壯碩的身軀；東方朔也比不上的機智、幽默；清亮豪爽如鐵琴銅磬的笑聲；帶著一群學生，圍坐碧潭崖上的茶亭，一手夾著紙菸、一手端著陶杯，水光山色間，閒話詩詞或天下大事的神情；坐著輪椅，在恭喜、恭喜的賀歲聲中，和我們幾個好友「爾虞我詐」玩著梭哈的賭神模樣……這一個接一個的「張夢機」，都還活生生，恍如昨日，就在我們眼前，而怎麼說詩人真的已經走了呢！他要走到哪裡去？今後，新店玫瑰中國城那幢詩人坐困近二十年的「藥樓」，再也看不到他了嗎？而每隔一些時日，便能接到他寄來的詩稿，果真是從此音斷韻絕了嗎？想到這種種，我的胸頭淤塞得將要窒息！

一九六五年間，我還是個高中生，就讀過夢機的詩，在書中認識了他。一九六七年夏天，我高中剛畢業，參加「中國詩經研究會」舉辦的擊缽聯吟，第一次見到夢機；那時代，古典詩已夕陽在山，白髮詩人群中，我們青青子衿相對，彼此就格外交契了。

認識夢機四十多年，我們雖然不同血緣，卻與親兄弟沒有兩樣。一九七〇年，他娶了美麗的新娘田素蘭小姐，賃居新店中華路。長子凱君出生，寄養內壢娘家；大嫂經常回去照顧兒子。文華與我，那時還打著光棍，往往「趁虛而入」，星期六就到夢機家。醬燒茄子、家常豆腐、蒜苗臘肉、油爆蝦……二杯高粱或三瓶啤酒、四包長壽菸，從李白、杜甫到蘇東坡、黃山谷；從古體詩到近體律絕；從練字、宅句到對偶、調聲；或者，從釣魚臺事件到中美斷交；從夢機少年時代在岡山眷村打群架，到我小學喜歡班上一個叫做「小蘭」的女孩子，到文華由於印尼排華而迫遷臺灣……這樣天南地北的過了半夜，就在夢機家裡打地鋪了。

幾年後，夢機在新店買了房子。我也結婚了，就和夢機隔著一條北新路，近鄰而居。若有雞犬，必可相聞，而卻老死經常往來。有時候，在他家聊到半夜，還得大嫂下逐客令，才肯離開；親兄弟的情誼大約不過如此吧！我的一雙兒女顏訥、顏樞也因此就認他們夫妻作乾爹、乾媽了。

夢機喜歡聽周璇的老歌，每回聊天，嘴皮子說累了，就搬出那台老舊的卡帶播音機；在周璇鶯囀的歌聲中，詩人收起笑容，垂下眼皮，一片悵惘之情鎖在眉頭。我幾乎跟著他的想像，飛過千山萬水，落在南京玄武湖。一個大約六歲的孩子，跟著母親，在湖邊玩耍。這時，周璇的歌聲穿花越柳而來；更遠的地方，砲火卻如驚蟄後的巨雷。那時候，詩人還很小，隨家避亂到南京，烽火中聽到周璇鶯燕啼春的歌聲，會是什麼樣奇異的感覺？這一幕往事，鐫刻在他最裡層的心版上，時而掏出來閱讀。我明白，他反覆聆聽的不只是周璇的歌聲，更是生命迤邐過那段苦難歲月的跫音。我是他的兄弟，雖然沒有陪他一起走過亂離之路，卻可以在幾十年後，陪著他讓周璇的歌聲，將我們帶到還沒有被烽火吞噬的玄武湖邊。

夢機到這世間來，性成命定就是要做個大詩人，延續古典詩如縷欲絕的命脈。他少年時期，在岡山空軍眷村，經常和大哥張克地以及一群聲氣相投的夥伴，把「武俠小說」的故事搬到村子裡，真實的演出。這不就是規矩綁不住的少年李白嗎？夢機的性情生具「俠」與「詩」的質料。在俠氣沖天的少年時代，同時也感應到「詩」的聲韻與意象。母親帶著念些唐詩，竟然能讓他沈靜下來。高中時期，父執輩詩人鄒滌暄鑿開了夢機混沌的詩心；大學時期，名詩人李漁叔雕塑了夢機精醇的詩材；又得吳萬谷、江絜生的點化。其間，時與汪雨盦老師，以及羅尚、陳新雄、黃永武、杜松柏、尤信雄、沈秋雄、陳文華、文幸福、顏崑陽等詩人相與唱和，結社名為「停雲」。而其詩名日益鼎盛，臺灣以至香港、澳門、新加坡等地，很多詩人都爭相結交，吟詠往還。兩岸開通以後，慕名酬贈者，更擴及大陸；而「張夢機」儼然已成為眾所同尊的「詩壇祭酒」了。

成就一個大詩人，除了才情、良師、學養之外，還需要時代情境與個人命遇。沒有安史之亂，沒有流離窮病，便成就不了詩聖杜甫。然而，這一切也都是無可奈何之事，只能遇之而非能求之。夢機經歷亂離，使他詩中常有憂時諷世之音；然而，真正讓他的詩境產生很大的轉變，卻是由於自己所遭遇的疾厄。

一九九〇年開始，他的人生便由清風朗日陷入愁雲慘霧之中。我美麗的大嫂食道癌過世；周年忌之後幾日，夢機中風，幾死，殘廢，從此只能在病榻與輪椅間度過餘生。他想搬離臺北市建國南路那個讓他傷痛的家，我幫他在新店玫瑰中國城尋覓到一幢適合養病的房子。這時候開始，他就將所居由「師橘堂」改稱「藥樓」，在這裡困居了近二十年。所幸他的胸懷一向寬如大地，敬愛他的友朋、學生，多似離離原上之草，三天兩日就有人敲門到訪；「藥樓」始終都不曾冷落寂寞過。

夢機剛剛病後，形如槁木，心如死灰，再也不作詩了。在他靜寂的臉孔下，我感覺得到蝕骨腐心的哀痛。那時候，我還住在新店，就近常去看他。他銷假復職後，勉強上課，我就擔任他的「助教」。一九九二年光復節那天，炒了他最愛吃的米粉，配上幾道菜，我攜著妻兒到藥樓陪他晚餐。作詩吧！讓悲苦排遣出來，我這樣勸他。幾天後，他的詩魂終於從病厄、沮喪中甦醒，感慨就如青谿活泉，奔流不竭。病前，他的詩以準繩之嚴、練意之精見長；病後，則隨情任性，日常目之所觸、耳之所聞、心之所感，都率爾成篇，而自然合乎法度。

二十年間，先後梓行《藥樓詩稿》、《鯤天吟稿》、《鯤天外集》、《夢機六十以後詩》、《藥樓近詩》。其數超過一千首，比病前的《師橘堂詩》、《西鄉詩稿》多出幾倍。其間，又取其精粹，編成《夢機詩選》。夢機之詩，以這樣的質與量，假如我推譽他為當代之冠，應該能得到詩界一致的認同。

詩人真的走了，夢機真的已離開藥樓、離開苦海也似的人世；這恐怕是我不能不認定的事實。這輩子，我們親如兄弟！那麼下輩子呢？聽到夢機已去的消息，我還隔著拔地參天的中央山脈，只能想像詩人闔上閱盡滄桑的雙眼。此時，夢機假如有知，應該會與我同聲吟唱著東坡寫給其弟子由的詩句：「與君今世為兄弟，更結來生未了因。」

文訊月刊二九九期　二〇一〇年九月

我為金凌驚愕而感傷

金凌，突然，就這樣走了！

十月十八日，我在研究室。陳秀美傳來這個消息，她的臉色驚愕而感傷。今年六月間，秀美博士學位論文口試，我請王金凌教授主持。那時候，她眼中的王老師，雖然頭髮花白了，但還是健康而讓人仰望的學者呀！

秀美恐怕也看到我驚愕而感傷！人生無常啊！我心中這樣喟嘆著。近些年來，這樣的喟嘆經常被觸發，也才真正體會到這四個字的深意。人呀！六十歲以前送走的多是長輩親友；六十歲以後，就開始一個一個送走同輩的好友至親；因而也越來越幽獨，逐漸步入「可堪孤館閉春寒，杜鵑聲裡斜陽暮」的情境，直到有一天自己也被送走！

人生無常！我驚愕、感傷著金凌，恍然間是否也反照自己斜陽日暮的人生！生命是自然的歷程，「其出不訢，其入不距」，浸潤《莊子》幾十年，在我彷彿自以為可以做個「真人」的時候，又如何不懂這個道理！然而，哀樂之感，在生死臨身的那一刻，卻不可能被道理之「知」

完全掩埋。金凌，突然，就這樣走了；我怎會不為之驚愕而傷感！我們是很熟稔的朋友，而他還小我一歲哩！

六月間，他來淡水口試秀美的博士論文。一段時日不見了，我發覺他衰老不少，比以前清瘦些，氣力似乎也沒有那麼旺盛；但是，我想，六十多歲了，這正常吧！我也是如此呀！我們都算是「好人」，再活個一、二十年，多做些學問，多教些學生，應該不算是對上蒼的奢求吧！才不過隔了四個月，金凌，突然，怎麼就這樣走了！我如何能不為他驚愕而感傷！

我認識金凌已近三十年了。平常，我們在不同學校各忙各的，尤其我移家花蓮之後，更是遠隔兩地，因此很少有閒暇一起吃飯喝茶、談天說地、遊山玩水；但是，我們彼此總覺得很熟稔、很貼近，那或許是一種同聲相應、同氣相求，沒什麼道理可說的投契吧！這就讓我想到稼軒的吟詠：「但使親情千里近；須信、無情對面是山河。」人世情誼，不是時間數量的加減乘除，也不是空間距離的長短遠近，甚至那可以是一種無言的感知。

對於金凌的性情、人品、學問，我一直喜歡著。他很溫厚，卻又能為「不宜」之事而直言、發脾氣，一向不做「有交無類」的應酬。我們都做文學理論研究，他的成就，一直讓我很欣賞。因此，有些關於學術的人事，我總會在第一時間就想到他。天津南開大學文學院召開「中國古代文學思想」研討會，邀我找幾個這一領域的臺灣優秀學者出席，我立刻想到金凌。十多年前，東華大學中文系剛創辦不久，正需要資深的學者一起開拓這塊處女地。我想到金凌的學術成就，又是花蓮人，便力邀他到東華來。他特別為這事回鄉一趟，在我家寒夜長談；最後，因為家庭已移根臺北，變遷不易，也就惋惜地作罷了。

金凌沒有到東華來；但是，我就在他的故鄉生活、工作，走過許多他曾經迤邐著身影的街頭巷尾、水湄山巔，竟自有一種恍如與金凌總角相交的親切。某一天，我到臺灣銀行去辦理外匯，中年的櫃檯員對我微笑著說：「您就是顏教授！王金凌是我大哥。」這就叫我更如同回到故鄉，走到哪兒都有土親、人親的感覺。此後，我每到臺灣銀行辦事，都會與金凌的弟弟聊到他；金凌真的一直都離我好近！

十月十六日，我又到台銀去辦理外匯，看到金凌的弟弟，自然就想到了金凌；正打算招呼，談談金凌的近況，他卻已轉身忙去了。哪料到第二天，他的大哥，我的好友，突然，就這樣走了。人生無常，真叫人惘然不知能握住什麼！

金凌，突然，就這樣走了！今後，我再到臺灣銀行，要如何與金凌的弟弟歡愉地談到他的大哥、我的好友！

二〇一二年十二月

走向木棉花道

一九九五年，二月十四日，雨從早晨就開始嘈雜起來，風也跟著喧囂，氣溫不斷地下沈。今年的情人節特別冷，尤其雙連坡上的中央大學更叫人從心裡冷起。

這裡的冬天一向如此。其實，夏天也有著另一種冷，只是非干風雨陰晴罷了。

我在文二館的廊道上碰到一群學生們，「今天是情人節，記得打電話給師母哦！」我感覺到有些暖意從心底爬升。

今天是我每星期離家而宿在學校的第一日。半年前，我決定告別都城，移居花蓮的鄉村。每個禮拜迢迢地來校三天，兩個晚上就住在學校裡。以前，中大只是我工作的場所，就像一個工廠或公司。現在，它才開始成為我生活的地方了。

我常在想，一個地方假如與你的生活沒什麼貼近的關係，你就很難以深切地喜愛它或厭惡它。現代教育最大的缺憾，就是學校已遠離了生活，尤其是老師們的生活；它與一般工廠或公司似乎沒什麼兩樣，只是製造或銷售的產品並非衣鞋、冰箱、電視……而是知識。

第一眼喜歡了中大，是從那條木棉花大道的始端，朝著正門口緩緩走來。夏日的清晨，初陽照在木棉花樹上，傲骨嶙峋的枝椏，扎實爽快的花朵，顯得那樣不屑於媚俗。大道的盡頭是緩升的斜坡，正中間是個用籬笆樹圍成的大圓環，環內則以矮榕剪出「中央大學」四字。越過圓環，便可以一腳跨入這個學府的門檻，向左仰視米色方形的「中大在臺建校紀念塔」，向前則平視毫不雄偉的行政大樓，外牆是貼著米黃瓷磚而鏤空的方格，襯著淡綠色的內牆，看起來像是軍隊的營房。去年，在行政大樓後方，又蓋了一幢白色高大的圖書館，從很遠的地方便可以望得到；第一眼的直覺，有些像是大型的醫院。

這就是中大的頭臉了。從木棉花大道的起端遙望上來，的確有著相當恢宏的氣象，循大道而向正門邁進，彷彿朝向理想之國。我常在想，假如中大的學生每天都這樣走一趟，四年下來，潛移默化，應該會變得比較有理想、有氣度。可惜的是，最冷落、最乏人氣的卻是這條通往理想國之路。它似乎離中大師生的生活太遠了。

校園裡最熱鬧、最有人氣的地方，當推西側門，那是宿舍、車站、餐廳、各種商店的集中地，有一條和學生生活緊密連接的「宵夜街」。他們的吃喝拉撒睡以及交通、娛樂，全在這裡。因此，它經常顯得擁擠、零亂，和街坊間的市場差不多。各系學生之間的接觸、來往、摩擦，也多在這裡發生。在這裡，每個人都是那樣平凡，甚至現實、庸俗的男女。

假如，木棉花大道通向的正門，象徵著中大的腦袋、理想。那麼宵夜街通向的側門，便象徵著中大的嘴巴或是肛門。讓人沈思的是，正門那樣冷落蕭條，側門卻是那樣熱鬧喧囂。這是中大的縮影。當初規劃校園的人，大概也沒想到這樣的結果吧！

生活在這裡面，有時候我也得逐著人潮到西側去覓食，就像一隻飢餓的豹子。不過，也僅僅是覓食罷了，除非正好碰到熟識的學生，一起用餐，並天南地北說說笑笑，才能找到一些飽食之外的趣味。那個地帶，看起來彷彿和我的生活很切近，其實很疏遠。它畢竟是屬於學生的天地；而我，僅是一個必須找飯吃的過客而已。

大多時候，我寧可一個人閒散地趟過松蔭道上。第二眼讓我喜歡了中大，便是這些夾道成蔭的松樹了。在松蔭道上散步，最好的時節是秋天的清晨和夏天的夜晚。秋晨，涼而未寒、有點兒蕭疏的味道；但又不至於淒冷，風柔而有力，力而不暴，掠過松梢，濤聲綿綿地灌進耳朵，一夜搖曳，地上散落許多的松果。

揀回去吧！用一個竹或籐編的小籃筐，鋪上鵝黃或翠綠的絨布，把松果參差地疊放進去。然後，就將它擺在明淨的窗下，這是一籃無須價購的美麗。至於夏夜，在昏黃的燈影中，藉著淡薄的煙氣，像一條幽深的隧道。你慢慢地踱過，燠熱彷彿被排出松梢之外了。

第三眼讓我喜歡了中大，便是閒逛到那個經常被冷落的邊陲——中大湖和烤肉區。我總覺得一個園子有樹有花，還必須有水，才能靈動。就像一個清秀的臉龐，必須要有眼睛一樣。這個人工湖是中大的眼睛，踏過一座弧線如波的小橋，你便看到那雙靈動卻帶些寂寞的大眼睛；接著一旁的是烤肉區，相思樹和槭樹林立，大筆畫出許多垂直的線條。結幕的綠葉間，掙出一角如鵬鳥展翼的亭子。林間黃褐的裸土上，散落著灰黑色的餘燼。

這是中大很嫵媚的一角，可惜眼睛不是長在臉上，而是長在腳板上。很多次在湖邊坐盡暮色，竟然只讓我一個人獨享。這樣的冷，當然不干風雨陰晴了。

我常在想，假如木棉道上、松蔭路間、中大湖畔，能有更多人徜徉；情人節的風雨，便不致叫人從心裡冷起吧！

雙連坡上——中大美景寫作集　二〇〇五年八月

走過千山萬水之後

二〇〇四年九月，我又站在淡江大學教室的講台上，感覺是陌生中帶些熟悉。十七年前，我站在同樣的空間與位置上；教室沒有改變多少，課桌椅是不是已換新的了，我的記憶提不出證明。而人，人當然完全不同，每個學生都是陌生的面孔。

不久，我恍然從陌生的面孔群中，看到一兩個依稀相識的容顏，他們粲開特別親切、喜悅的笑意。下課後，我明白了，他們十七年前，曾經以同樣的姿勢坐在這裡聽課；幾個老學生喚起的是我已褪色的記憶。那時候，他們二十歲左右，而我也還未及不惑之年。如今，他們已由大學生而研究生，甚至有的也站在講台上，身為人師。至於我，身為人師近三十年，髮色藏不住歲月的烙印，耳順之年已在前方不遠向我招手。

一九七七年到一九八七年，我在淡江大學的講台上由年輕的兼任講師站到壯年的專任副教授；而後離開，走過中央大學、東華大學。十七年後，也就是二〇〇四年，我又回到淡江大學的講台上。人生，經常就像這樣，走過千山萬水，又回到原來的地方。淡江是我踏上大學講台的起點——我的講師證上印著「淡江文理學院」，也將會是我站在大學講台上的終點吧！我與淡江大學的緣分，真的如此有始有終啊！

我曾經任教過的學校，中學與大學、專任與兼任，總加起來有十個。其中，淡江與東華和我的生命歷程關係最為密切。東華大學姑且不說，淡江則不僅是我任教大學的起點與終點，甚至在我生命陷入苦難的時候，他展開雙臂接納了我。

一九八〇年前後，我還在攻讀博士學位，家住臺北，卻在高雄師範學院任教，同時也在淡江兼課。南北奔波、內外煎迫。一九八二年五月，終於在高雄師院的講台上倒了下去，從此陷入「精神官能症」的沼澤中，全身的臟器彷彿都亂了節奏；而精神耗弱，時常萌生自殺的念頭。高雄再也不能去了；然而，家境困窘，生活所迫，便求助於母校師大，自願由講師降格為助教，卻終究被摒拒在門外。

就在這苦難的時候，或許因為我在淡江兼了五年課，敬業的態度受到幾位年長的同事所賞識；還記得李子弋、傅錫壬、王甦、王仁鈞、韓耀隆幾位教授，不約而同地向張建邦校長力薦；但是，那時候我還未取得博士學位，不符合學校用人的規定。張校長被幾位教授的熱誠所感動，並且也由於惜才之意，竟破例任用了我，聘為專任講師，讓我能度過這段山窮水盡的惡地，而轉出柳暗花明的前景。假如，我如今在文學上真的有些成就，這是一個很重要的關鍵啊！或許，張校長和李子弋、傅錫壬等幾位教授，早已淡忘了這樁事；然而，我卻怎能忘記呢？這也是我辭謝其他大學的邀聘而選擇重返淡江大學的原由之一。人生因緣，並非全是偶然，前後豈無脈絡可循嗎？

記得當時，淡江大學中文系可以說是極一時之盛，人才濟濟。除了王久烈、傅錫壬、王甦、王仁鈞、韓耀隆等幾位有聲望的資深教授外；比較年輕的施淑女、李元貞、王邦雄、竺家寧、周志文、何金蘭、王文進、李正治、龔鵬程、周彥文等，也都是一時俊秀，而我正好躬逢其盛。在我離開之後，又加入了李瑞騰、高柏園、趙衛民、林保淳、吳哲夫、黃復山、陳慶煌等。這樣的師資陣容，放眼當時各大學的中文系，恐怕是少有匹敵者。

我總覺得一所大學的優劣，其取決條件當以師資最為重要，其次是課程設計，再其次才是軟硬體設備。問題是，最優秀的人才何以願意長久地凝聚在某一大學的某一系所，相互激勵、彼此切磋，而創造出學術與教學的碩果？這大半取決於某一大學或某一系所的「文化」。

「文化」從深層處而言，是價值觀念體系，它的核心是否以理想、創造為先？而從表層處來說，「文化」則是人與人的互動行為方式，是和諧或是衝突？是互助或是傾軋？是溫馨或是冷漠？是彼此尊重或是相互踐踏？……而深層與表層辯證融合為一種視之不見，卻人人能感受得到的「情境」。它的塑造，除了個人的素質之外，當然與領導階層的經營、管理觀念與方式有關。簡言之，在基本必要的群體秩序中，是否讓每個人都在這大學的情境裡，感受到被尊重、被鼓舞、被瞭解、被欣賞、被支持，而有足夠的空間為學術、教學的理想去發揮創造力。這絕非只是依賴金錢、高樓大廈、圖書儀器就可以實現。

當前，大學盲目的競爭，過度強調甚至搶奪資源，以及偏信浮在數據形式上的評鑑；這絕對是大學文化的迷失與墮落。理想與創造，被從大學價值體系的核心排擠出去，取而代之的卻是功利與複製；而在其中的「人」，其主體性也就跟著被物化、工具化，甚至消失了。

我不知道淡江大學面對當前這樣的浪潮，會以什麼理念與行動去因應；然而，在記憶中，當年中文系能開展一時之盛的局面，似乎大半由於「人」本身所凝聚的文化情境，與物質資源的關係並不太大。

二〇〇四年，當我再踏入這個已暌違了十七年的校園，感覺是陌生中帶些熟悉。幾棟我不認識的建築物，突然竄入記憶的空白處，甚至有一棟聽說是體育館，還正在興建中哩！然而，觀海堂猶在、商管大樓猶在、工學館猶在……；最教我欣慰的是，宮燈教室猶在，那是我當年和學生共享唐詩之美的地方。

文學院大樓也依舊矗立，只是樓前的那排榕樹，在我十七年前已停格的記憶圖像中，卻陡然拔高而蒼老了。「木猶如此，人何以堪」，王久烈、王甦、王仁鈞幾位資深教授告老退休了。而傅錫壬、韓耀隆頭上已積雪皚皚，甚至連高柏園的髮端也雪花飄飄了。古苔光、倪台瑛、范月嬌、王麗華、何金蘭、陳瑞秀幾位女士們，見面仍然親切如昔；而好幾位在我離開之後才來的年輕教師，殷善培、陳仕華、馬銘浩、陳大道、崔成宗、盧國屏、胡衍南、陳葆文、周德良等，有些是我的學生，感覺也相當熟稔。

這裡的一切，有些變了，卻又似乎沒什麼變。看起來，這個校園的新陳代謝非常正常，雖已五十五歲，老大不小了，卻健康良好，生力活現。

近幾年，淡江大學中文系邀聘到幾個資深而很有聲望的教授，王邦雄、曾昭旭、陳文華、呂正惠等，師資又強化了起來；我躬逢其時，在研究所上了一年課，感覺到學生非常認真。淡江大學中文系能否再創盛極一時的局面呢？我有期待，也有責任。

淡江大學五五週年校慶紀念特輯　二〇〇五年九月

鐵散文

豬的研究

引言

我研究豬；但是，我研究的不是豬在動物學上的知識，那是「豬博士」的事。至於豬的市場經濟，更不是我的興趣。

我研究的是「豬文化」，也就是人們究竟拿什麼心眼看待豬？更深一些而言，則是每天都在大啖豬肉的「人」和「豬」會有什麼差別？

研究之一

「豬文化」其來也久，燴其肉、熬其骨、煮其血、炒其肝腎腸肚。甚且，膏其脂、衣其皮、刷其毛，就連屎尿也集之以沃田。人類將豬碎屍萬段而用之，恐怕是與生民始吧！至少，在人類鑽木取火，懂得熟食之後，豬就已不得不接受被煎煮炒炸的宿命；而牠的原罪是因為：肥美！

「人怕出名豬怕肥」，古有明訓焉。那麼，名聲「肥美」的人，也就很難不成為一隻被貪妒之輩煎煮炒炸的豬了。即此觀之，「人」之與「豬」，並沒有太大的差別。人類所謂「文明」，真正發達的其實只是「吃豬」與「食人」的工具和技術罷了。我曾深而思之、熟而慮之，人類比禽獸偉大的地方究竟何在？終而不得不答曰：人類用以對付禽獸的種種手段，都會加以改良，並反過來對付自己的同類。這，很多禽獸都做不到，也不會去做。

「豬文化」不但關乎人類的口腹之慾，更關乎人類的宗教信仰與政治權力。《禮記》的〈王制〉云：「天子社稷皆太牢，諸侯社稷皆少牢。」太牢是牛、羊、豬齊備的祭品；少牢的祭品，則是羊與豬。那麼，不管祭祀土地或五穀之神，豬都逃不過被「犧牲」的命運呀！

社稷，是神靈也是國家；是宗教信仰，也是政治權力。似乎，幾千年來，豬一直都在統治者與神靈的「共謀」之下，做為維持政權的「犧牲品」；而人何嘗不如是！由此觀之，「人」之與「豬」，其相距幾何？歷史文化一路迢迢走來，「豬」的命運，也就是「人」的命運。當然，我所說的「人」，指的是待宰的百姓們。我彷彿看到，在一座彌天蓋地的供桌上，趴伏著千千萬萬的人們，就像一具具被刮淨鬃毛的屠體，他們竟然都是我熟悉的面孔。統治者卻仰首告曰：「天地有靈，祐我皇朝，尚饗！」

人之以豬為祭品，也是因為牠的「肥美」，可以滿足神靈的欲望。然而，我大惑不解的是，誰那麼肯定，有好生之德的神靈真的嗜愛血腥？這難道不是統治者之欲而假託為神靈之欲，復以神靈之欲降為萬民之欲，終而成就了統治者之所欲嗎？「民之所欲，長在我心」，恐怕是一句難辨真假的話吧！如是言之，「豬」與「人」都是統治者維持政權的犧牲品，這種共同的宿命，看似統治者與神靈的共謀，其實卻是統治者的私謀。神靈何辜！竟也淪為政治的工具；而這種現象，並不因為人們有了科學頭腦之後，就有什麼改變。

研究之二

豬以「肥美」而人神共食之；但是，人們敞開同一張嘴巴，大嚼肥美的豬肉之餘，卻吐出一堆髒言穢語，把豬污名化了。只要和「豬」沾邊的詞彙，都沒有好意思。罵人愚蠢，曰「豬腦袋」；罵人骯髒，曰「垃圾豬」；罵人不勤快，曰「懶豬」；罵人體態臃腫，曰「肥豬」；罵人好色或貪吃，曰「豬哥」、曰「豬八戒」；而虛偽地謙稱自己的孩子不成材，則曰「豚兒」。這麼說，在人們的心眼中，「豬」就是愚蠢、骯髒、懶惰、肥胖、好色、貪心、不肖的譬喻詞；從裡到外，幾乎一無是處；而牠雖有嘴巴，卻只能永遠含冤莫白。在這言語如穢物如病毒如酸雨如沙塵暴的世界，和豬有同樣遭遇的人們，想必不少吧！

豬，真的愚蠢嗎？蠢的會不會是自以為聰明的人們？世界，是自我心靈的投射；此理有事為證，東坡問佛印曰：「我打坐的樣子，像什麼？」佛印答云：「像佛。」並反問曰：「我打坐的樣子，像什麼？」東坡答云：「像一堆糞。」他自以為佔到佛印的便宜，得意以告蘇小妹。

蘇小妹嘆曰：「佛印心中有佛，故看你打坐像佛；你心中有糞，故看佛印打坐像糞。」那麼，豬只是豬，聰明的人看到牠的聰明，愚蠢的人卻看到牠的愚蠢。他們看到的，其實都是自己。

人們以豬為蠢，恐怕是出於對「家豬」的刻板印象吧！然而，人們把豬畜養在有如牢獄的圈中，至少也已幾千年以上，再聰明的豬困在這方丈之地如此長久，也只得「大智若愚」地過日子呀！而人們卻以為豬蠢，並且塑造出固若金湯的成見，代代相傳。

豬被囚在柵欄圍成的牢獄因而狀似愚蠢，人卻被囚在成見鑄就的牢獄因而果然愚蠢。我想，不但站在豬圈外的人們看豬愚蠢卻不自知己蠢；甚至被自以為聰明之士當做豬一樣圈而養之，並且不許他用心思想的人們，更是多過年年被烹而食之的豬隻；這許許多多人焉能不蠢！古來，作之君、作之父、作之師的威權者，其子弟、百姓，不就如豬一般地被圈養而愚之嗎？你說，人與豬的差別又有幾分呢？所幸，有些動物學家，他們比一般俗夫聰明，能去除人云亦云的成見，虛心以觀察「野豬」在山林中自由自在地盡其性分，而證實了豬比很多動物都聰明；然而，「豬腦袋」的罵詞，卻似乎還經常掛在人們的嘴邊；蠢的究竟是人或是豬？這難道是無解的習題嗎？

豬，真的生性骯髒嗎？懶惰嗎？人們以圈養豬，卻懶得去清掃，任他屎尿成堆。這麼說，骯髒的是人、懶惰的也是人，卻將污名抹在豬的身上。不自反省，而毀人名節，此謂之「抹黑」；這種伎倆，古已有之，於今為烈，尤以政客最擅此道。因此，在我們的社會中，說「人人皆可以為堯舜」，其實未必然；但是，說「人人皆可以為豬」，卻的確眾生平等，機會均得。假如，你已不幸為「豬」，正被抹黑而百口莫辯，也不用氣急敗壞，因為抹黑人者人恆抹黑之，反正舉世皆豬，誰獨不然！你就等著看他也被如豬一般抹黑的樣子吧！

假如說，人與豬真的有些差別，那就是人類發明了語言文字，在污名化他人他物時，會編造聳人聽聞的故事以譁眾。略舉一隅以為證，聰明者可以三隅反。《虞衡志》云：嶺南有一種豬兒，名稱足以讓當今的女性主義者勃然色變，曰：「懶婦豬」，形似山豬而小，常偷吃田裡的稻子；但是，只要在田埂間擺置一座紡織機具，牠就不敢靠近了。這則故事，當然是男人編造出來的，將女人與豬整合為一體；而對她們的懶惰，嘲諷到骨髓裡去了。假如說，知識就是權力，語言文字就是刀劍。古代手握這種權力與刀劍的幾乎都是男人；那麼，他們會編造出「懶婦豬」此等名詞與故事，也就見怪不怪了。

至於人們以豬為骯髒，更有哲理性的說詞，《易經》的〈說卦〉以「豕」象徵「坎卦」。豕，就是豬。「坎卦」有陷落、危險之意。君子處在險地，必須懂得隱伏而不失其常德。這個寫〈說卦〉的智者，銳利的眼光看到豬正好具有如此的性子，能夠在卑濕污穢的環境中，照常地生活下去，因此以「豕」象徵「坎卦」。這個聰明人，總算看到豬的美德了。不過，讓我疑惑的是，為什麼中國人幾千年來，就一直不能改變骯髒的習性，總是放著豬圈屎尿成堆，卻叫豬兒去鍛鍊「處卑污以為常」的美德呢？這難道不是在合理化人的骯髒之性嗎？君子處險地，是不得已的命運；但是，豬兒處卑污之地，也是命運嗎？這個命運，不是上天注定的，卻是人給予的。豬性喜好乾淨，已得動物學家的證實；然而，人們非但不肯順其性而養之，甚至「垃圾豬」仍然是街頭巷尾不退流行的罵詞。不過，人如何對待豬，也就是如何對待自己。骯髒的是人而不是豬，這已是無可爭辯的事實。

豬，被認為貪吃與好色，吳承恩塑造出「豬八戒」這個形象，有很大的宣傳效力。不過，豬被這般污名化，卻不是始於吳承恩，典籍中早多記載，舉例以為證：晉代郭璞〈封豕贊〉云：「有物貪婪，號曰封豕。薦食無厭，肆其殘毀。」封豕，就是大豬。說牠「貪婪」、說牠「薦食無厭」，言下之意，其性非常可鄙。既然「薦食無厭」，焉能不肥！至於好色的形象，吳承恩在《西遊記》中已讓「豬八戒」做了最鮮活的表演。不過，要論形象的真實，恐怕還得看民間「牽豬哥」這一行業吧！當一個猥瑣的男人，揮著鞭子驅策一隻精壯的種豬，走過鄉村的街道。人們想像牠將要去幹的「好事」，心羨之而未能也，乃故作輕蔑云：「哼！豬哥。」

然而，人之養豬，就為了賺錢。豬不貪吃，何以肥美；不好色，何以繁殖；不肥美、繁殖，又何以多金！既利用之，又訕笑之。人性的涼薄，不必看他對待同類，只要看他對待動物就明白了。何況，食色性也。豬，在食與色上，只不過盡其性分罷了。倒是人類對食與色，那種貪婪與放蕩，逾越性分所需何止千萬倍！在人類「飲食文化」與「性文化」的世界中，「豬八戒」或「豬哥」們，就是一隻隻地疊羅漢，都還搆不著門檻哩！

至於，中國人的虛偽，只要從「豚兒」一詞便可以窺破。豬，在他們的心眼中，既是愚蠢、骯髒、痴肥、貪吃、好色的譬喻詞，裡外一無是處，卻還借來稱呼自己的兒子。這不是謙遜，而是虛偽。有「豚兒」則必有「豚父」，因此我從不以「豚兒」稱呼自己的孩子；即使舉世皆豬，我仍然以好好做「人」自勉，何必虛偽乃爾！

研究之三

在豬的世界中，有許多同宗異脈的族群，家豬、野豬、疣豬等；而家豬中又有波克郡豬、藍德里斯豬、漢普郡豬等不同品種。野豬、疣豬也因不同地區而性狀略異，故族繁難以備載。

豬，雖族群繁多，但似乎從沒有發生族群對立的爭端。原因無他，沒有「豬政客」在搞「權力鬥爭」之故也。相對的，也就不必刻意去倡說「族群融合」了。豬，其德與天地同和，在大自然中，各順其性，各遂其生；何須成群結黨，鬥到你死我活！莊子云：「魚相忘於江湖」，吾卻曰：「豬相忘於山林」。即此而言，「舉世皆豬」，未必最為諦言；更有進者，「人不如豬」，才是不易之確論。

豬，也有「在朝」與「在野」之分。「在朝」就是「家豬」，「在野」當然就是「山豬」了。「在朝豬」必須依附人主，他們的資源一向豐富，因此用不著費腦筋、動手腳，就可以「臥」享其成；一日之事，吃喝拉撒睡，偶爾向主人「哼哈」幾聲，如是而已。宋代袁淑〈大蘭王九錫文〉對於「豬」這種「在朝」的姿態早有生動的形容：「長無心以遊逸，資豢養於人主，雖無爵而有秩。」秩，就是俸祿。我想，「在野豬」一定非常羨慕「在朝豬」，曰：「彼可取而代之」。

其實，豬之在朝，也沒什麼值得羨慕，每日被關在方丈之地，作息固定，只差不必打卡。

牠的世界，就剩一個豬槽和主人的臉色而已。豬槽以供食，主人的臉色以知肥瘦。因此，在朝豬多愚蠢；有時候，連即將被宰殺前的最後一餐，都還毫無警覺地圍著豬槽，你推我擠地搶食哩！

豬，一旦在野，便不可能過著「長無心以遊逸」、「雖無爵而有秩」的日子。雖然，牠的世界，山林無邊，花月有色，可以不受羈係，而自在地徜徉；但是，卻再也無法「臥」享資源，必須自求多福；有時還要對付「在朝豬」之主人，避免被獵殺，淪為什麼白色、紅色或綠色各種「恐怖」的犧牲品。因此，在野之豬，其性多疑、狡獪而凶猛；你也就別怪他為什麼要露出那樣猙獰的獠牙了。

在朝豬與在野豬，本來可以各安其生；但是，有些人卻為了利益而作孽：在臺灣某些地區經常可以看到，大鐵籠裡關著一群褐色而有斑紋的小山豬，「買回家飼養，可以當寵物呀！」如此下去，在野的山豬，總有一天也會在朝。不知在朝的家豬，是否會有被迫下野的危機感？

然而，在我的研究中，豬就是豬，雖衣冠而不改其性；故縱有「在朝」與「在野」之別，居勢不同，其為「豬」則一也。

結論

人，恃其聰明，御百獸而用之，故自別於動物，以為靈長；但是，人與動物真有那麼大的差別嗎？孟子不就曾經質問過：「人之異於禽獸者幾希？」

我研究「豬」已經很久了，所得到的結論卻是：人和豬可分辨的差別，僅在於人穿衣服，豬卻袒裼其身；人能吃豬肉，豬卻不能吃人肉。不過，這結論或許有一天會被推翻：在已成為叢林的城市中，滿街都是穿著衣服的豬，正熟練地煎煮炒炸，大啖肥美的人肉！

香港文學第二三四期　二〇〇四年六月

饕餮懺悔錄

1.

前世，我合該是一隻「饕餮」吧！饕餮只管吃喝，沒聽說他也懂得「養生」。

我在家的日子，最經常去的地方，就是「二房」——書房與廚房。外出的時候，「二店」——書店與餐飲店，也是最叫我留連的場所。在「二房」與「二店」中，我的「饞相」恐怕是暴露無遺了。

古人說「龍生九子」，其一叫作「饕餮」。我想，應該再派個兒子給龍，這第十子就名之曰「食字獸」。依照我的觀察與親身經驗，以「文字」為美食者，和以「山珍海味」為美食者，肯定有相同的基因，或為兄弟，或根本就是二者同體。故古來讀書人少有不好美食者；不好美食的讀書人，若非缺錢，就是太堅信孔子的箴言，以為「恥惡衣惡食」便不足以為君子。這等君子飽食文字，固然讓人敬重；但是，一生不識山珍海味，未免也活得太無趣了。

古來，「饕餮」與「食字獸」合體而生，深識「二房」與「二店」之趣者，代不乏其人，其譜系恐「族繁而不及備載」。像蘇東坡、李漁、曹雪芹、袁枚等，算是這譜系中很知名的人物。其實，還有些似乎與美食扯不在一起的正經臉孔，假如揭開政治道德的面紗之後，你會發現他們比誰都懂得「吃」。別以為殷商時代的大政治家伊尹，只知道治國平天下；聽說他曾幹過「廚師」，扛著鐵鍋與砧板，以「調理滋味」做為比喻，向商湯發表「政見」，結果是從「廚房」登上「政壇」，成為名相。

再說春秋齊國的晏嬰吧！《國語》記載他從烹魚滷肉如何掌控火候與調理滋味的經驗，去喻說「君臣應該如何互動」，才是「和」而不是「同」。這就讓我想像到，君臣之「和」大約有如以麻油炒薑，以豬油爆蔥吧！二者雖是異質之物，卻有相成的效果。看來，伊尹與晏嬰這兩隻飽學的「食字獸」，體內肯定有「饕餮」的基因。

這麼說，似乎讓冷酷的「政治」變成一道熱騰騰而色香味俱全的菜肴；不但「性別」關乎「政治」，「飲食」也如此「政治」了起來；然而，相對來看，會不會因此讓一場一場美食當前的筵席，都冷酷得像「鴻門宴」？這樣的「政治飯」也太無趣了，叫誰食能下嚥！

無趣也的確有些無趣。不過，在中國，「飲食」既然能成為一種既悠久又深奧的文化與學問，它就不可能只是從嘴巴、舌頭到腸胃、肛門這條「小道」的事兒。其道也大矣，凡天地間「生命」自身與「物際」之理，都蘊涵在「飲食」一事中。其事雖平常而小，其道卻滲透在養生、經濟、社交、倫理、娛樂、政治、審美等各種大學問之中。甚至，你相不相信，它也可以是關乎宇宙論、存有論的哲學至理呀！

飲食，可說與民之生俱始。它是人到這世界來，所遭遇的第一件事。別說在母親子宮裡，就已藉著臍帶這條「小道」在「飲食」著。從哇哇落地開始，嘴巴一張，就不教而懂得吸吮糖水、奶水；接著各式各樣的嬰幼兒食品，一匙一筷地繼續送進嘴巴，以至於漸長而經老，到嚥下最後一口飯菜為止，「飲食」之事何嘗一日離也，「顛沛必於是，造次必於是」。

哲學家笛卡爾在存有論上曾說過一句名言：曰：「我思故我在。」這話一般人未必懂得，假如我效顰而曰：「我食故我在。」相信不分男女老少貴賤都能味之於口而得之於心。這豈不就是吾輩升斗小民的「飲食存有論」嗎？

這麼說，我們才終於明白，何以中國人總是以「吃」為儀式，表其情而達其意，甚至因而體驗到自己或他人的存在。平常生活固然要吃，特別的日子更是要吃，而且必須吃得好：年節，要吃；男女新婚，要吃；孩子彌月，要吃；賀壽，要吃；喪葬，要吃；祭祀，要吃；慶功，要吃；感恩，要吃；請求，要吃；賞賜，要吃；賠罪，要吃；離別，要吃；聚會，要吃；結盟，要吃；選舉，要吃；甚至於死刑犯槍決之前，也要吃；而政治上的抗議，也用了與「吃」有關的儀式去表達，謂之「絕食」。那麼，我們還能說「飲食」只是「小道」嗎？「我食故我在」，「飲食」與「生命存在」豈非體用不二嗎？從「存生」到「養生」到「樂生」，都不離「飲食」也。

「飲食」必經「烹調」，而「烹調」就是一種「物際」之道。「物際」者，物與物之間的交接關係，或融洽而相成，或拒斥而相毀。食材都是有機的活物，你必然將他們想像成一群各有脾氣的人，陰陽、剛柔、清濁、寒熱、濕燥，都不相同。主料、配料與佐料，身分地位也有區分；將這麼多異質的有機活物配合在一塊兒，就如同男女、君臣、父子、兄弟、朋儕，甚至敵友，群聚交接；那麼，究竟是彼此成全，還是相互毀損？這個道理，古人稱它為「濟五味」；然而，物各萬殊，五味之濟，不可能逐一配置。化繁為簡，不變的原理就是「中和」。「中和」乃二種以上異質的食材，彼此「濟其不及，以泄其過」而渾然為一，融成「絕配」的好菜。

烹調完成之後，就是菜肴與口舌、腸胃甚至氣血的關係了。那同樣不離「中和」的原理，故古人謂之「飲德食和」，這就事關「養生」了。然則，不管是食材與食材、菜肴與人體，最良好的關係就是「中和」，因為有「我」也有「你」而讓整體更完美。天地萬物，不就是如此在生成變化的嗎？宇宙奧祕，但在「飲食」之間，其理遠乎哉！這豈非吾輩升斗小民的「飲食宇宙論」嗎？而「養生」之道存焉。

這樣說來，「饕餮」也就難說只管吃喝，而不懂「養生」；不懂養生而只管吃喝的「饕餮」，其與犬豚無異！故能讀書悟理，而後能美其食而養其生。二房、二店相通，其因在此。

2.

《周禮》的〈天官〉中，將「醫師」分為四種，第一種是「食醫」，掌管宮庭裡的飲食與健康。另外，第二種「疾醫」，掌管內科；第三種「瘍醫」．掌管外科；第四種「獸醫」，治療的可就不是人了。

「食醫」為醫師之首，顯然古人早就明白「飲食」與「健康」關係密切，故在日常生活中「保健於未病」。然則，「食醫」和宮庭中掌管烹調的「膳夫」，可就得好好合作了。飲食的「養生」之道，竟是一種古老的文化也是專門的學問。只知道泡在廚房或飲食店以逞口腹之慾的「饕餮」，終有一天不免要匍匐在「食醫」或「疾醫」的腳下了。

飲食之與健康，可分為「保健」與「治療」二端。保健，是在日常生活中，由於適宜的飲食而保持身心健康。治療，則是身心已經生病，對症而給食。一般人都籠統叫它做「養生飲膳」。

古代的「食醫」很像現代的「營養師」，管的就是飲食保健。他的職業是指導「膳夫」依循四季、五味與食物性質，做出合宜的調配：春多酸、夏多苦、秋多辛、冬多鹹。至於食材性質的調配，則是「牛宜稌」；由於牛肉味甘而平。「稌」，就是稻米，味苦而溫。米飯為主食、牛肉為副食，搭配著吃，正好甘苦相成，有益健康。其他如「羊宜黍、家宜稷、犬宜粱、雁宜麥」，皆有其原則。四季、五味與食性的調配，雖然千變萬化，但不變的原則就是「中和」。

至於身心已經生病，就不歸「食醫」去管，而必須向「疾醫」求治。「疾醫」除了對症下藥之外，還得對症配食，「藥」與「食」相濟，才能一方面除病、一方面培本固元，這就是《周禮》所說：「以五味、五穀、五藥養其病」。其中的道理，也不外是陰陽五行相生相剋的原則，仍然離不開「中和」二字。

現在的中醫，已沒有「食醫」、「疾醫」之分了。一隻渴求健康的「饕餮」登門請教「養生飲膳」，醫師一方面和你談談藥膳、藥性與藥味，一方面也向你說說食能、食性與食味；然後，藥食相配，對症就給了你「食療」與「保健」的「藥膳」處方。食不離藥，大約是現代「養生飲膳」的固定模式了。不配入當歸、枸杞、黃耆、人蔘、紅棗、杜仲、川芎、芍藥、桔梗……，僅是五穀蔬果、牛羊魚蝦……，很多人恐怕就不免懷疑「有效」嗎？其實，食材與藥材很多不易分辨，能入「養生飲膳」的藥材，大多是沒有毒性的上品，與食材無異；只是在中醫的世界中，被貼上「藥」的標籤罷了。善養生者，不近藥石；以「藥」養生，已落下乘了。

假如一隻渴求健康的「饕餮」走進西醫院，向營養師求救；他準會向你分析食物中的維生素、蛋白質、礦物質、纖維素……，以及身心健康所需要的適當養分，然後就對症建議你「保健」或「治療」的食譜。

中西醫儘管「典範」完全不同；然而，飲食之與健康，其法不外「加」與「減」；而所要得到的效果就是「中和」，這個原則大體中西不異。加法，就是古人所謂「濟其不及」：中醫說「補血益氣」，西醫說「補充養分」。減法，就是古人所謂「以泄其過」：中醫說「排毒瀉火」，西醫說「消除過剩的脂肪、血糖、膽固醇、尿酸」。然而，補也不能過度的補，泄也不能一直的泄，總以致「中和」為原則。

「養生飲膳」就是「藥補」，只知「加法」而不識「減法」，補到腦塞腸爆，還覺得不足。當今這樣愚蠢的「饕餮」卻擠滿藥房、廚房與餐飲店，而「藥膳」生意也跟著大發利市了。

中國的飲食文化，一直有著二種不同的路子：一求「養生」；一求「美味」。「養生」的飲膳，食材以自然為宗，滋味以本真為尚，偶用藥物，卻不加無益身心的調味料。對刀工、火候也不太講究。「美味」的飲膳，可就非常講究調製的工夫了，從選材、配料、用刀、用水、用火到調味，無不求精入微，必得易牙之正味而後止。

這樣說來，「自然飲食」的觀念古已盛行，儘管富豪之家錦食玉饌，仍然有不少道家的信徒提倡「自然沖和之味」。金元四大飲食學家之一的朱丹溪，其〈茹淡論〉就說：「味有出於天賦者，有成於人為者。天之所賦者，穀蔬菜果，自然沖和之味，有食之保陰之功。此《內經》所謂味也。人之所為者，皆烹飪調和偏頗之味，有致疾伐命之毒。」朱丹溪要是活在這時代，肯定堅決反對工業食品及氾濫的添加物、調味料。這當然是典型的「減法」養生飲膳。

近些年非常流行「生機飲食」或「有機飲食」，似乎是新潮的飲食觀念，其實非常古典。它也是在文明過度之後，回歸自然的「減法」養生飲膳。健康之道無他，從身體裡面滌除過多的人為添加物，讓天賦的食材接通人體的自然與宇宙的自然。

古代富貴人家畢竟少數，病往往由物質匱乏而起，故一般以「加法」的「藥補」或「食補」為「養生」。現代則窮苦人家反而是少數，病多由物質豐盛而起，「養生」的飲膳，就得以「減法」為主了。能淡化口腹之欲，領略「少吃就是福」與「自然飲食就是健康」的人，就算懂得「養生」之道了。

3.

前世，我合該是一隻「饕餮」吧！曾經由於「好吃」而快樂；但是，卻也由於「好吃」而痛苦。

當痛風第一次發作時，我哀嚎、妻焦慮。她找來「痛風食譜」，嚴重警告我，豆類不能吃、動物內臟不能吃、海鮮貝殼不能吃，所有「普林素」太高的食物都不能吃。並且，每餐照著食譜「管制」我的飲食。不到半個月，她快煩透了，我也活得近乎槁木死灰。養生，竟然成為生命不能承擔之重。最後，只好放棄了。

近三年來，我更是血壓高，血脂肪、血糖、膽固醇無一不高，典型的「代謝症候群」；又太胖，有脂肪肝，以致肝功能異常。更可怕的是大腸憑空長出五顆俗稱「瘜肉」的腺瘤，一顆已接近癌化。這隻「饕餮」還能不去抗拒「東坡肉」的誘惑嗎？

妻又開始焦慮起來，眼前就算是大文豪蘇東坡，也非捨下他嘴邊的紅燒肉不可。唉！我這輩子的美食「配額」，竟然不到六十歲就用光了。以治「老莊」名家，卻不知「自然沖和之味」，也該慚愧！

妻找來「養生食譜」，每餐「管制」我的飲食。同樣不到半個月，就煩透了。養生，一旦刻意套進複雜的飲食知識與規矩之中，就反而變成精神上的負擔。我們能「不養而養」嗎？

不過，這一回，我的確是覺悟了，儘量謝絕外食應酬，在家日常三餐，但依「減法」飲食，低油、低糖、低鹽，經常是幾片新鮮的魚肉和一堆蔬果，加些穀類，煮成一鍋稀飯，而只吃七分飽。雖不精緻調理，竟也覺得其味甚美。並且，只吃自然、新鮮的東西，不挑不忌；但是，除了米麵，不接連幾日都吃一樣的食物。番茄再好，也不宜同時吃得太多。

這樣毫不講究的飲食過了一個多月，再加上運動，果然什麼都「減」下來了：體重減輕八公斤，血壓、血醣、血脂肪、膽固醇、尿酸，全都減到正常值以內。

「養生」飲膳，原來是這麼簡單的事兒，無需被複雜的飲食知識與規矩套住，只要記住十六字的口訣：「物無美惡，過則為災；不養而養，自然中和。」生活歷練、讀書通達，最後在於悟理。那麼「饕餮」就未必儘是一副只管吃喝而不懂養生的饞相。

飲食雜誌第一期　二〇〇五年九月

哀大學

1.

在大學裡教書、做研究二十多年，從不曾像近些年來這麼不快樂！我的不快樂，和個人的遭遇沒什麼關係；而是因為整體的大學教育環境，這幾年間，已變到不適合有「自主性」的「人」去過了。甚至可以說，「人」根本在教育的決策中被「物化」了；剩下的只是還正在日趨擴張、繁密的法規、制度、結構、系統、策略，其宰制力非常強大，彷彿彌天蓋地的巨網。不幸的是，「人」即使可以無知到像一條「魚」，總還是會有些感覺吧！那麼，誰能回答我，在網中的魚，快樂嗎？

教育以「人」為主體，不懂「人」或不把「人」當「人」看待者，即使憑空想出再多自以為是的理論與規制，都不可能辦好教育；而人，卻是天地間最複雜的生命體。普遍的性情、心理，已不好懂了；實存於特定社會文化情境中，活生生的人性、人心更不好捉摸；懂得美國人者，並不一定就懂得臺灣人。我們的教育決策者，懂得生活在臺灣這個社會中的「人」嗎？在決策時，曾經虛心地瞭解他們在想些什麼、感受些什麼嗎？不管正面或負面，你所喜歡或不喜歡。假如都不瞭解，那麼「人」就只是形同一堆棋子或積木，可以任由決策者去擺佈、拼湊；然則，人，不是被「物化」了嗎？

近些年來，教育決策最大的問題是，少數有權力做決定的「專家」和「教育官僚」，坐在「天闕」上，憑空想像著種種複雜的法規、制度、結構、系統、策略，卻忘了那都是要給凡間的「人」去做的；而「人」既不是「棋子」也不是「積木」。他們自認為有「國際眼光」，能遙遠地看到澳洲、看到美國、看到日本、看到中國大陸，卻不能切近地看到臺灣當前的社會以及生活在其中的「人」。因此，澳洲在搞「九年一貫」的國民教育，我們也閉著眼睛跟著搞；美國加州在搞大學分類，我們也閉著眼睛跟著搞；日本和中國大陸在搞大學整併，我們也閉著眼睛跟著搞。這類教育上的「文化抄襲」或「文化自我殖民」，在臺灣已搞了幾十年，到現在依然如此；而美其名曰「他山之石」，問題是那究竟是一塊「好石」或「壞石」，誰能確定？我們的社會文化主體性在哪裡？什麼時候，所謂「教育專家和官僚們」能用心地研究臺灣這個社會，瞭解人們在想些什麼、感受些什麼，從而創設出適合臺灣「人」去做的教育規制？

看近不看遠的人，注定會撞牆；然而，看遠不看近的人，也注定會踢到滿地的石塊。近些年的各項教育政策，幾乎剛起步，就被滿地石塊絆得一路踉蹌。難道，我們真的不能遠近都看看嗎？

2.

近些年來，怎麼看教育部都不像是教育部，而只是經濟部的分支機構，職司的是「經濟人力」的培訓。

在高等教育決策中，有二種分貝最高的聲音：一是大學整併；一是提升競爭力。把它換成白話，就是：辦大學，想要贏過別人，必須聯手起來打群架。然而，辦大學最重要的是各自追求優質的特色，而不一定非比個你輸我贏不可，「彼此競爭」真的有必要上綱到第一義的高度嗎？

為什麼大學必須整併，才具有競爭力？他們說，因為有很多大學「人數」不夠多，各種科系不完整，「經濟規模」不夠大，競爭力就必然不足。人多就有力量，拚起經濟來就一定會贏；然而，他們卻忘了，「人」不是「物」，其「力」不可量化。人多，可以是「合作」，也可以是「互耗」；其「用」在「心」而不在「形」。假如人多就一定會贏，這個邏輯有其必然性，那麼印度絕對比新加坡超過千萬倍的競爭力；而臺灣也該及早匍匐在中國大陸的腳下了，我們還需要「莊敬自強」地「拚經濟」下去嗎？

大學整併之後，人數多了，科系多了；然而，因為原本兩校各自不同的「文化」與「生態」所不可避免的人際衝突、互耗，可以預見只會降低競爭力，再費二十年都不見得恢復回來。因此，大學整併的政策，除了權宜地解決了師範院校的轉型、收拾過去廣設大學謬誤政策所造成的爛攤子、替政府節省些經費，而滿足「提升競爭力」的幻想之外；從「人」的角度去看，實在看不出對解決教育「本質性」的問題，能產生多少正面的效用。這是為「末」而捨「本」的教育政策。

在大學整併的風潮中，我們真的充分感受到，教育體制裡，本當是「主體」的「人」消失了，至少是被「物化」了，只像是一堆沒有思想、沒有感覺的積木，可以毫無選擇地被決策者堆砌成「規劃」中更大的城堡。從來沒有所謂「專家」或「教育官僚」，步下「天闕」，降臨「凡間」，虛心地聽聽被整併的兩校成千上萬的師生們，在想些什麼、感受些什麼。只聽檯面上一個空洞的聲音說：「併不併，我們尊重大學自主的選擇。」但是，檯面下卻另有一個惡狠狠的聲音說：「不配合政策去整併，就刪減經費！」學生們在校園刊物中，痛切地批判：「這是政治謀殺教育！」然而學生們的聲音距離「天闕」也太遠了。

其實，「政治謀殺教育」並不始自今日，那已經是久遠的傳統。不同的是舊政治威權時代，從腦袋所裝載的「思想」下手；現在是所謂「民主自由」的時代，就改從肚子所需求的「錢」下手。觀察這幾年強勢的教育決策，一種以「經濟」為招魂旛，「競爭力」為符咒，「經費」和「員額」為法劍的「新威權」正在日益茁壯中。而我們這些在教育前線的「人」呀！已注定只是一堆棋子或積木了。那麼，凡是還有些思想與感覺的「人」，你快樂嗎？

3.

大學想要提高「競爭力」，當然需要「錢」。想要「錢」，就來「搶」；想要搶贏，當然就要人多勢眾。那麼，大學整併吧！聯盟吧！教育部的配套措施，就是訂立好幾種搶錢的遊戲規則。為了提高大家搶錢的需求性，便削減各大學被視為「不勞而獲」的補助款，讓你處在餓肚子的邊緣；尤其那些連走路都還不穩的新設大學，想要吃得飽，就努力撰寫計畫，按照遊戲規則來搶錢吧！

於是乎，各大學的校長、教師們，別只忙著教學、做研究與社會服務；趕緊發揮聰明才智，合縱連橫，展開資源的「合法集體掠奪」遊戲。可以想見，幼兒般的新設大學當然搶不贏壯漢般的舊大學。在「大學分類」的配套措施之下，資源被政策性地偏重在少數幾個受教育部指定為「研究型」的大學身上，而美其名曰「打造世界一流大學」。這彷彿在一個家庭中，威權的父母強制剝奪小兒子嗷嗷待哺的奶粉錢，給已經夠強壯的大兒子去吃補藥。如今，我們才明白，原來「研究型大學」不是大學自己發願定位、用心努力就能當上，而是公權力指定出來。教育部三令五申，禁止中小學替學生能力分班，卻自己在替大學做能力分班。如今，我們也才明白，世界一流的大學，不是靠教師們在學術上自覺的「理想」精神與「創造」能力建立出來，而是靠政府撒下大把鈔票硬生生「打造」出來。

這樣的政策似是而非，假如略懂人性，不用實驗也知道，大學裡的研究、教學品質還見不到提升效果之前，人的那種「貪利好爭」的劣根性已被誘發無遺。因此，全國各大學從校長到教師們，為錢抓狂，彼此成為假想敵。不用等到站上「全球化」的舞台，去和他國競爭，我們已自家內耗到精疲力盡；而人性也將異化到難以想像的境地。大學與大學之間更是貧富懸殊、階級分化；而一片「不平」之氣也隱然滋生。這樣的現象卻是由教育政策去引導，而發生在「人性最後堡壘」的大學裡！豈不可哀？

這果真是「時勢」所趨嗎？被過度膨脹的「全球化競爭」是不是已成為社會集體的「被迫害妄想症」呢？教育政策真的不得不如此充滿「政客」與「商賈」色彩嗎？「競爭」是「政客」與「商賈」的基本性格，卻絕對不是「教育」的本質。教育的本質與終極目的，在乎「成人」，也就是幫助受教育者完成明辨是非、賞味美醜、判斷真假、創造公利的完整人格；這是常識而已，並非什麼高深的理論。

然而，近些年來，決策者經常囂囂然高唱著「競爭力」，將它當作是教育唯一而終極的目的。「競爭力」主要取決於「人」的素質，「結構」與「策略」都屬次要。即使，因應於工商時代，不得不以「競爭力」為中心去衡定現代人的人格。「競爭力」也絕不能只簡化為人們的語文、資訊與一兩項專業知識與技能而已，甚至把「人」異化為競逐功利的「工具」。它必然是統整了專業的創造力、全方位視域的價值觀，良性的人際互動智能等人格特質；然而，似乎從未聽過教育決策者清楚正確地指示我們：「什麼樣的人格特質才具有競爭力」，而什麼樣的教育才能培養具有競爭力的人？只是一味地從大學整併的「結構」面與經費分配的「策略」面做強勢操盤，企圖藉此提升大學「競爭力」，以期在「全球化」工商科技競爭的浪潮中收到短程的效益。教育豈可如此急功近利？這樣的教育政策，必然不可避免地對「人格」教育造成簡化、扭曲的誤導，可謂急於「用」而不知「體」。短期間，配合「拚經濟」的時潮，彷彿服用壯陽藥，表面似乎有些力氣起來；但長遠去看，卻從根源處在腐蝕臺灣的人性與社會力。

臺灣當前的情況，從發燒、咳嗽、四肢無力的表面症狀來看，是「經濟不景氣」；但從內在體質上的免疫力去看，真正的病因卻是「人心不景氣」。不能只從「經濟」去拚經濟，而應兼從「人心」去拚經濟。「經濟」問題是經建會與經濟部的責任；「人心」問題，才是教育部的責任。臺灣這個社會已「唯利是圖」、「惡質競爭」到人心惶亂，風氣敗壞，賺再多錢都不快樂，甚至很多人只要有本事就想「遠離臺灣」。我們的教育決策者，即使拿不出辦法，至少也不必火上加油、推波助瀾而「為淵驅魚」啊！

4.

已矣夫！教育部是經濟部的分支機構，而大學也已成為教育部分設各地的「經濟人力」培訓所，甚至是以「知識」為產品的公司或工廠。校長是總經理，院長是各部門經理，系所主管是專司某項業務的課長或組長，教師是生產線上的領班或工頭，學生是實習的工人或學徒。從總經理到各級經理、課長、領班，最迫切的任務是針對搶錢遊戲與政府所「規劃」的「知識經濟」

市場，撰寫各項計畫書，為本「公司」多爭取資源。於是乎，什麼「奈米科技」、什麼「生物科技」，什麼最流行、最賺錢，就一窩蜂地計畫去研究什麼。至於學術的多元性，個人因材適學的自主性，完全模糊了，消蝕了。賺錢最多的學門，站在中心；不賺錢的學門，靠邊站。教師之間，以學術的「經濟效益」為判準的階級文化，也隱然在形成。尤有甚者，聽說還有一項政策在醞釀，即大學要新設什麼科系，教育部先「規劃」好，再由各大學撰寫計畫書來「競標」，「員額」與「經費」的成本最低者得標。看來教育「自由市場」的時代已過去了，而政府強勢主導的「計畫市場」時代也已來臨了。學術自主性強的大學與教師們，你們快樂嗎？

現今的大學校長，有時候也真是讓人同情。面對決策高層以「員額」和「經費」掐住大學七寸的高教環境，「務實」都已焦頭爛額了，想要挺胸昂首，為大學教育「成人」的「理想」高瞻遠矚地領航，戛戛乎其難哉！原本地位及責任都非常崇高的大學校長，在這時代已被「經理人化」，甚至「科員化」了。不過，我們仍然期待能出現像蔡元培、胡適、梅貽琦、傅斯年這樣立得高、挺得直的校長。

至於教師們，不能說完全沒有懷抱理想而卓然有成的人士；但是，也不可否認的，環境所趨，多的是患有「狹心症」、「冷感症」、「焦慮症」者，把自己關進研究室或實驗室，心眼中的世界，就狹窄到只剩下幾個燒杯、一部電腦或一堆圖書，對時代社會的公共議題沒有感受也不關懷。因為在過多無謂的「假性競爭」壓力下，如何大「量」地撰寫計畫，製造研究成果，為學校多賺些錢，以保住自己的飯碗，就夠他們焦慮了。奢談「理想」，就是呆子。影響所及，大學生唯功利取向而缺乏理想。這種校園文化，也就可以想見了。

大學教育在「唯功利」的價值窄視中，淪失理想，而被徹底產業化、商品化，這恐怕是高等教育史上最大的劫難。重建大學教育的「人本」精神如何可能？人，不是化學實驗室裡的元素，也不是物理槓桿上的物體，更不是經濟生產中的物料或工具。教育之務，最怕的並非沒有意見的「專家」與不做事的「官僚」，而是企圖「大有為」卻又昧於世情而不知人性人心的所謂專家、官僚們。國防、交通、經濟等，都必須「大有為」。只有教育、文化，在「有為」的行動之前，多少要有些「無為」的智慧。作之君、作之父的「大有為」政策，可能會治絲益棼，適得其反！

聯合報副刊　二〇〇三年三月十八日

三哀大學

賽凡，你站在一條椰林大道旁，凝視著往來如蟻的人群，卻說你看不到「人」！

你站在教室的講台上，望著頭髮如綠洲草原，臉色卻像大漠平沙的學生們。賽凡，你也說看不到「人」！

賽凡，你坐在研究室的電腦前，為了應付不久就要面臨的評鑑，正焦急地趕寫一篇論文，彷彿電子產品生產線上的工人。你吁了一口氣，疲憊地走到洗手間，冷水沖臉，從鏡中注視著自己恍似霧霾遮蔽朝陽的臉色，卻說看不到「人」！走回研究室，穿過一條灰柱紅欄的長廊，碰到幾個腳步顛浮的同事，淡漠地彼此揮了揮手，擦身而過。賽凡，你還是說看不到「人」！

那麼，你心眼中真正的「人」是個什麼樣子？千千萬萬有頭有臉有手有腳能呼吸會吃飯像老鼠繁殖似烏鴉聒噪如虎狼爭奪的「人」，都到哪裡去了呢？

或許，你真的體會到，我十二年前在《聯合副刊》寫了〈哀大學〉，悲涼的宣告：在高樓大廈堆疊的大學中，「人」已經消失了，或者被物化了，被工具化了；隔年，我又在《臺灣社會研究》寫了〈再哀大學〉，沈痛的宣告：在只重視論文發表篇數、只重視什麼SCI、SSCI……，「I」（哀）而又「I」（哀）的期刊、只重視大學評鑑排名、只重視學生成績數字的大學中，人徹底被數字化、被標籤化了。我們只是一堆被數字紋身的積木，當做教育管理階層堆疊業績、製造名牌標籤的工具罷了！至於教育的核心——「人」的存在價值如何自我實現？不但已被業績第一、標籤至上的教育管理者丟棄了，甚至每個人連自己也把自己遺忘了。

賽凡，在這樣的大學中，難怪你看不到「人」；連自己是不是「人」，也不能肯定！而在我〈哀大學〉、〈再哀大學〉十幾年後，大學所有可哀的現象，不但沒有絲毫的療癒，甚至已成沈痾！因此，我雖知不可為，卻還是難忍「三哀」之情。

最近，傳說有某種已遺忘自己是「人」的學者，為了堆疊研究業績的論文篇數與名牌期刊的標籤而偽造同僚審查；甚至如同噩夢一般，教育部長竟然也被牽連在內。這樣的惡果絕不會只此一樁，它已是一串癌症腫瘤，盤據在某些以生產知識換取利益者的心靈深處，到了末期就會爆裂開來！

其實，早在我〈哀大學〉之前，遠識者都已洞察今日之因，必造他日之果；既高舉名牌標籤，便會有人造假。就只有那些被「形式化」業績蒙住心眼的教育管理者，看不到深層人性的腐爛都由唯利是圖、捨本逐末的政策開始。什麼事業都可以隨經營者唯利是圖、捨本逐末，甚至自取覆亡，卻只有「教育」不可以！因為一國之民的人性人心都從這個土質水源培養出來。隱埋在深處的癌症腫瘤，總要等到它爆裂開來，血水漫流，人們才會驚恐的尋求救治。學者們躲在象牙塔內製造偽審；政客與商賈們彼此掛鉤，橫行在象牙塔外，唯利是圖，危害環境，以致全民飽受黑心食品的毒害；而高雄市無辜的百姓一夜驚爆，家破人亡。這種種弊端或災禍，不管是象牙塔內外，其實都在同一條惡質教育的因果長鏈中，只是以不同的方式呈現。難道那些在弊端或災禍中，被批為冷血、腦殘、失格，甚至貪婪無厭的高官巨賈，不是大學所製造出來的劣質產品嗎？我們怎能沒有責任！

近些日子，坐在電視機前，悲憤的看著高雄丙烯氣爆之後，滿目瘡痍，沿街哀泣的場景，又讓我想起一個宛如沈痾的問題：為什麼總是必須等到出了人命，才能揭露久被埋葬的道德屍骨。難道血祭，果然是召喚神靈，開啟真理的唯一方式嗎？難道我們的大學教育，真的不能在這些人走進社會，製造弊端或災禍之前，就替他們打好預防針嗎？

賽凡，你知道嗎？在一個道德已被視若廚餘的世界中，所有存在者，從上帝到小螞蟻，從總統到街友，都可能是受害者，沒有誰能有權力豁免——這應該是不能被取消的真理；然而，我們的大學教育卻早就將它當做缺乏「經濟效益」的廚餘給廢棄了。

我忽然想起，在我們的校園中，有一個經常踽踽獨行的「人」，赤裸著上身，襤褸著短褲，汚垢著臉容，散亂著長髮，沈默有如大理石的雕像；他，唯一在這道德已如廚餘的世界之外，孤單，卻不煩憂。

然而，我們都不是他。因此，「悲哀」就成為清醒的人一種沒有藥物緩解的病症。三哀大學，究竟會有多少「人」與我同哀？至少有你，賽凡！

教育以「人」為核心；然而，最近剛走了一個只懂得材料與機具的部長，卻來了一個只懂得數字，而精於算帳的部長。他們真的懂得「人」嗎？在大學中，消失已久的「人」，什麼時候能夠再度出現？

人，能用「數字」去管理的，大概只有年齡、身高、體重與存款。心靈，比奈米還要微細，比氣象還難以測準，究竟怎麼以「數字」去管理！人，不是被擺在實驗室中，沒有感覺、沒有思想的材料或機具，如何依照設定好的實驗程序去證明必然的因果規律？但是，幾乎對人心漠然無感，闇昧無知的管理者，都會迷信「實證操作」、「數字管理」的效用！而活生生的「人」就這樣消失了。

賽凡，你應該已經切身的體驗到，把「人」只當做實驗室的材料或機具，把「人」只當做可量化而計算的一串數字；這就是我們當初所認為可以「安身立命」的大學。誰也想不到，站在大學講台上，坐在研究室裡，教授竟然已變種為「知識經濟」生產線上的工人，或是「學術賣場」中的櫃檯員；所生產、販賣的商品價值多少？那就看你兌換成貨幣時，究竟是幾位數字！

曾經，遠識者說過：「欲亡人之國，必先毀其教育！」臺灣二十幾年來，大學教育逐漸淪落為掏空本質，走向形式化的數字管理，迷信標籤，而惡質競爭，搶奪資源，追逐排名。結果如何？川流在校園高樓大廈中的「教者」，他們所關懷的價值已只剩下一張如同中、小學生的「成績單」，可以用一串數字計算教學、研究、服務成果，而決定是否能拿到下一張聘書。至於「受教者」，可就有「骨氣」多了，讀書不如打工，打工不如玩樂；成績「死當」算什麼！

也不過是一個阿拉伯數字而已。重修，我爸媽會出錢！

這樣的大學教育，何以致之？賽凡，你說了一個黑色笑話：假如不是已經走離「保密防諜」的白色恐怖時代，真會讓人懷疑，高層的教育機構中，可能藏匿著握有主導力的「匪諜」，才會制定這樣掏空教育本質、躁亂人心的政策！這當然是說笑。不過，賽凡，我能體會到，你在說笑中，隱含著一份對「時命」的蒼涼感。

賽凡，其實你也不必太悲哀！讀書為了工作，工作為了賺錢，賺錢為了吃飯，甚至奢侈享受，炫耀財富，購買權力。這已經是二十一世紀，資本主義社會普世信奉的價值觀了。你真的還有那種知識分子不可藥醫的「理想症候群」嗎？別傻了，你該驚覺到，許多年來，大學不斷被一些盲目的教育高官浮濫增設；今年大學指考的錄取率已超過百分之九十五。當接近百分之百的學子們，都可以彷彿購買地攤三百元一件的 T 恤那樣，輕易地訂製四年後那一頂方帽子，大學就已經貶值為如同街角 7-11 的超商了。大學教授也不過就是那些機械式地喊著「歡迎光臨」的店員，只要這家商店不倒閉，按月能領到薪水，就該歡笑了。

心死，可能是停止悲哀最有效的方法；但這會不會是悲哀已潛入心靈最幽暗的底層，轉變成一種「冷感」的絕症；當多數的知識分子都患了這種「冷感」絕症，那會是一個什麼樣的時代？

然而，不管如何，賽凡呀！你既然繼續站在大學的講台上，我還是要鼓舞你幾分熱情：我們就假裝吹著口哨，歡悅地工作下去，慢慢等待大學消失已久的「人」，再度出現，這是我們所能抱持的唯一希望；即使它與簽中「威力彩」同樣渺茫，我們卻還是應該每一期都帶著希望去購買。希望，是一種自體生成、供應的「維生素」，它是我們還能繼續等待「明天」的主要養分。

「教育是良心的事業」，這是一句同樣被當做廚餘丟棄的老話；但它永遠是真理。在大學的講台上、研究室中，根本不應該有「管理」二字。因為，一個教育者的「良心」無法被一套形式化的規制做有效的管理；其勢所迫，必至於虛偽作假；而虛偽作假，卻是腐蝕教育本質的毒素。然而，當管理者放不下權力欲望時，教育便完全淪為形式化管理的技術操控了。

賽凡，你能同意我的想法嗎？在教育的場域中，即使非要有什麼「管理」不可；最好的管理者，也只有一種無法用「數字」標示的質化評量表：「大多數的受管理者都衷心願意向管理者靠攏、凝聚、認同，就是最好的管理」。幾十年來，我經歷過好幾個大學，所體驗到的是，管理的形式化規制是一張隔絕人心的網絡，網絡越是繁密，人心離開管理者就越疏遠；而凝聚力、認同感也在無形中不斷消散。最終贏得的是業績的帳面數字，虧空的卻是凝聚、認同的人心與旺盛的動能。

賽凡，幾天前，你說了一個資深教授的故事，讓我難過了好些天。你的學校裡，一個學術卓有成就的教授，已是髮蒼蒼而視茫茫；卻為了下一張聘書，竟然必須在孤燈下，像個小學生，逐項填寫著兩年一次的業績評鑑表格；繁密如網，瑣碎如豆，二分三分錙銖計較；否則，聘書可能就拿不到了。

這時，他遙想著一個神話：幾十年前，某大學的某校長，讓秘書陪同，捧著一疊聘書，走到宿舍區，逐家挨戶拜訪，聘書親手奉上；同時感謝教授們，辛苦地教導那些好不容易能就讀大學的青年。如今，這真的是一個已不可能在大學中出現的神話了嗎？那位資深教授擲筆而起，隨又想到另一個遙遠的神話：陶淵明不為五斗米折腰，高聲吟詠：「歸去來兮，田園將蕪胡不歸！」乃決然掛冠而去。這也是一個不可能在大學中出現的神話，他想到自己就連半畝將要荒蕪的田園都沒有，只好頹然坐了回去，沈重地拿起筆來。

這已經是每個人都被「資本化」而做為生產工具的時代，大學校長也同樣是被當做或自甘當做「生產工具」的廠長而已。「人」，真的已徹底在大學中消失了。理想，只有神話中才存在。這樣想，他也就淡然地填完那份評鑑表格；但是，他的「心」卻已經離開這所學校了。

賽凡，你還說了另外一個關於大學生的故事。你經常搭乘學校內的接駁公車，好幾次看到學生們搶先佔據了所有座位，就連博愛座都不留。一個頭髮銀白的女教授，背著沈甸甸的袋子，可能裝貯的是上課的教材。她比較晚上車，那些舒適地坐在位子上的學生，卻都看不見這個站在面前的老教授，彷彿她是隱形人。這就是我們大學「工廠」裡，將要行銷到社會上去的產品嗎？其中，或許會有一些未來的高官巨賈；而我們真的都沒有責任嗎？

賽凡，這是眼前的大學圖像。我已年老，看不到更遙遠的將來，這幅圖像會變成什麼樣子；但是，你還算年輕，一定要有信心等待「人」再度成為大學教育的核心。

首先，你必須把自己當「人」看待，不要將「數字」當做難以解除的魔咒。那只是管理者在形式上，用來滿足自己業績優異，而自欺欺人的符號罷了。你只要每隔兩年，就像那個資深教授淡然地填完評鑑表格；然後，行所當行，言所當言。在教室的講台上，在研究室的書堆中，你就是自己世界中的「王」，沒有誰能將你當做「非人」的「工具」去操控。接著，當然也要把學生當「人」看待。站在講台上，你絕對有權力不拿「數字」替他們紋身；而帶領他們回到每個人生命存在的自身，告訴他們：你就是你自己，存在價值由你自己去定義，沒有誰能在大賣場中，把你當做劣質的貨品賤賣！

當世界已經傾斜，我們也沒有力氣將它扶正；那麼在悲哀之後，唯一能做的就只有自己站好姿勢。賽凡，我相信你的姿勢已站成擎天的柱子，可以慢慢等待著消失已久的「人」，在未來的大學中出現。理想，不見得只在神話中存在！

聯合報副刊　二〇一四年八月二十一日

社會想像與社會距離

每次看完電視新聞或報紙，都像精神上生了一場大病，發誓再也不看它了。這個社會，真的沒有一件好事嗎？叫人怎麼繼續活下去？憂鬱與焦慮，是受外境激發而自體滋生的心靈瘟疫，檢不出病毒；但媒體卻可能是最大的觸媒。

我們依照著媒體的描繪，想像這個超出自己視線之外的社會、想像自己生活的處境。而這幅圖像，竟然如此混亂，從總統府有如陽具的高塔頂端，到各城市的陰溝，率土之濱，唯孟子一句話可以容：「上無道揆，下無法守。」

這個社會，真的沒有一件好事嗎？

我發誓不再看電視新聞或報紙；然而，今天一早起來，還是忍不住打開電視，還是轉到新聞台，這社會還是同樣的混亂。兩兄弟交叉強暴自己年幼的子女，國中一年級的女兒因而懷孕、墮胎。被媒體封為「話題大王」的柯賜海，以欠稅的罪名被拘押管束了二十八天，剛放出來，就跑到總統府前，對著電視鏡頭大聲念著抗議書……。

我們這個社會，不必讀書、不必思想、不必當上總統、不必成就偉大的事業，只要能製造「話題」，便可稱「王」；所到之處，記者隨從，免費就讓他上電視，舉世聞名。我們這個社會，話題大王成千上萬，從總統府到大街小巷都有。「話題」為「新聞」之本，而「驚悚」為「話題」之本。這也就難怪許多不夠「驚悚」的「好事」，永遠都在新聞之外。柯賜海、許純美……等等，都是最聰明的人，他們知道媒體人的腦袋瓜有多大。

我關了電視，發誓不再看新聞節目。聽說已有不少人這麼做，家裡沒有電視、沒有報紙，讓生活只保留周遭眼見身觸的真實境況，不再跟隨媒體去氾濫著叫人憂鬱與焦慮的「社會想像」。

假如，真能做到這樣也好；只怕「新聞」也是一種現代人嗜食的嗎啡，明知它有毒，卻又戒不掉。

媒體是我們與社會拉近距離的介物，卻同時也是我們與社會推遠距離的介物。它讓我們超越眼見身觸的「親知」界限，以依藉符號而「聞知」的形式，擴張了個人自身與他群的接觸面，似乎因而拉近了個人與社會的距離；然而，這樣的社會，其實只是經由媒體選擇性編撰的劇本所觸發的想像，雖非純屬虛構，卻是以一斑而代全豹的認知。當我們以為整體的社會就是這樣時，社會其實已經被推到遙不可及的地方了。

個人與社會的「距離」究竟有多遠？而個人與社會又究竟保持多大的「距離」才恰當？社會，在個人周遭三尺之外，都是「想像」的存在；而怎樣的「想像」才能不離真實太遠？也才能不讓我們過度的歡悅與悲愁？

「社會想像」與「社會距離」，是現代人面對媒體宰制世界認知而「話題人物」壟斷認知材料的生活環境，所必須去思考的問題。坦白說，我沒有標準答案，但它的確是個重要的問題。

這個社會，真的沒有一件好事嗎？

當我正被一樁兄弟爭產而相互殘殺的新聞，驚悚得對人性非常失望時；門鈴響起，透過客廳不很明亮的玻璃窗，我看到庭院門外，兩個穿著潔白襯衫的年輕外國人，金黃色的短髮在陽光下特別的閃耀。他們維持著慣常的微笑，等待有人應門。

我知道他們是摩門教福音的使徒，經常騎著腳踏車穿梭在這附近的街巷間，挨家按著門鈴，想讓上帝進駐到人們的心靈中；然而，大多時候，他們卻都只能站在門外，聽完「謝絕」的回應之後，就失望地離開了。

他們仍然會騎著腳踏車，在烈日或風雨中，一家一家的門鈴繼續按下去。他們算是在做「好事」吧！

我很想知道，他們與這社會的距離究竟有多遠？又怎樣的去想像這個社會？

他們也是一種很小的媒體，只是描繪的並非混亂甚至血腥的圖像。他們說：「天國近了！」卻引不起人們的興趣與想像。天國近了，早已不算是驚悚的新聞。因此，他們只能默默地工作。

經常，庭院的門桁上，有人悄悄地掛上一包東西：二條絲瓜、一束空心菜或一串香蕉。我們猜得出是誰送的，巷尾右側最後一家的陳太太，或是左面一牆之隔的蘇先生。在這條巷子裡，鄰居有物彼此分享，久成良俗。這是好事，卻不夠驚悚，當然也就不是新聞；但是，卻可以因此想像一個飽含情味的社會吧！

社會距離，不應該完全由媒體所提供的認知來決定；而應該取決於理性的社會實踐。那些只知一頭鑽進象牙塔的專家，即使每天閱讀大量的新聞，其社會距離肯定比那些摩門教的福音使徒遠得多。

社會想像，也不應該任由媒體去捏塑。每個人都有心有眼；而這個社會，每分每秒都有人在做壞事也有人在做好事。因此，社會想像可以是一片光明，也可以是一片黑暗，或者是既光明又黑暗。想像不全然是真的，但是人心可塑，想像多了久了也會逐漸成真。而社會情境是人心的投射，千萬個黑暗之心如何能投射出一個光明的社會！

媒體應該是一種大規模的理性社會實踐，可捏塑社會情境於口舌、筆墨、影像之間。我忽然有一個奇想，假如各大媒體能合作，讓陳水扁、宋楚瑜、連戰……等所有經常壟斷新聞的話題人物以及一些驚悚的壞事，完全從媒體消失；而多呈現默默在做好事的小人物們。我們的「社會想像」必然因此而完全改觀，人心的憂鬱與焦慮或許也會好了大半吧！

文訊月刊第二二五期　二〇〇四年七月

我們彷彿活在「聊齋」世界

二十一世紀，科學已經發展到能夠複製生命體，將取上帝而代之了；然而，不可思議的是，臺灣這個社會，卻到處充斥著怪力亂神，彷彿還停留在民智未開的巫術時代。上層為了爭奪總統大位，而搞出青龍與大鵬鳥鬥法的謬劇。下層為了追求美麗與財富，弄到狐仙、筆仙、小鬼、嬰靈比耶穌基督、釋迦牟尼佛還要受人崇拜；風水師、命相師、摸骨師、神棍比牧師、教師還要受人景仰。

這不關乎學歷的高低、知識的深淺、權位的尊卑。滿腦子專業知識的博士、高居廟堂之上的權貴，其迷信往往更甚於連自己的名姓都認不得的文盲或睡在臺北火車站的流浪漢。文盲不知道「權力的滋味」有多迷人；流浪漢想的只是下一餐有沒有熱騰騰的便當，哪敢奢望一桌幾萬元的魚翅宴席！他們所求無多，也容易實現，當然不必藉助於法力無邊的鬼神。反之，一個人儘管學歷再高、專業知識再豐富、權位再尊貴，只要滿腦子想的都是求之不盡的功利，鬼神便進駐心靈的殿堂；並且都不是關乎修德的正信之神，而是被認為有助於攘權奪利或永保美麗、青春的花妖鬼狐，讓人彷彿活在「聊齋誌異」的世界。

鬼神是欲望的共生物，而迷信是功利觀念的孿生體。人類只要事事從「軀殼」起念，而向外欲求無盡，再怎麼聰明飽學的人，也不免會讓鬼神擄去靈魂。秦皇、漢武的智識能力超絕，足以征服天下；但是，自身卻被神仙巫蠱所征服。老子說：「吾所以有大患者，為吾有身。」這「身」乃是混合了欲望與功利價值觀的自我意識，最容易招妖進鬼，如腐肉生菌，當然是「大患」。而秦皇、漢武，在歷代不斷化身千萬，即使到了科學昌明的二十一世紀，秦皇、漢武仍然滿街都是。人類科學之知，足之照燭宇宙，窮析原子，卻無以照燭自身，明見靈魂；生命是科學之外的另一種學問。只要人們栖栖遑遑地追逐的，多是理性所不能照燭、自由意志所不能掌控的事物；那麼孔子也好，蘇格拉底也好，耶穌也好，釋迦牟尼也好，愛因斯坦也好，他們的真知灼見，就都抵不過一個風水師、命相師、神棍的胡言亂語。

時代治亂，從國民所得的指數或經濟景氣的燈號判讀不出來；但是，從孔子等聖哲與風水師們在知識階層心眼中的影像解析度，倒可以清楚地映現。臺灣近些年由上層到下層，各種怪力亂神的現象，絕對不能只當做電視八點檔的泡沫劇去觀賞。「國之將亡，必有妖孽」，這種上下一片怪力亂神的現象，可視為時代治亂的指標。

人文教養最大的意義，是在於啟迪人們的理性，尤其關乎價值的目的理性。只有理性的照燭，才能讓人辨乎真妄之相，定乎內外之分。

人就是人，兩隻腳，直立著走路，這再真實不過了，為什麼要將他妄說是天上飛的或地上爬的禽獸：某權貴是「龍」轉世，某權貴是「大鵬鳥」化身。這麼說來，廟堂上的袞袞諸公豈不多是「衣冠禽獸」！在人們還弄不清楚地球繞日而行的時代，有人說劉邦是「赤帝之子」，是「蛟龍」在劉媼肚子裡撒下的野種，命定該當皇帝；這種愚蠢的政治神話，稍有理性的人都知道是用來哄騙老百姓以鞏固權力的謊言；不料卻重現在這教育普及率已達百分之九十以上的時代。這除了證明人文教養失敗，理性茫昧之外，還有什麼意義？以妄為真，連知識階層都言之鑿鑿，說不定當事者也恍然以為自己「非人」也。

這世間的價值，有根乎性分之內者，有求之於性分之外者。什麼是根乎性分之內的價值？道德的身體力行與才能的自我實現即是。想要做個乾乾淨淨的人或卑鄙齷齪的傢伙，絕對是一念自覺的事，完全可以不假外求，做得不好也別去怪罪他人的引誘。至於如何發現、肯定自己天生的才能，而用心將它實現出來，這也是性分之內的事。文學也好、藝術也好、科學也好、工技也好……，無非性分之所發，都有自己獨特而不可取代的成就與風格，無需和誰去競爭輸贏、比較高下。

另者，什麼是求之於性分之外的價值？凡是這個社會所建的名位，例如總統、院長、委員、部長、總經理等；或雖無固定的位階，卻有聲傳千里，眾所嚮慕的名望，例如名作家、名畫家、名歌星、名模特兒等；或具體可量化的財貨，例如房地產、珠寶、金錢、汽車等。這種種價值都是在性分之外，可以加乎其身，也可以從身上剝除。今天是總統，明天卻是一介平民，甚至階下囚；而億萬鉅資，也可能一夕之間化為烏有。所謂「成就」，是指才能自我實現而不可取代的成果，例如牛頓發現許多物理學的定律、貝多芬創作許多古典的樂曲等；至於總統、院長、珠寶、金錢等，既然可以從一個人的身上拿掉，便不算是「成就」了。

人生，本就是一連串的價值追求與定位，正確的歷程與順序應該是由內而及於外，實先至而後名歸；不以外物奴役其心。性分之內的價值實現，操之在我，只要用心著力便有成就。性分之外的價值，卻非我可以主控，無法強求，只能在不斷自我實現的歷程中，等待實至而名歸，心靈而物至；而且，一切名物，都不必然常在，得而可能復失，失而可能復得，這就是「命運」。命之所運，有智慧的人都明白，只能以曠達之心順之而安之，祈求鬼神也無濟於事，這就是「理性」。

理性茫昧，上下交征利而妖孽生於心，這是臺灣當前社會最深的病痛；不知那些掌握教化之鑰者能有什麼良方？至少別再唯利是圖、推波助瀾；誘引大家「搶錢」的事就少做些吧！

文訊月刊第二三三期　二〇〇五年三月

當黃金遇見陽光

當黃金遇見陽光。

這個程式性語句，還可以系列地造下去：

當牛排遇見詩。

當電腦遇見玫瑰花。

當比爾蓋茲遇見海德格。

當貝克漢遇見史懷哲。

當周杰倫遇見顏崑陽。

假如你在臺北火車站的人潮中，做個口頭的訪問調查：黃金與陽光，你選哪一樣？牛排與詩，你選哪一樣？電腦與玫瑰花，你選哪一樣？接著，你專挑年輕的孩子們，也做個訪問調查：你想當比爾蓋茲，還是海德格？你想當貝克漢，還是史懷哲？你想當周杰倫，還是顏崑陽？

這樣的訪問調查，即使沒有正式的統計數據；不過，只要頭腦還算清楚而有些社會想像力的人，都一定明白：回答「我選擇陽光、詩、玫瑰花」以及「我想當海德格、史懷哲、顏崑陽」的人，恐怕不會超過百分之十吧！而且，這百分之十的人，還不免會被那百分之九十的人譏笑：「頭殼壞掉！」

陽光，能值幾兩黃金？詩，有牛排這麼美味嗎？玫瑰花，能像電腦那般管用嗎？海德格是幹哪一行的？他是存在主義大師，二十世紀最了不起的哲學家之一。哲學是最缺乏經濟產值的知識，那個海德格賺的錢及得上微軟老闆比爾蓋茲的萬分之一嗎？史懷哲，聽說過，他是個醫生，不在大都市開業賺錢，卻跑到非洲去照顧那些落後貧窮的民族。這種人太沒有競爭性了，怎比得上貝克漢那個球場上的大贏家！至於顏崑陽，誰知道他是哪一棵蔥？周杰倫，可就連貓狗也認識他；他不穿內褲，都是大條新聞哩！

這就是臺灣二十一世紀的社會，不管你喜不喜歡，它已經存在了。價值全都量化，只能用數字去計算；人們的心眼中，當然只見黃金而見不到陽光。價值全都物質化，只能用嘴巴、手腳去佔有；誰的生活還需要詩？價值全都工具化，大家只在乎實用的物事；玫瑰花就該扔進垃圾筒。至於偶像人物，也早已換班了。凡是不會賺錢、缺乏競爭性、非媒體明星，再怎麼了不起，也都得從年輕一代的心靈殿堂中退位。

我曾經假想著：當世界只有黃金而沒有陽光，當我的人生只有黃金而沒有陽光；相對的，當世界只有陽光而沒有黃金，當我的人生只有陽光而沒有黃金，那會怎麼樣呢？

我又假想著：當世界只有牛排、電腦而沒有詩與玫瑰花，當我的人生只有牛排、電腦而沒有詩與玫瑰花；相對的，當世界只有詩、玫瑰花而沒有牛排與電腦，當我的人生只有詩、玫瑰花而沒有牛排與電腦，那又會怎麼樣呢？

我也曾經假想著：當這世界上只有比爾蓋茲、貝克漢、周杰倫，而沒有海德格、史懷哲與顏崑陽。當這世界上的年輕人都只想當比爾蓋茲、貝克漢、周杰倫，而不想當海德格、史懷哲與顏崑陽；相對的當這世界上只有海德格、史懷哲、顏崑陽，而沒有比爾蓋茲、貝克漢與周杰倫。當這世界的年輕人都只想當海德格、史懷哲、顏崑陽，而不想當比爾蓋茲、貝克漢與周杰倫，那會怎麼樣呢？

道理似乎很淺顯，正常的世界與人生，應該是什麼都有、什麼都需要。既有黃金，也有陽光；既有牛排、電腦，也有詩與玫瑰花。或者，有時需要黃金，有時需要陽光。有時需要牛排、電腦，也有時需要詩與玫瑰花。

道理的確很淺顯，問題只在於：當黃金與陽光、牛排與詩、電腦與玫瑰花不能兼得的時候，人們會做什麼選擇？或者，一個人什麼時候需要黃金？什麼時候需要陽光？什麼時候需要牛排、電腦？什麼時候需要詩與玫瑰花？這就關係到一個時代人們的心靈共構與各人價值抉擇的智慧了。

我的疑惑是，既然道理這般淺顯，為什麼臺灣絕大多數的人們，不管何時何地，都只選擇了黃金、牛排與電腦？價值完全量化、物質化、工具化，就是這時代人們的心靈共構與各人價值抉擇的圖像；而這幅圖像究竟是怎樣被打造出來的呢？從總統開始，誰能去回答這個問題？

我更大的疑惑是，假如連我們每個人生命本身的價值，也都被量化、物質化與工具化；那和一枚金幣、一塊牛排、一部電腦有什麼差別？你我彼此販賣、吞食，相互利用進而拋棄，也就不必太驚愕了。

道理同樣很淺顯，正常的世界與人生，應該是什麼樣的人物都有而各具其特色。既有比爾蓋茲，也有海德格；既有貝克漢，也有史懷哲；既有周杰倫，也有顏崑陽。或者，有許多年輕人想做比爾蓋茲、貝克漢、周杰倫；也有許多年輕人想做海德格、史懷哲或顏崑陽。

道理的確很淺顯，問題只在於：年輕人們知道自己適合當比爾蓋茲還是海德格？適合當貝克漢還是史懷哲？適合當周杰倫還是顏崑陽？這就關係到社會未來是怎樣的一張藍圖了。

我的疑惑是，既然道理這般淺顯，為什麼臺灣絕大多數的年輕人，不管自己適不適合，都只想當比爾蓋茲、貝克漢或周杰倫。偶像的功利化、競爭化、媒體明星化，就已映現這個社會未來的藍圖了；而這幅藍圖究竟是哪些人引導年輕一代去勾畫出來的呢？從總統開始，誰能去回答這個問題？

我更大的疑惑是，為什麼絕大多數的年輕人，最想做的都不是他們真真實實的「自己」，而是別人虛幻的影子？

這是一個「相互折磨」的時代

這是一個「相互折磨」的時代，很多人恐怕都有同感吧！

幾天前，一個年輕的大學助理教授打電話給我；聲調聽起來有些陌生，不像從前那樣輕快。我的耳朵敏銳地捕捉到一片靈魂的呻吟聲，糅雜著疲憊、憂鬱與沮喪；這不應該出自一個陽光正很亮麗的年輕人。

他，已陷入憂鬱症的泥沼嗎？

教學、服務、學術研究是一首永遠沒有休止符的進行曲。最讓他焦慮的是：限期升等，否則失業。在大學惡性競爭的時「勢」中，優劣繫乎量化評鑑，「數字」可以決定群體以至個人榮辱予奪。學術，也不過就像抽取式衛生紙，一包一百五十抽，必然比一百二十抽值錢。於是，從校長、教師到學生，都陷入「數字」的迷陣中，相互折磨。校長要業績、教師要業績，學生也要業績——在紙面上，用「數字」就可以明白顯示的業績，有業績才有資源，也才有前途。於是乎，業績至上，折磨人者，人亦折磨之。

人類發明了「數字」，最大的用處竟是拿來「彼此折磨」！這難道不是對人類之「聰明」的自我嘲諷嗎？

人，要活得有價值，這道理並沒錯。問題在於，「價值」怎麼去判定？一個考試成績經常第一名的學生，必然活得比第三十名的有價值嗎？一個存款簿裡十位數的人，必然活得比六位數的有價值嗎？一個每年撰寫十篇論文的大學教師，必然比撰寫三篇論文的活得有價值嗎？假如，我們只相信被絕對化的「數字」，那麼對上面那些問題敢說「不是」或「不一定」的人，恐怕相當少。

對於活活潑潑而每個都是獨一無二的精神生命而言，最形式化、空洞化的表徵，莫過於「數字」；而不幸的是，我們卻活在一個任何價值都可以數字化的時代。整個社會像一本巨大無比的帳簿，主管就是帳房；各人所有的努力，都不是為了「自我實現」，而是為了滿足帳房所訂下的業績數字。從小到老，我們就不斷地被以「數字」紋身；彷彿生命存在的意義，從刻在身上的一堆數字，便可以計算得出來。

對自身生命存在意義越沒有感受、對人的鑒識能力越衰弱的管理者，就越會相信一套由「數字」組成的形式化管理制度；而這樣的管理者，在各行各業中，佔絕大多數。為求帳面上的業績，莫不催逼其部屬，如驅策牛馬負重而登坡。這樣的工作過程，如何能有「自我實現」的快樂？如何能不感「折磨」之苦？大學教師限期升等，否則失業，就是典型的例子。真正的學術，必須出自內在動力，於從容中得之，怎能像生產線上的工人，在時限內，組好一定數量的零件。

當今大學校長，能不惑於形式化的「業績主義」，而具洞達人性之睿智者，幾稀？大學校長尚且如此，何況智在中人以下的多數管理者呢？

現代人之所以「相互折磨」的原因，除了管理階層將各人存在價值意義形式化、空洞化為規格式的數字之外；另有一個重要原因就是「自我利益中心」的價值觀，已成為多數人的合理化信念。「人不為己，天誅地滅」，這句話在以往的社會，乃用來指責自私自利的傢伙；在當今的社會，卻被許許多多人奉為合理化的價值信念。「個人權益」由是成為眾生絕對而唯一的核心價值。我們在很多場域所經常聽到，或每日從媒體所見到，大多是為個己或一小撮人之爭奪「權益」而劍拔弩張者，卻很少是為個己或團體之承攬「責任」而堅持不讓者。只有「權益意識」，沒有相對的「責任意識」，大體是我們這個社會的心靈共構。而且最讓人憂慮的是，這種向「權益」一面傾斜的價值意識，從青少年的學生時期便已如此。我在學校三十年，看到的大多是學生為本位的「權益」而激烈抗爭，很少是為學校或社會整體的「責任」而慷慨陳詞。每當這時候，我就疑惑地想到：「為什麼我們會教出這樣的學生？」並為此而羞愧、心痛不已，卻又充滿無力感。

在「自我利益中心」的價值場域中，所謂「終極關懷」、所謂「普遍價值」、所謂「群體規範」，都已蕩然無存。每個人都為自己的利益在謀算，而利益的取得必然是互相侵奪，並且可以毫無愧色地將這種行為合理化。因此，所謂「為別人設想」，即古之所謂「恕道」，恐怕是只有傻瓜才會相信的道德神話了。

在這樣一個生命存在價值被空洞地數字化、絕對地個人利益化的社會中，焉能不人人「相互折磨」？於是，政府官員折磨百姓，百姓折磨政府官員。執政黨折磨在野黨，在野黨折磨執政黨。同一政府中，此部門折磨彼部門，彼部門折磨此部門。同一政黨中，此派系折磨彼派系，彼派系折磨此派系。同一機構中，長官折磨下屬，下屬折磨長官。在學校裡，校長折磨教員，教員折磨校長；而老師折磨學生，學生折磨老師。在家庭中，父母折磨子女，子女折磨父母……折磨人者，人亦折磨之；芸芸眾生，沒有人不落入「互相折磨」的對待中。然則，受折磨而瀕臨憂鬱症者，又豈僅這位年輕的助理教授而已。恐怕總統、行政院長也早就有同樣的感受吧！這絕不能以多元社會的正常現象來自我矇騙；正常的多元社會既肯認各種不同的價值觀，同時也能彼此尊重，而非「相互折磨」。

這樣的時「勢」，本來就只有從「教育」才能尋得治「本」之道，以熄火止沸；然而，這幾年來，教育部卻始終在反其道而行，讓人爭權奪利，而美其名為「提升國際競爭力」，因此使得理想價值的最後堡壘——大學，也墮入唯利是圖的汚泥中。說穿了，不過就為了那些官員們紙面上的業績數字。其行若非出於愚蠢，則居心便更可怕了。從「教育」去擾亂、腐化人心，是最高明的敗國策略！

「數字階梯」上看不到遼闊的風景

近來，特別感到一種憂慮：站在大學講台上，卻從台下年輕學生們的臉容，看不到充滿希望的風景。

這，會是我錯覺了嗎？多慮了嗎？但願如此。

我看到學生們臉上的風景，不是陽光熠燿、翠色生鮮的草原；或春意盎然、欣欣向榮的苗圃；而是蕭索的荒漠、死寂的幽谷或浮躁的風飛沙。不管你談的是生活的品味、詩的感覺、畫的想像、歷史的詮釋、哲學的辨析、道德的省思、社會的觀察或政治的批判；他們大多委頓著、冷漠著、茫昧著，或三三兩兩兀自吱喳著。不管你問什麼問題，不是囁嚅以對，就是瞎說以對。除非你開始「壹周刊」起來、「蘋果日報」起來、「任天堂」起來、「ＢＢＳ」起來，才會有些騷動與詭異的笑聲。

二十多年前，我也站在同樣這一所大學的講台上，從台下學生們臉容上看到的風景卻不一樣，真的是陽光下的草原、春意中的苗圃。丟問題出去，他們會搶答，甚至互相辯難。很多時候，更會主動向老師發問。

學習，靠的是對生命存在意義的叩問、對知識奧秘的探尋、對志業理想的憧憬而產生的內在動力。教育的成功與失敗，就要看啟發學生們這種內在動力的普遍度與強弱度如何。

從我眼前大學生們的學習反應來看，內在動力普遍非常微弱，可以想見他們對生命存在的意義、知識的奧秘、志業的理想，幾近於冷感；而他們卻都還不到二十歲，應該正是有光有熱的生命啊！這如何不讓人憂慮？

或許，有人會聊自安慰地說，他們在中學時代，都是中後段的學生，別要求太高；然而，聽說那些前段的學生，擠進正幻想著成為世界一流的大學，學習反應也好不到哪裡去；除了比較在乎分數，肯努力當一台「佳能牌」的知識影印機之外，大多是「沒有問題」、「沒有意見」、「沒有夢想」的年輕人。

這就是我們站在教育高崗上的「當權人士」，猛喊「提升競爭力」的結果嗎？一群忘記自己是獅子、或老虎、或大象、或猩猩的動物，只是每天被驅策在馬戲團的舞台上，重複著制式的表演，以追求老闆所訂下可以數據化的「票房競爭力」。我不知道，當他們有一天被放回草原上或叢林中，能有什麼真實的競爭力？

凡不能認知自我、肯定自我、實現自我的人，都難有很高的競爭力；即使贏得一時，也是偶然的機運。競爭力，是對外所表現的效用；然而，其「本」卻源自於內在的「能動力」。務「本」的教育，應當是啟發學習者認知自我、肯定自我、實現自我，以厚養內在的「能動力」；而非拿著鞭子或捧著財貨，驅策、誘導學習者跳上火線，為競爭而競爭；結果卻僅是滿足了管理者帳面上的業績。最近，在「五年五百億」的教育政策上拿到錢的大學校長，正站在由上海交通大學所虛構的「封神榜」前，叨叨絮絮著擠入世界排名前一百或頂尖大學的囈語。至於教育之「本」何在？學術的「能動力」何在？學生「生命存在意義的失落與知識冷感症」的病因何在？如何去對治？這些問題，能回答得清楚的大學校長，恐怕沒有幾個。在他們想來，這些問題，只要一年丟出幾百萬，請來一、二個諾貝爾獎得主的學者秀一秀，就都解決了；依然是「數據主義」、「標籤主義」的思惟。這哪是在辦教育，根本就是在經營「馬戲團」；而全校師生也不過是高明或平庸的馴獸師以及大大小小遺忘自我的獅子、老虎、大象、猩猩、猴子而已。

前陣子，建國中學一位受不了成績排名退步的學生跳樓自殺了。我們親愛的教育部長杜正勝說得煞有見識的樣子：「社會必須反思學生『考一百分』、『上第一志願』代表什麼？……教育單位必須檢討目前的考試評量制度是否能達到培育學生的目的！」然而，這不是教育部在自打嘴巴嗎？這樣的社會，難道不是教育部一手打造的嗎？而且，到現在仍然繼續以「數據化評鑑」的手段打造下去。真不知五年後，捧走一堆錢，卻在「數字階梯」上爬不到前一百名的大學，其校長和教務長、研發長會不會也跳樓自殺。那時候，不知是否還聽得到「杜部長」訓誨他們說：「前一百名，代表什麼呢？」

在這樣的教育氛圍中，所有生命都被架空在「數字階梯」上，不管第一名或第一百名，都不可能看到真正的自我，也都不可能對知識的探尋產生自發性的內在動力。那麼，坐在我眼前台下的孩子們，幾年的中學生涯，在「數字階梯」上已爬到精疲力竭，遺忘了自我。這時候，坐在大學的殿堂，不管一流大學或三流大學，難道不應該休息或爽快個幾年嗎？他們的學習反應，似乎也可同情的諒解。坦白說，很多教師也有同樣的經驗與感受。他們從沒想到，由學生熬成教師之後，仍然走不下「數字階梯」：每兩年三載都得接受量化的評鑑；這彷彿是永世無解的魔咒！

長久以來，臺灣的社會就患了一種心靈慢性病，名曰：「三年症」。每一個人從略懂人事的中學時代開始，就被逼上「數字階梯」，舉頭卻只能看到「三年」的日子。肯聽從父母、師長的國中生，唯一的念頭便是：如何循著「數字階梯」往上爬，「三年」後爬進一所高中。高中生唯一的念頭則是：「三年」後，循著「數字階梯」，爬進一所大學。大學畢業之後，爬進職場，唯一能想的也是「三年」後升遷、「三年」後競選連任，「三年」後這筆投資必定要賺錢……。為了這「三年」，為了「三年」後的另一個「三年」，什麼手段都可以使出來，尤其是「選舉」。至於比三年更長的十年、二十年甚至百年之後呢？聰明人從不想這麼遠的事！

循著「數字階梯」爬進大學，「三年」後的目標似乎暫時不再那麼明確了。難怪眼前這群年輕學生臉上的風景，會那麼荒涼與茫昧。因為，從來沒有人幫他們打開過二、三十年後的生涯視窗。在「數字階梯」上，永遠看不到這麼遼闊的風景。

這是時代的心靈共構，每個人都有責任；責任最大的是教育的當權者。我非當權者，站在講台上，唯一能做的就是「盡心」而已；但是，此刻課堂外，為了「三年」一次的選舉，醜陋的政治鬥爭卻正熾熱地上演著。

文訊月刊第二四二期　二〇〇五年十二月

與臺灣當代文學歷史並軌而馳

《文訊》剛誕生不久，我就認識它了。

回想起來，那大約是一九八三年或八四年間的事吧！《文訊》才誕生幾個月，端正、樸實而有些嚴肅的模樣，相框似的封面總是擺著一張或二張老作家的照片。印象中，創刊號的封面人物是蘇雪林與王詩琅兩位文壇大老，一男一女，一本省籍一外省籍。怎麼一開始，總編輯的小腦就有這樣好的平衡感！似乎已高瞻遠矚到這是臺灣社會未來二十幾年，兩座一直都在此起彼落的蹺蹺板。

我究竟怎麼遇見《文訊》？如今想起來，已有些模糊了。彷彿是林央敏從桃園到臺北，《文訊》總編輯孫起明邀了幾個文壇朋友和林央敏喝咖啡；那是我第一次見到孫起明，年輕、明朗、溫雅如三月穿透塵瘴而照臨臺北上空的陽光。他與我們談笑起來，很像是童年就混在一起的玩伴，感覺不到任何應酬的味道。這個印象，完全逸出「黨工」在我心中那幅久已定型的板刻之外。

坦白說，剛開始，我看到這份刮不掉政黨印記的刊物，並沒有太大的驚喜。我一向沒有特定的政治立場與意識形態；然而，做為一個以自由、真誠期許人生的文學家，任何政黨都只讓我想拿獨行的背影對著它。文宣品印得再精美，都很難引起我閱讀的胃口；何況剛創刊不久的《文訊》也真稱不上精美，甚至，有些「土氣」。雖然編者很懇切地以「一份高水準的文藝評論刊物」來自期；但是，我仍然懷疑它是另一本《中央月刊》，想宣傳國民黨的文藝政策吧！

我必須承認，對《文訊》的觀感的確是因為對孫起明越來越好的印象而逐漸改變。起明的率真，常讓人感動而完全忘記他「黨工」的身分。有一回，他陪著趙淑敏與我，到桃園文化中心去向市民談文學。到場後，他就可以閒著了，卻沒有溜掉去找樂子，就坐在最後排，認真地從頭聽到尾。過幾天，他又碰見我，有些懊惱又有些愉快的告訴我：「聽了你那場座談，才覺得自己的腦筋實在不夠清楚！這些天，我又把勞思光先生的《思想方法五講》拿出來，好好地讀了一遍。」我相信這些話從他的嘴巴出來，每一句都是真的！

當然，我改變對《文訊》的印象，除了孫起明的影響之外，也因為看了幾期之後，發覺它真的沒有沾上一絲兒政黨文宣的色彩。早期登場寫文章的都是當代很有聲望的作家與學者，蘇雪林、謝冰瑩、張秀亞、楊逵、葉石濤、鍾肇政、尼洛、朱西甯、司馬中原、紀弦、羅門、李喬、陳千武、王夢鷗、胡秋原、唐德剛……，有些人並不喜歡那時候的國民黨，也不被國民黨疼愛。他們談論的都純屬文學的問題，尤其從第七、八期合刊而以「抗戰文學口述歷史專輯」開始，連續走向以類型、斷代、區域或某些主題的文學做為專號，其保存文學史料的功能性定位已非常清楚。於是，我開始喜歡它、信任它、珍惜它，為它大聲喝采！

一九八四年十月，第十二期的「當代散文專號」，我受邀參與「散文類型的再探討」座談，開始登場為《文訊》寫稿，並且經常走進它所舉辦的座談、參訪、展覽、學術會議等活動中。二十幾年來，它成為與我的文學創作、研究歷程繼踵累跡的旅伴。而它從「創刊號」到最近一期，幾近完整的家族，也就佔據了我書房中不小的一塊領土。於是，臺灣、大陸甚至香港的當代文學歷史，就被我收入書房中了。

一九八四年十二月第十六期，孫起明離開了《文訊》總編輯的位子，接替人選竟是我的好朋友李瑞騰，而由李宗慈、封德屏這兩個可愛的女孩擔任主編。不久，宗慈就離職了；接替主編的是焦桐，而年輕的女作家楊明也隨著擔任編輯；德屏則升任副總編輯。焦桐是個年輕而有活力的詩人，也是我的好朋友。甚至，一九八五年間，接任社長的蔣震，清朗、幽默，是個器識不凡、可敬可親的文化人。就因為他們，二十幾年來，我才與《文訊》始終保持著很親近的關係。

瑞騰是作家也是學者，對時代的脈動、文化的傳承與變遷、文學的社會性、學者及作家的生態，都有非常敏銳的洞察與精準的掌握。不管刊物或活動主題的企劃及執行，都表現了一個優秀文化人的才情。《文訊》在他的主導下，開始走上另一個繼承而又有創變的階段。資訊是史料的動態性素材，而史料則是資訊靜態性積澱。資訊有它的即時性，不敏銳地掌握，很快就消失了；史料有它的專業性與累積性，必須精審的選擇、保存與建構。而面對當代的文學歷史，這兩者一定要兼顧。我想，瑞騰非常瞭解這個道理。他繼承了起明前一階段所做的定位，而費心地尋求各種內容的創變：一方面更敏銳、精密地捕捉當月的文化資訊；一方面企劃各種主題做為專輯，除了邀請作家、學者撰稿之外，有時更配合動態性的專訪、座談、學術會議，很精審地選擇、保存、建構當代的文學史料。而後場則更有規劃地蒐藏文學資訊相關的報刊，以及作家、學者的手稿、照片、文集等第一手文獻，儼然建立了當代文學最豐實的史料庫。這一條明路，在一九九二年，德屏接任總編輯之後，仍然秉持著既傳承又創變的態度繼續走下去。我想，以後還是會這樣走下去吧！《文訊》本身就有它如江河不斷而與臺灣當代文學並軌而馳的歷史！

二十五年過去了，當年在《文訊》登場的作家、學者，年長一輩有的已經作古而被寫入現當代的文學史，年輕一輩有的接踵地登場發聲。而那時候，還青少如春的起明、瑞騰、德屏、宗慈、焦桐與我，也早已過了中年，甚至我更近遲暮矣！不見起明已快二十年，最近從德屏口中得知他前幾年在海基會一些「士不遇」的消息，忽然非常想念那如三月穿透塵瘴而照臨臺北上空的一線陽光，也對這時代的文化氛圍感到深沈的悲涼。其實，《文訊》這二十五年的成果，正是見證了在這悲涼的文化氛圍中，一群不分年齡、性別、省籍，而超乎「顏色」的文學家，以他們的理想、熱忱、才學、智慧，在權力喧囂、金錢追逐之外，所共同創造的精神產品。

文訊月刊第二七三期　二〇〇八年七月

後山，我抉擇了，我來了，我安住了！

1.

每個人都只是毫無選擇地被「拋擲」到世界的某個角落罷了，存在主義者都這樣告訴我們，聽來有些讓人驚嚇！

因此，人的存在從「無家」開始，終其一生，都在尋尋覓覓自己的歸宿；這個歸宿的「家」，並不是一座豪宅大院，而是一個使自己的生命存在能實現意義而可以「安住」的地方！真正的「家」，不是一座「養雞場」！

假如，你像鷹隼，從臺灣上空俯視，就可以看到無數只有嘴巴與肛門而飄浮著的靈魂！以前，我曾經在〈不知終站的列車〉中說過：「我們活著，只有籍貫，沒有家鄉。除了性、金錢與權力，沒有別的希望！」這是當前臺灣很多人「存在」狀態的素描。

每個人都有自己的籍貫，河北、四川、湖南、江蘇、臺北、嘉義……；但是，那個身份證上的地名，就是我們的家鄉嗎？「家鄉」不能用一個「籍貫」的地名去標示，而必須是某一個與自己的生活切身相關，並受到認同的「地方」。難道你不覺得嗎？臺灣這二、三代的人們，不分省籍、族群，濃烈的「漂泊感」已如佈滿「心湖」的浮萍；每天熙熙攘攘，真是除了性、金錢與權力之外，沒有別的希望！

那麼，真正的「家」在哪哩？家，必須是「我」清明自覺的對生命存在意義做了抉擇，而決定「安住」的地方；古人不就說過了嗎？「心」所安之處，就是「家」。假如，一個人住在豪宅大院，心靈卻惶惶不安，經常游離出去；那麼這幢房子儘管再豪華，也無法成為真正的「家」。宋代理學家程伊川就曾說過：「吾居至安之地」；然而，這樣的「至安之地」，對每個人來說，都不是容易找到的場所。

這樣，我們也就明白了，想要找到一個真正的「家」，「我」必須很清明的自覺，並回答幾個問題：我是誰？我活在什麼時代？我活在什麼地方？我應當如何去活，才有意義？也就是對生命存在意義先要有自覺的理解，然後才可能抉擇一個「安住」的地方。

不要覺得太沈重，人活著總也不能都是好吃好喝好看好玩的物事。嘻嘻鬧鬧之後，還是無法逃避某些必須承擔之「重」呀！

我搬家到花蓮幾年了；現在，我可以說：後山，我抉擇了，我來了，我安住了！

2.

我活到現在六十幾歲，已搬遷過好幾次家了。十五歲以前，住在嘉義縣東石鄉靠海的一個小村落；十五歲之後，全家遷移到臺北，就在那個嘈雜的都城住了三十幾年，其間又搬過八次家。到了一九七九年，三十一歲，我結婚時，才在新店買了一幢公寓，娶妻、生子；一直到一九九四年，我女兒顏訥國小三年級，兒子顏樞幼稚園小班時，才告別都城，搬到花蓮，在吉安村定居。

一九九六年，我與楊牧、鄭清茂、王文進幾位教授，一起創辦東華大學中文系。這是一個始終在我夢想中的文學天地，總算在「後山」實現了。因此，我可以說，後山，我來了，我抉擇了，我安住了。

雖然，在臺北住了三十幾年；但是，我從來就沒有把它當成「家鄉」。因為這個讓我始終腳不著地的都城，我無法在那兒「安住」下來，因此對它一直難以認同。

當年，我離開新店那幢公寓的時候，所有家具都留著或送人，只帶走我的家人和二百六十幾箱圖書。我先開車離去，對搬家公司那幾條壯漢說：「我在花蓮等你們。」那時，竟然沒有一絲兒感傷，彷彿只是離開一個與記憶從不曾連結過的陌生城市。

直到一個多月以後，我再回到新店的那幢公寓，它已經賣給了鄰居。回去時，裡頭還沒有人住，鄰居就讓我暫宿一宵。我記得，第二天早上起來，就坐在空蕩蕩的客廳裡，想像著我的女兒曾在那個角落彈奏鋼琴，我的兒子曾在這片地板上，包著尿布爬來爬去；突然悲從中來，獨自默默地掉下眼淚。或許，我只是懷想著曾在那個空間中生活過的人，而不是眷念著那幢公寓、那座都城。

從那一天離開以後，我就徹底告別了那幢曾經住過的公寓，以及那座更加嘈雜的都城！而在吉安「安住」到如今。

我們一起打造屬於自己的花園吧！

二〇〇一年，我接任東華人文社會學院院長不久，就向師生們提出這項邀約，讓各系分配一塊「美化區」，自己去規劃、種植花木。我也親自種了一棵九重葛、二棵臺灣欒樹、三棵印度紫檀、幾叢雪茄花、麒麟花。因此，每星期總有兩三天兼做「工友」，照顧院裡的新植栽。一天傍晚，剛替它們澆過水，我獨自站在文學院中庭，暮色從四面八方掩襲過來。我靜定地凝視著剛才澆過水的幾叢花木，突然意識到：我已在此地「安住」了，不再是「過客」，而是這裡的「主人」。因為，我已經會主動的愛護生活周遭的一草一木，也與這片我所生活的土地產生了緊密的「關係」。

每個生命都必然「存在」於某種「關係」的網絡裡；在這個網絡裡的每一個分子，包括所有的人、動物、草木、山岳、河流、泥土，以及種種文化的產物；甚至曾經在這裡發生過的許多故事，都和我們的生命存在經驗連接為一體，滲透到記憶深處。唯有這樣的存在感，我們才能在這裡「安住」，才能稱這裡為「家」。

很多政客和商人沒有這種存在感，都只把土地換算成金錢。這樣的人不可能在這片土地上安住，因為所有事物一旦換算作金錢，就成了商品；而商品不必然是屬於誰的，只要有錢就可以買得到。人，無法安住在商品的場域裡；活在什麼都是商品的場域裡，人的自身終究也會變成商品。

土地，是一切生命之所從來，不只一草一木，包括活在土地上的人們，都必須「腳踏實地」，與它同膏瘠、共生息，才得以繼續存在下去。當我們這樣看待土地，才會發現人的生命存在與土地根本連結在一起，也才可能去認同我們生活的「地方」，而在哪裡「安住」下來。

那麼，讓我關懷地請問後山的新移民們：你來了！但是，你抉擇了嗎？「安住」了嗎？安住的不應該只是軀體，你的心靈是否曾有一種呼聲：「我不是過客，是這裡的主人！」

3.

「存在意識」就是一個人意識到自己的生命已「在」這兒了，那是無法否認的事實；然後，又意識到生命究竟從何而來？往何而去？自己的存在究竟有什麼意義？

我，不只是抽象的「人類」，更是活生生的「一個人」。每個人都是「個殊」而「獨特」的生命，必須經由自我理解與實踐，在當下時空與傳統文化的情境中，自我實現一個「意義」的世界；而他的生命也就貼切於這個世界而存在了。

莊子認為，每一個人的生命都是獨一無二，都是自足無缺、不可取代、不可複製；一個人能打開這個心靈視域，就叫作「見獨」。

別讓自己活得像服裝店櫥窗中，只有頭顱、軀幹輪廓，而沒有五官、靈魂的模特兒。那僅是沒有特殊身分，不辨個人面目的模型；你能知道他是誰嗎？

當一個人被「拋擲」到這個現實的世界時，一開始什麼都不知道。這樣的開始，非常荒謬。你無法解釋為什麼會出生在臺灣、出生在某個家庭，而且就是那麼窮；但是，那個很愚蠢的傢伙，卻出生在富豪的家庭。而你也無法解釋為什麼會出生在當前這樣的時代，必須面對臺灣的社會文化情境，它是由政治、經濟、科技、教育等交織而成的複雜網絡。你願意也好、不願意也好，都沒有選擇的餘地。因此，這樣看來，生命的存在都是「被決定」，也都是「有限」。

當一個人被「拋擲」到這個現實世界而「存在」的那一秒鐘開始，便已注定了一個結局，那就是「不存在」，也就是「死亡」。死亡對於每個人來說，都屬必然。因此，這樣看來，生命的存在也是「被決定」，也是「有限」。而且，人會死雖是必然，但何時會死卻又不確定，所以我們才會害怕死亡；也就在這種「不確定性」之下，人會感受到生命的存在很無常、很悲涼。

這樣說來，每個生命的存在都是「有限」而「無常」。可是，生命的存在不能只看到有限、無常而為之悲涼，最終都要問明：超越的可能何在？當你開始清楚地覺察到自己生命的存在乃是「有限」，才會認真的想明白一個問題：「無限」的可能在哪裡？當你徹底地覺察到生命乃是「無常」，能坦然面對「死亡」這件未來必至的結局，才會認真的想明白另一個問題：「永恆」的可能在哪裡？人活著，就必須把這些問題弄清楚；否則一個人跟一隻雞、一條狗就沒有任何差別了。

那麼，如果生命的存在都只是被決定，我們活著還有多大的意義呢？生命存在的「事實」的確是以「被決定」為起點、為歷程、為終點；但是，生命存在的「意義」卻不應該以「被決定」為起點、為歷程、為終點。「意義」不是現成物，必須自己去理解、創造，才能實現出來。理解，是以我們的感知、想像、體會的能力，「覺悟」到自我所面對文化傳統與當代社會的生命存在，同時反觀自我生命存在的個殊性，而就在這個具體的情境中，不斷追問著：我要怎麼活才有「意義」？人之為人的終極關懷何在？當我們能清楚回答這些問題之後，就用心籌畫，邁向未來，而付諸「實踐」；一個人自我的生命存在意義也就逐步地展現出來了。

4.

「後山意識」，就是生活在「後山」的人們，所意識到：我已誕生或選擇活在「後山」這個地方了；後山是個什麼地方？必須擺在臺灣開發史的脈絡，才能適切的理解。因為，不但個人有他自己的命運與存在的位置；「後山」也有它的命運與存在位置。

早在清朝時期，「後山」一詞就用來指稱臺灣中央山脈脊線東斜而下的狹窄平原，也就是土著族群所居住的「番界」；花蓮就包含在其中了。但是，臺灣東部的原住民從來沒有稱呼自己所居住的地方為「後山」，所以「後山」是漢人叫出來的名稱；他們從西部「前山」，隨著移民行動而把這個名稱帶進來。

「後山」之所以為「後」，完全是被觀看者的「中心」位置所決定：清朝時期，從北京的「權力」中心位置向臺灣這邊看過來，最先看到的地方是西部──前山，翻過了中央山脈才能看到東部──後山。在臺灣的開發史上，東部無疑是「後」開發的地區。地理空間的「後」、開發時序的「後」，也就意味著文化、經濟的落後。那麼，在「前山」漢人心眼中，「後山」就是「邊陲」地區了，就是「落後」地區了。當然，落後的邊陲也意味著比較沒有受到工商文明的汙染、破壞，還能保持著乾淨的自然環境。

因此，這個地方的居民，他們的「後山意識」總是懷抱著兩種衝突的心理：一是期待受到關注而希求開發的「孽子情結」；一是嚮往自然生活環境的「淨土意識」。這樣的對立衝突，寫就了一篇一篇後山地方的發展史。

這樣說來，「後山」的人們，不管是原住民或移居的漢人，其實都是先被「前山」的漢人所定義；而又沒有覺悟、沒有抉擇地這樣定義自己。其中，有著難以言宣的荒謬與蒼涼。

在現代資本主義的社會中，「人」最大的問題就是被「工具化」了。桌子、椅子是工具，這沒有問題；但是，假如把「人」也當成一種工具，問題可就嚴重了。老師只把學生當工具，學生也只把老師當工具；資本家只把工人當工具，工人也只把資本家當工具；政客只把選民當工具，選民也只把政客當工具。到最後，所有人都被「工具化」了，就像一把鐵鎚，讓別人「支配」你敲打釘子；或像一把屠刀，讓別人「支配」你宰殺牛羊……。這是現代資本主義社會最大的罪孽。因此，我們活得看似自由，其實都陷落在被支配的牢籠中。那麼，對存在意義有些「覺悟」的人，可不可能自我定義呢？

一個人最理想的存在價值應該出於自我定義。一個地方人們的存在價值也是如此，「中心」與「邊陲」、「文明」與「落後」，這兩種相對的存在價值，由誰來定義呢？

當年，我移居後山，有些朋友揶揄說：「怎麼把自己放逐到文明的邊陲呀！」當時，我回他們一句話：「我站在哪裡，哪裡就是中心！」當我站到東華大學，這裡就是中心；當我們創辦了東華大學中文系，這裡也就是中心。當一個人有信心對自己也對大家說：「我站在哪裡，哪裡就是中心！」便踏出「自我定義」的第一步而邁向「創造」的開端了。當一個人已經堅持這樣「自我定義」了，別人也就會依照他的「自我定義」而定義他。相反的，假如一個人不能先「自我定義」，而只是等待被別人定義，那就注定永遠只配做一個「複製品」。這是一種實踐之前的「信仰」基礎。

當然「定義」也絕非幻想或空談，而是從自我存在意義的覺悟開始，同時善於運用當前的現實條件，做出最適當也最具創造性的選擇，然後用心規劃，付諸實踐。

一個人必須「自我定義」，一個地方的發展也必須「自我定義」。後山，我所「安住」的地方，你的居民們已能自我定義了嗎？

5.

過客、政商掠奪者、移民、原住民，誰才是後山真正的「主人」；而有權力為「我群」做出最好的抉擇與定義？

在這塊土地上，世代相接的「後山人」應該如何去生活？真正的「主人」，究竟是那些過客、政商掠奪者，還是移民或原住民呢？不管是誰，選擇生活在這個地方的人，就必須理解：我們不只是在「空間」中從事生產，更是在生產「空間」。

「後山」是一個由山岳與海洋、溪流包夾、切割而成的空間——西邊的中央山脈與東方的太平洋，還有穿流其間的立霧溪、花蓮溪、木瓜溪、壽豐溪、秀姑巒溪……。我們在這個「空間」中耕種、捕魚、建工廠、開商店、設公司、辦學校……。也就是我們在這個「空間」中生產著、在這個「空間」中生活著，並由於種種切身的經驗，而讓這個「空間」成為與我們生命存在的經驗及意義密切連接的「地方」。

然而，我們同時也在「生產空間」：工廠設在哪裡？商店設在哪裡？學校或文化機構設在哪裡？街道怎麼分佈、需不需要拓寬？海濱公園與美崙山公園怎麼經營？松園文學館怎麼經營？廢置的酒廠如何再生為藝文空間？蘇花高速公路需不需要建造？……一個我們生活在裡面的「空間」，就這樣被我們的腦袋與手腳「生產」出來。

後山應該被經營成什麼樣的「空間」；而成為我們世世代代生活的「地方」、世世代代安住的「家」？這是後山人必須認真而正確地想清楚的大事。而所謂「空間」並不僅是看得見的馬路、樓房、運動場、公園……，更是一種看不見的生活文化氛圍；然而，後山人真的已經明白，需要什麼可以自我定義、生產的「空間」嗎？

我們無法冀望政客與商人能堅持什麼真理、懷抱什麼理想！因為在他們的腦袋裡，權力與利益都是天經地義的事。中西歷史上，知識分子在社會混亂或轉型時期，都必須一方面批判，甚至抵抗那些壟斷權力、掩蓋真理的猛禽惡獸；一方面引導、啟蒙那些辛勞生活的群眾。

後山已設立了幾所大學，聚集了很多知識分子。那麼，他們認同這個地方了嗎？選擇「安住」在這個地方了嗎？如是，這群知識分子究竟能為後山做些什麼呢？

群眾總是「陷落」在俗世中，成為缺乏自主能力的「牽絲傀儡」。從臺灣當代的政治現象，尤其各種選舉來看，「民意」往往只是做為那些權力、利益掠奪者所操弄的工具；多數沈默的群眾其實都是大海迷霧中的舢板。這個地方的知識分子呀！我們的責任與行動，就是批判、揭發那些包裝著「公眾利益」的政商掠奪者，開啟後山群眾清明的存在意識，讓他們做為真正在地的「主人」；而自我定義並生產適當的空間，建造可以永續「安住」的「家」。

那麼，在這個我們所生產出來的「空間」中，做為後山的新移民，我們也才能高唱著：我來了，我抉擇了，我「安住」了！

原刊後山人文，二〇〇八年九月；原題〈後山的存在意識〉，節錄部分改寫。

每個名字都是夢想！

1.

每個「名字」都是夢想、都是期待；它像一張標籤，貼在每個人的額頭上，就此宣告：你應該這樣活著，不許逃避！

夢想，總意謂著美好的價值，可以讓我們日思夜夢地期待著，無論如何都要實現它。因此，一個新生命降臨，他的父母，甚至祖父母，就趕忙鄭重地製作一張美好的標籤，往他額頭一貼：正德啦、明智啦、榮富啦、顯貴啦、福壽啦、英俊啦、美麗啦、文雅啦……就看那起名字的人，即使已活過了半輩子，卻還在「夢想」著什麼！

然而，夢想最終也可能落空，甚至變成反諷！當大多數名字所標示的夢想，都一一落空，甚至變成反諷；我們也就生活在一個用名字編織而成的「自欺欺人」的世界了。

其實，那個一落地就大哭，連笑都還不會的小傢伙，哪知道自己這輩子有什麼「夢想」！

原來，每個孩兒一出生，肩膀就被大人們安放一塊大石頭，將背著它辛苦地走一輩子。

古代有一個人叫作「屈原」。姓「屈」，已是夠「委屈」了，父親還賜給他一個「名」，叫作「平」；平，就是「正則」，有如上天那樣「平正」，而可以做為人們的「法則」。又賜給他一個「字」，叫作「原」；原，就是「靈均」，有如大地生養萬物而能「均調」無私。平呀、原呀、正則呀、靈均呀！都是父親對他的「人格」的夢想與期待：孩子！你長大，一定要像天地那樣的平正、均調而可以做為人們的法則。

這是一塊萬鈞巨石，屈原終於被壓垮，背著它，跳進了汨羅江！

假如天地的平正、均調，果真可以做為人們的法則；這世間怎會有那麼多永不醒悟的昏君！又怎會有那麼多難以感化的惡棍！屈原，父親對你人格的夢想與期待，究竟實現了呢？還是落空了呢？但可以肯定的是，絕沒有變成了反諷！

兩千多年後，也有人起名叫作「中正」，聽說他期待自己為人處事須能「大中至正」。這同樣是一塊萬鈞巨石，而他最終實現了呢？落空了呢？或者變成了反諷！

父親為我起了個名字，叫作「崑陽」。他對我究竟有什麼「夢想」？我從來沒有問過，他也始終不曾說明。如今，父親已經去世了，就讓他對我的「夢想」，永遠留白吧！否則，恐怕太陽的腳步會沈重到爬不上山頭，而我的世界也將陷落在黑暗之中哩！

INK PUBLISHING

讀者服務卡

您買的書是：____________________

生日：　　年　　月　　日

學歷：□國中　□高中　□大專　□研究所（含以上）

職業：□學生　□軍警公教　□服務業

□工　□商　□大眾傳播

□SOHO族　□學生　□其他 ____________

購書方式：□門市______書店　□網路書店　□親友贈送　□其他______

購書原因：□題材吸引　□價格實在　□力挺作者　□設計新穎

□就愛印刻　□其他 ____________（可複選）

購買日期：______年______月______日

你從哪裡得知本書：□書店　□報紙　□雜誌　□網路　□親友介紹

□DM傳單　□廣播　□電視　□其他

你對本書的評價：（請填代號　1.非常滿意　2.滿意　3.普通　4.不滿意）

書名______ 內容______ 封面設計______ 版面設計______

讀完本書後您覺得：

1.□非常喜歡　2.□喜歡　3.□普通　4.□不喜歡　5.□非常不喜歡

您對於本書建議：

感謝您的惠顧，為了提供更好的服務，請填妥各欄資料，將讀者服務卡直接寄回或傳真本社，我們將隨時提供最新的出版、活動等相關訊息。

讀者服務專線：（02）2228-1626　讀者傳真專線：（02）2228-1598

2.

古代讀書人的家庭，「名」與「字」不同，剛出生不久，通常父母或祖父母就替他起個可以給親族呼叫的「名」；長大入學後，有學問的長輩又再替他起個讓朋友稱呼的「字」。

「名」與「字」的意思，往往有些關係。蘇東坡名「軾」，字就叫作「子瞻」；軾，是馬車車廂前端的橫木，可以憑靠而向前「瞻」望。他的弟弟名「轍」，字就叫作「子由」；轍，是車輪輾軋而經「由」的痕跡。如今，已不興這一套，所以現代人幾乎都有「名」而無「字」。「名字」也就混成一個詞了。

翻開古代二十五史的目錄頁或現代的電話簿，你要讓想像力徹底甦醒過來，穿透千千萬萬個「名字」所交織而成的巨網；眼前就會展現層層疊疊如卵石鋪滿長灘的臉孔，額頭上都貼著標籤，宣告著各人一生的夢想以及長遠的期待。

人們起名字，原先只不過是為了辨認身分，張三、李四、王五、趙六……，只要有個符號讓人呼喚就行了。後來，或許人們對怎麼活著才有意義越想越複雜，父母親們也對剛降臨人間的孩兒，滿懷夢想與期待，就為他貼上一張漂亮的標籤吧！於是乎，名字再也不能隨便亂起了。

古人怎麼為孩兒起名？想法可不少，有的看得輕鬆些，對孩兒也沒什麼太高的夢想與期待。偉大的聖人孔子，怎麼會起名為「丘」？聽說他剛出娘胎時，腦袋長得像他家附近一座叫作「尼丘」的山嶺，就給他起個名叫作「丘」。聖人自己生了孩兒，總該給他起個氣象恢宏的名吧！

卻也不然，那小子剛呱呱落地時，正好魯昭公遣人送來鯉魚，做為賀禮。這是榮耀呀！就給他起個名叫作「鯉」。

沒想到偉大聖人的父親，或者這個父親自己被當作偉大聖人，為孩兒起名，竟然這麼輕鬆、這麼平常、這麼有幽默感。或許，偉大的人物其實也一樣必須過著平常的生活吧！

不過，也有人把為孩兒起名的事看得很鄭重，屈原的父親就是這種人，而周文王的父親也想得很不輕鬆。聽說，文王出生時，一隻赤雀銜著丹書，飛入家裡，就停在窗檯上。這是「聖瑞」呀！將來宗族的興盛，就靠這孩兒了，因此為他起名叫作「昌」。啊！又是一塊萬鈞巨石壓在這孩兒的肩膀上。

幸好，我出生時，沒什麼讓人吃驚的異象；只有一群小麻雀飛入門前的曬穀場，差點兒搶光剛收割的稻粒。因此，我的肩膀上沒有萬鈞巨石，也才可以輕鬆度過彷彿小麻雀找食稻粒的童年。

假如屈原的父親能輕鬆些，在他額頭上貼一張幽默如卡通頑皮豹那樣的標籤，或許他就不必活得那麼沈重了吧！

史書或電話簿裡，那一張張用千千萬萬個名字交織而成的巨網，其實就象徵著人們追求道德、智慧、權力、錢財、美麗、健康、幸福……各種價值的世界。翻開桌邊的電話簿，眼前繁密的巨網中，你的名字，究竟站在哪一種價值的位置上呢？

3.

夢想與期待，總是從現在進行式，走向未來完成式。它並非不可改變的事實，因此人生的意義也才有無限的可能。

假如，你有些空閒，別老是玩耍著憤怒鳥的遊戲；某些時候，你也可以翻開二十五史或電話簿，從眾多名字的巨網中，或許可以看到每個時代的人們，都在追求著什麼不一樣的價值；二十五史裡，讀書人的名字，幾乎找不到「金」呀、「銀」呀、「財」呀、「寶」呀、「利」呀、「益」呀、「富」呀、「福」呀……這類字眼。或許，他們覺得這類銅臭熏天的名字也太俗氣了吧！

賺錢是成就，用錢是樂趣，奢侈是榮耀，有誰不俗氣呢！現代人的腦袋早就經過「工商革命」了，完全明白這世間，沒有比錢財更重要的東西。翻開電話簿，千千萬萬的名字，你猜，哪些字眼最多？沒有人切實統計過；然而，我的眼界卻幾乎被富、貴、福、祿、金、銀、財、寶、利、益、俊、美……這類字眼佔領了。

貓狗魚鳥等寵物的名字雖然沒有登錄；可是，只要你靜靜地諦聽，左鄰右舍就會響起：來福、富貴、阿寶、多利、大金、小美……陣陣的呼喚。人們早已將寵物們也登入招財納福的名錄中了。

人一生下來，最不容易改變的事實，就是自己這一具軀殼了。胖玉環變成瘦飛燕，勉強還能做得到；醜無鹽變成美西施，那就太困難了。因此，「英俊」與「美麗」，怎麼能當做夢想？

起這一類名字，除非天生麗質；否則，夢想最終都不免落空，甚至變成了反諷。我真的見過塌鼻、猩唇，卻名為「英俊」的先生；也見過肉餅臉、綠豆眼，卻名為「美麗」的小姐。父母親替他們起這樣的名字，或許就是為了在心理上補償這個遺憾，而虛造一個自欺欺人的夢想吧！

然而，這時代很多人們，對於不能改變的軀殼，卻耗盡鉅資也想要改變它；而對於能改變的智慧，雖然所費微薄，也是興趣缺缺。因此，這時代的男女，很多人每天只從軀殼起念，時常想的都是自己的皮毛筋肉、鼻眼胸臀；而「英俊」與「美麗」，便成為時尚男女們滾滾熱潮的夢想；在這熱潮中，撿盡便宜、大發橫財的人，竟然是整型醫師，而不是牧師也不是教師。

聽說，名字的筆畫關乎吉凶禍福、窮通貴賤。我曾經受朋友請託，為他的孩兒起名。「筆畫一定要吉祥」，這是他所給出來的條件。我心想，可惜你不姓王，否則給你兒子起名叫「永慶」，將來不就是千億富翁嗎？更可惜你不姓蔣，否則給你兒子起名叫「經國」，將來不就是總統嗎？

究竟是哪個神仙發明這一套偉大的學問！如果確實可信，我將建議內政部分派精通姓名學的術士們，擔任各地方戶政事務所的主管，掌理新生孩兒的姓名筆畫；只要每個國民都有個好名字，必然經濟繁榮，國泰民安！我們又何須這麼辛勤呢！

我有幾個朋友，某一段時間，運氣總是不太好；因而忍不住找到精通姓名學的術士改了名；但是，倒楣的事卻仍然沒有完全饒過他們。「名字」標示的應該是一個操之在我，未來可以自主實現的夢想；而不是操之在鬼神，自己難以做主的命運。改變名字，不如改變自己的心智及行為。朋友，你相信嗎？

4.

每個名字都是「夢想」；正德、明智、榮富、顯貴、英俊、美麗……，每個名字、每個夢想，都是一種價值的選擇。聰明的人都懂得選擇美好而可以自主實現的夢想，將來不至於落空，也不至於變成反諷。一個名字，假如標示著那種無法改變的事實，或操之在人而難以實現的夢想；恐怕都將成為孩兒肩膀上，一塊永遠甩不掉的大石頭。

父親為我起名「崑陽」。他沒有告訴我，曾經對我抱著什麼夢想。不過，顯然他對我的軀殼、對我未來的富貴榮華沒有什麼期待。活得像高照山巔的太陽那樣光明，這應該是可以自主實現的夢想吧！如今，至少我沒有陷落黑暗之中而變成反諷。這個名字，我總算不曾辜負它的美意。

我已做了兩個孩兒的父親，名字都是我給他們起的。女兒名「訥」，小名「默默」。兒子名「樞」，小名「圈圈」。孩兒呀！父親對你們的未來有什麼夢想，知道嗎？

二十幾年前，某一個春節，在灌耳欲破的爆竹聲中，女兒剛從產房被推送出來，紅皺皺的皮膚、寬闊的嘴巴，像一隻剝了皮的小猴子。當時，我們想像不到她長大竟然那麼「美麗」；但這不是我對這女孩兒未來的夢想。在這言語如萬箭齊飛的時代，我恐怕這張寬闊的嘴巴，會不會成為「花言巧語」的名嘴，而禍從口出！因此，替她起名為「訥」；孔子曰：「剛毅木訥，近於仁。」這比發大財、做大官容易多了；總是能夠自主實現的夢想吧！

冬日的午後，陽光特別溫煦。兒子還在子宮裡，預產期未滿，他午睡正酣。由於我將遠行多日，無法照護分娩中的母子；因而請求醫生提前剖腹，將他拖進這陌生的世界。似乎，他一出娘胎就驚嚇到發生「呼吸急迫症」，住進保溫箱，觀察了好幾天。這孩兒長大後那麼「英俊」，當時也不是我們的夢想。我們只是明白，這個到處是非糾纏如亂絲的社會，讓人驚嚇到呼吸急迫的事件，哪一天不隨時發生！假如沒有「虛如環中」的智慧，恐怕不小心就會步上嵇康的後塵！因此，替他起名為「樞」；莊子曰：「樞，始得環中，以應無窮。」這也沒有做大官、發大財那麼困難；總是自己懂得去做，就能做得到的事吧！

每個名字都是夢想；能有夢想總比沒有夢想好。孩兒呀！在千千萬萬個名字交織而成的巨網中，你們知道自己究竟站在哪一種價值位置上？知道父親對你們未來的夢想嗎？

聯合報副刊　二〇一四年三月七日

存在的漂浮

我們從周璇鶯啼燕語的歌聲中，從邈遠的「故國夢」中，回到現實世界；這是詩人張夢機新店的家裡。茶几上，兩只幾近骨董的馬克杯，漂浮著包種茶葉；一台祖父級的手提錄放音機，從卡帶流瀉出周璇嬌甜的老歌——〈月圓花好〉、〈夜上海〉、〈花外流鶯〉、〈天涯歌女〉……；很平面、單調的弦樂伴奏。就是這樣的歌聲、伴奏將詩人推回三〇年代的「故國夢」中。

一九四六年間，國共內戰彷彿驚蟄巨雷、燎原烈火。夢機才六歲，隨著父母從出生地成都遷移到南京，就讀小學。某日，母親帶著他與大哥出門透口悶氣，走到玄武湖邊，忽然聽到周璇鶯燕啼春的歌聲穿花越柳而來。就這樣，周璇的歌聲彷彿黏住夢機這段童年的故國記憶。因此，他特別嗜愛周璇的老歌；那已流逝在歷史幻境的聲音，卻成為勾引詩人記憶的符號，帶他回到「故國夢」裡，追想著亂離逃難的跫音。

夢機九歲時，在空軍服役的父親帶著全家，從上海倉皇的搭上船艦，流離到了臺灣，就住到岡山的空軍眷村。從此，在臺灣生活了六十年。他最受朋友、學生們津津樂道的傳奇，就是從體育系的籃球場、拳擊台，闖進中國古典詩的世界，變種為中文系的教授及大詩人。

張夢機是臺灣近半個世紀以來，最重要的古典詩人。一輩子出版八本詩集，寫了二千多首詩，量多質也好。學院裡，已有學位論文，主題就是研究張夢機這個人以及他的詩。

夢機這個人很單純也很複雜。我和他四十幾年的知交之情，當然從耳目看進他的心肝。從耳目來看，夢機很單純，因為每個人都同樣感受到他的爽朗、幽默，胸懷像大地廣壑，除了眾所唾棄的惡棍，沒有他不能包容的人。一杯茶、一包菸，他就可以和一群男女老少開懷談笑，終日不倦。因此，什麼人都喜歡他。他是古典詩人，卻與好些現代詩人很有交情，例如瘂弦、洛夫、商禽、梅新、張默、陳義芝等。更可貴的是，他非常樂於提攜年輕人，當代很多有名的學者、作家都領受過他的知遇之情，例如渡也、李瑞騰、簡錦松、龔鵬程、蔡英俊、王文進、初安民等。他病後晚年，與張大春亦師亦友，論詩來往密切，出版《兩張詩譚》。

因此，一九九一年，夢機腦中風後，從臺北市移家安坑玫瑰中國城，幾乎三天兩日就有親友學生遠來探望他，門庭從不曾冷落過。龔鵬程很了解他的老師，有個說法很是貼切。他認為張夢機是新詩人、古典詩人；本土詩人、外省遷臺詩人；學院內詩人、民間詩人；老、中、青各輩詩人，他們都如眾流匯海，以張夢機為「接合點」；而且張夢機這個「接合點」沒有人可以替代。我們可以因此想像張夢機在臺灣新舊詩壇所站立的位置。

然而，從心肝來看，夢機這個人的生命情調，其實有些複雜。雖然他經常作著「故國夢」；但是，在臺灣生活六十年，當然也有很深切的「在地情」。因此，他生命情調最大的特徵，就是「故國夢」與「在地情」不斷的交纏，最後卻兩邊落空，終成虛幻。這也是他的詩歌中，經常出現的主題。他的人與他的詩，言外的張夢機和言內的張夢機，並非一刀兩斷，毫無關係。

夢機九歲就離開大陸，從來都不曾踩踏過故鄉湖南永綏的半寸土地；然而，他的「故國夢」為什麼總是酣熟不醒？原因有三：一是童年亂離的記憶；二是中國的文化意識型態；三是中國古典詩意的想像。因此，他所認同的故國，其實是「文化中國」、「詩意中國」；而不是「政治中國」、「鄉土中國」。

這樣的「故國夢」真的只是「夢」，始終虛掛在想像之中。早期的詩，憑著童年的追憶與古典文化及詩意的想像，寫到「故國」固然都是一片雲煙。解嚴之後，他雖然有三次旅遊大陸，寫了很多詩；但是，他也只是個暫時停留、旁觀風景、古蹟、民俗的一般旅客。等到一九九一年，腦中風之後，困居他所住的「藥樓」，這時「故國」更是在千山萬水之外，只能追憶舊遊，永遠「歸鄉夢斷」。

夢機喜歡山水田園，他在新店住過三十幾年，因此尤其喜歡坐在碧潭山崖上的茶亭，與朋友、學生面對湖光山色，高談闊論。因此，這塊土地不是他經濟生活的條件，而是精神生活以資觀賞的「風景」。他是承繼傳統文化的「知識階層」；「關懷社會」就是這個階層的文化意識型態，不過他很少接觸臺灣鄉土底層人們的生活經驗，因此關懷的都是高層的政治風氣與普泛的社會現象。他擁有豐饒的「人情」脈絡，但往來的都是文化界人士。晚年養病困居新店安坑，就只限定在幾十坪的家居空間，日日交替著哀樂的生活況味。

他幾十年的生活，除了短暫的旅遊，都不曾離開過這塊土地。那麼，他應該是臺灣的「在地人」了；然而，我總是深深感知到夢機在「故國夢」的纏繞中，深層「意識」裡經常覺得一身如萍絮漂浮，始終都沒有完全認同臺灣是他所歸依的「故鄉」；詩人，當然都是以「詩」的心眼，去感知、想像、思惟所面對的世界。因此，他的「在地情」主要表現在「詩意的在地風景」、「詩意的在地人情」、「詩意的在地家居生活況味」、「詩意的在地社會關懷」。當他從「故國夢」醒來的時候，這詩意的「在地情」便緊切的纏繞著他。

我做為夢機四十幾年的知交，要比別人了解他的複雜性。在他的詩中，在他深層的意識裡，我感知到他一直活在「故國夢」與「在地情」交相纏繞，卻兩邊落空的存在情境中，而呈現「兩不著地，鄉土無歸」的虛懸狀態；他的「存在主體」始終「漂浮」在想像、建構的「文化中國」、「詩意中國」之中，終為幻境。

因此，夢機在歡笑與病苦的現實世界之外；另有一個「存在漂浮」的靈魂，在他的詩中幽幽訴說著亂離時代的悲情。

其實，何止夢機如此；他的故友們，洛夫、瘂弦、黃永武等，從故國漂浮到臺灣，又從臺灣漂浮到加拿大溫哥華。洛夫寫了三千多行的長詩〈漂木〉，不也在訴說他們那個世代共同的歷史記憶與存在漂浮的悲情嗎？

綜觀人類的歷史，只要這世界一直都有那種權力欲望烈如火、毒如蛇的政治猛獸，甚至惡獸，相互爭奪，彼此吞噬；那麼亂離的悲情、存在的漂浮，就是眾多人民難以逃脫的噩夢；而亂離之作也將永遠是文學史上，最讓人垂淚的詩篇！

自由時報副刊　二〇一五年四月二十二日

我們是一個大規模的「知識家族」

——東華追想錄

我提著水桶，獨自站在人文社會學院的中庭，暮色恍如淡墨渲染；但是，我心窗卻敞開一幅朗亮、燦爛的庭園圖像；而我就是園丁們的領班。

這時，我真的就是園丁。在暮色裡，在一片寂靜中，獨自提著一桶一桶的清水，為不久前才落土生根的幾叢花木解渴：中庭裡是五株多年後將接待春色的山櫻，還有一棵站在八角亭餐廳前迎客的九重葛。中庭外的南側則是準備以四色變換著秋天容顏的兩棵臺灣欒樹，以及靜默守護在大門右側的三棵印度紫檀。

我們一起來打造自己的花園吧！

我們不是過客，是這裡的主人。

我接掌這個學院之初，對師生們如此呼喚。那時，東華大學才是十歲不到的幼童；首任院長王靖獻教授，也就是詩人楊牧，已經完成創院的階段性任務，剛要離開院長的位置，離開這幢他曾經身在其中，進出多年，美典如詩的建築；這幢建築向廣漠而幻變的長空，張開巨口，彷彿吞吐著花東縱谷的山風海雨。中庭很是寬廣，水泥鑲嵌卵石的地面，鵝掌藤、南天竹、青楓盤據著裸露泥壤的小角落。而最強勢的植被則是中庭鄰接東、北兩邊長廊，巨大L形的花圃，整個疆域被蔓延的蟛蜞菊佔領；它那從不知自我節制的黃蕊，彷彿黑暗中爭輝的繁星。滿庭綠意之外，它是唯一搶眼的顏色。

這是別人為我們打造的花園，一種現成的美麗，彷彿擺在百貨公司的櫥窗中，讓過客瀏覽的服飾；但我們是這裡的主人，花園需要自己去打造。於是，各個可以種植春夏秋冬四季色彩的園地，經常會看到師生們揮動花鋤的身影。馬櫻丹、雪茄花、六月雪、麒麟花、彩葉山芋、非洲鳳仙……都被邀請到「我們自己的花園」裡，成為四季的化妝師。在東華大學，我們曾經是腳踏實地的園丁，把生活在這裡的記憶種入庭園的泥壤中；它們終會開花結果。

我就是園丁們的領班，很多日子的傍晚，獨自提著水桶，為手植的花木解渴。如今，離開這裡已經十幾年，始終不曾褪色的記憶，就是這幕傍晚在學院中庭，獨立蒼茫，憧憬著燦爛庭園的圖像。

一幅可以讓大家認同、凝聚的藍圖，應該如何一起用心畫出來？這是我坐在院長辦公室念念不忘的問題。做為一個人文學者，我比誰都明白，這不是可以從任何報表的數據顯現出來的圖像。假如，將感情千緒、思想萬端的人心「數據化」了，認同、凝聚的能量便逐漸在消失，終至冰融瓦碎。

或許，我們一塊兒種種花木吧！真實的大學生活記憶，總是在數據之外，能彼此感覺到體溫、汗味以及聽到談辯、笑聲的地方。

院長的行政工作不僅是紙上作業；我最重要的任務，必須和大家一起用心畫出一幅可以認同、凝聚的藍圖。我的藍圖是：一個制度法規健全，彼此尊重，相互協助，人人各安其位，各盡其才，各成其事，而氣氛和諧的學院。

這個剛創立不久的學院，當務之急應該是大家同心協力以建法立制；因此在我上任不久，就創設了院務會議；各種制度法規便由各系所的院務會議代表集思廣益，一一製訂出來，讓公共事務都有可循的軌道。

在大學任教二十幾年，經驗告訴我，一個群體和諧的氣氛，必然建立在「權」與「利」公正合理分配的基礎上。我上任不久，有一位行政經驗非常豐富的朋友好意的告訴我：「多留些經費在手邊；錢，能讓人聽話！」感謝他的好意；然而，「錢」真的能讓人聽話嗎？我看到的卻是它的反面：一個群體的爭端往往也就從「權」與「利」分配的偏私開始。我笑而不答，過些天，邀請了各系所主管，共同協商一套透明、合理分配經費的辦法；我留在手邊的錢只夠院辦公室基本需要的業務費，以及由院本部統籌主辦的課外活動經費。同時，我們在談笑之間，各系所主管已建立了一個共識：經費應該用在最需要的地方，系所之間不妨互通有無、彼此借支。那時候，在惡性競爭、搶奪資源的大學文化氛圍中，我一向認為「過度誘導人性私欲」的教育政策，就是最壞的政策；雖然，錢爭得滿口袋，但是太多的負面效應終將腐蝕大學教育的根本精神。這個觀念，我到現在還是堅持不變。

除了經費的分配，教師升等、聘任也是大學中最強烈的爭端，可以讓一個大學校園的「怨氣」積累如滿天烏雲。大學裡，各種不同的專業領域，隔行如隔山。每當我在院、校的評審會中，對一個努力工作幾年，等待升等的同事，或即將聘任的新教師，投下讚成或反對的一票；而我卻對他們的學術領域完全陌生。坦白說，這時我的良心彷彿掛在狂風吹襲的懸崖上。然而，知識的「我慢」與權力的「欲望」，卻往往在各級的評審會中，表露無遺。我不斷思考著，假如這種制度是大學權力結構中的「必要之惡」，不能廢止；那麼能有何種客觀準則可以節制知識權力的盲目與私心？我們的確商定了一套院評審會相對客觀的操作準則，共同遵循。回想起來，那幾年的院評審會，處理升等、聘任事務，幸好沒有製造讓我們良心不安的「冤魂」。

其實，升等只是一個大學教師努力工作應有的基本報酬，從來都不是可以用作提升學術水準的唯一特效藥。如何以更積極而有效的方法，增進教師們學術研究的能量與動力？這個問題，即使在我離開院長職務多年之後，還是繼續關懷著。

「空間」不只是由鋼筋水泥堆疊出來的硬體，更不只是可以用數字標示的面積。它是一種身在其中的人們所真切感知的情境，而密接著生活、工作的心緒與效率；但是，我們卻經常荒忽了它。

我還沒有接掌院務之前，就已發現有些空間閒置著，沒有適當的利用。南大樓頂與西大樓頂的陽臺，一直都是人跡罕至，靜默地空對群山的荒寂空間。

我想像，哪裡應該經常有走出教室、研究室的師生們，倚欄眺望中央山脈、海岸山脈綿延的翠色與幻變的煙雲；或者，三五成群圍坐著，辯論書中某個還待商榷的問題，以及這個社會某些引人爭議的現象；或者，在清涼的夜晚，學生們三三兩兩席地倚坐在陽臺上，細數著城市中看不到的滿天繁星，輕唱著他們那個年歲正在流行的歌曲……。因此，我找來廠商，整建西陽臺與南陽臺的閒置空間，架構起遮陽蔽雨的棚榭，以及可供遊憩、高談闊論的桌椅；並訂立舉辦活動的借用規則。好些夜晚，南陽臺傳來學生們歌歌笑笑的聲音，我聽得出他們的歡樂。

我忽然想像著，孔子走進武城，遠遠就聽見了弦歌之聲，那是怎樣祥和的一種況味！

創校之初，電話總機房就設在這個學院的一間教室。後來，整個系統改裝，總機房也從這學院遷出，那間教室就空了下來。怎麼利用這個忽然騰出的空間？我找了精通視聽軟硬體器材的樂評家、教育研究所的崔光宙教授，共同規畫、設置了一間優質的視聽教室。除了平常的視聽教學之外，我們也在這裡舉辦過很多次的音樂、電影欣賞。我已離開十幾年，不知那間懸掛著「大音希聲，大象無形」橫匾的教室，還繼續迴盪著感人的影音嗎？

講學二十幾年，我總覺得略高於平地的講台，能夠讓站在上面傳道、授業、解惑的教師們，以及仰望受教的學生們，都感受到人文學問的真理高度；它絕非市場裡叫賣的雜音。當然，喜歡走下講台，甚至走到學生身邊，讓知識能夠輕鬆如同平常的話語，這也是他們自由的選擇。

沒有上下課的鐘聲，讓時間在靜默中，由教師們自主的掌控作息的節奏。這是東華大學創校以來就已形塑的「風俗」；然而，這種沒有鐘聲的作息節奏，卻往往在某些教師們忘情的教學中被遺忘了；而學生們等待下課的焦慮神色似乎也被遺忘了。

於是，我在教室裡增設了講台；而站在講台上的教師們，也可以從對面牆上新掛的時鐘，看見下課的時間。

庭園裡，除了植栽，假如能有一些景觀藝術品，讓文化與自然共在，這樣的空間應該更是美感充盈的情境，我如此想像著。於是，素人石雕家游信次的作品便被我引進到庭園裡；不管風雨陰晴，它們都靜默地伴隨花木，等待四季的消息。

空間，的確是可以真切感知的情境，密接著生活、工作的心緒與效率。那是一種文化，一種美學，我們必須用心去經營它。

某種「人文精神」如何在一個群體中，做為認同與凝聚的紐帶，而逐漸形成傳統？這是我最感艱難的任務。

「人文精神」不僅是課堂內觀念的認知，更是課堂外生活的實踐。

我所關懷的院務之一，是各系所學生們的課外活動。人文精神往往就在種種課外活動的情境中，經由自發的實踐而養成。我想，我們應該集合全院師生們的共識與實踐，一起創辦「人文社會季」大規模的課外活動，期待它逐漸形成某種人文精神的傳統。

各系所原來就分散地舉辦一些零星的活動，卻缺乏匯集滴水而成流的力量。於是我邀集了主事的學生們，會商整合各系所的活動：每年從三月到五月，安排適當的時程，再加上幾個由院本部所統籌主辦的大型活動，共同製作宣傳海報，彼此支援，讓每項活動都辦得熱力迸射。

那個繽紛的季節，一張張設計精美的海報，貼滿整幢學院四面長廊上幾十支堅定矗立的巨柱。某種人文精神彷彿從每個人的心靈化成各種可以感知、可以捧在手心、抱入懷中的意象。這個季節，學院就籠罩在這樣的氛圍中。我相信那個年代的學生們，都會記憶著曾經在這裡做過創造文化意象的主人，而不是沒有留下任何痕跡的過客。

我們曾經在學院大門外，華盛頓椰子樹下，觀看著名石雕家許禮憲、蔡文慶，在陽光椰影中，汗水與石頭粉屑齊飛，石雕作品的意象便日日逐漸形成。一個月後，他們完成寶貴的作品，並慷慨地捐贈給這個學院——許禮憲「山與海的對話」、蔡文慶「TO BE OR NOT TO BE」。它們永遠坐鎮在學院大門外的兩側，昭示著藝術家創造的精神。這是「人文社會季」豐饒的收穫之一。

那個繽紛的季節裡，我們曾在全校民歌競唱的旋律中，想像著六〇年代，臺灣文化新潮奔騰的景況；我們也在「詩」與「攝影」結合的意象中，呈現這個校園千姿萬態之美；我們更在中、英文兩系戲劇公演的舞台上，觀看如春如冬如陽光如陰雨如狂濤如涓流如貪狼如暴虎如綿羊如馴鹿……複雜多變的人性風景。

那個繽紛的季節裡，我們也曾一起用心傾聽黃春明、白先勇、龍應台、羅智成、施淑青、南方朔、鄭愁予、陳芳明、陳映真、小野、劉克襄……很多文學名家的演講，而感受著「產值無價」的文學能量。

我已離開多年，卻一直不敢探問：「人文社會季」是否已成為這個學院的文化傳統？某種「人文精神」如何在一個群體中，做為認同與凝聚的紐帶，而逐漸形成傳統？這曾經是我最感艱難的任務！

「大學」是一個什麼樣的場所？它不是工廠，不是商業機構，不是大賣場，不是百貨公司；也不是軍營，更不是立法院！在大學的場所中，金錢與權力，退到價值隊伍的「後排」去吧！

幾十年來，不管我到哪個大學任教，始終認為所有師生、同事，我們是一個大規模的「知識家族」，而不是大規模的「經濟體」。生產的是難以幣值化的「知識」，而不是一枝幾十塊錢的牙刷，也不是一雙幾千塊錢的皮鞋，更不是……；而「家族」各分子的關係當然是「情義」。「知識」與「情義」就是大學兩個最重要的「前列價值」！

在「情義」的世界中，凡是認真、負責的人都應該得到「關懷」與「尊重」；即使基層分子，也必須受到這樣的待遇。

假如，我能在這樣的場所中生活、工作，肯定一輩子也捨不得離開。文化，就是一種雖然無形，卻可以真實感知到的生活、工作情境。認同與凝聚，原來不是怎麼複雜高深的理論！其實，只要真真切切懂得「人」，那就行了。

基層的助理們，不是我的部屬，而是這個「知識家族」的一分子，整年辛勤做著繁瑣的工作。當我接掌了院務之後，才真切的體會到經常掛在人們嘴邊的一句話：「感謝有你！」我相信很多有情的主管都會真心感謝那些終年辛勤的助理們。

寒假，剛過了春節，全院的助理們又將開始一年繁瑣的工作。為辛勤的助理們舉辦一場「春宴」，好嗎？每個系所主管獻出一道菜，買現成或自己烹調，都可以；我將親手烹調幾道拿手好菜，尤其是享譽朋儕之間的「炒米粉」！就這樣，在「春風送暖入屠蘇」的季節裡，十幾個助理、各系所主管，當然還有我，歡悅地聚在面對群山、可以隨手攬翠的南陽臺，共享一場豐盛的「春宴」。

「春宴」的歡悅，是我逝水年華中，從不曾褪色的記憶。

我們是一個大規模的「知識家族」，而不是「經濟體」；這是我非常憧憬能夠建立起來的大學文化傳統。

每當提著水桶，在這幢建築的庭園中，為剛剛落土生根的花木澆水；或者，站在講台上，面對學生們期待吸吮知識的眼神，我就感覺到自己是這裡的「主人」；也只有在這種情境中，我們才真的是這裡的「主人」！而每當坐在院長辦公室內，我卻又感覺到自己只是一個隨時都將離去的「過客」。

我來的時候，沒有將任何私人物件搬進辦公室，包括「全家福」照片；因此，我離開的時候，也就無須從那間辦公室搬出任何私人物件，而可以不必打點行李，輕鬆地離去。

我所曾經在這辦公室留下的痕跡，一個是寫在座右，朱光潛《談美》書中所說過的一句話，用以自勉：

人要有出世的精神才可以做入世的事業。

另一個是寫在我座椅背後的牆上，二句自己的詩，用以自況：

花飛歸燕日，春在讀書堂。

這些痕跡，隨著我離開這間辦公室，便消散在已經逝去的時空中。我們必須相信，我們都在寫歷史；然而，誰都無法從群體的歷史事蹟中，帶走任何私人的物件！

原刊人社東華電子季刊　二〇一四年十二月第四期

綿裡鐵

散文

不知終站的列車

1.

射殺兩隻瘋狂追咬著我的狼犬，在血腥氣味中醒來。如鼓擂動的心跳當真不假，這就叫我無從確辨夢與非夢的界域了。

一時之間，什麼都不明確。我還記得是在一列火車上，車廂滿坐著乘客。窗外有一場暴雨將至，密雲遮天，幽暗中透些微弱的光影，照著端坐不動的乘客。他們都沒有臉孔，整個頭顱像一顆大理石雕成的巨蛋。

「你們是誰？」一切寂然。

「這是什麼地方？」一切寂然。

我看到一個戴著列車長制帽的男人從前端門口走來。他竟然全身赤裸，胯間垂懸著纍纍如果實的陽物。

「這列車要開往哪裡？」他擦身而過，沒有回答。

這列車要開往哪裡？

這列車要開往哪裡！

這列車要開往哪裡！

我抱著頭，焦慮地蹲踞下來。等到再抬頭時，我的眼睛乍然遭遇四把火炬，不知從哪裡冒出來的兩隻大狼犬，正兇狠地瞪視著我。在我還沒開口之前，牠們已撲了過來。我拚命奔逃，聲嘶力竭地呼救，一個車廂穿過一個車廂，但一切寂然。在緊急中，那個戴著列車長制帽而全身赤裸的男人站在最後一節車廂的盡頭，漠然地遞給我一把獵槍。

一時之間，什麼都不明確。甚至，此刻置身何地，猶自恍惚。在眼睛未及睜開之前，一束接一束反覆轟隆的聲音，已不容拒絕地擠入耳道：這是鐵輪軋軌的律響。

我真的在列車裡嗎？這列車要開往哪裡？那兩隻狼犬被誰支使，為什麼要咬我？

當我拉開眼皮，不斷向後飛退的影像，讓我確定在某一列車上，這是真的！但我在什麼地方？列車要開往哪裡？恍惚間，還是弄不清。幾年來，一夢初醒，經常都會有這樣的錯覺。我早已不再是一棵盤根的榕樹。

在我意識逐漸確辨了夢與非夢的界域，看清眼前熟悉而又帶著陌生的山川，竟然強烈地想起遠方的母親。

多日之前，在第九次遷移的屋裡，那是單身的么弟與父母未分的居所；但是，兩個忙於口腹之需，為錢奔走的男人，卻經常徹夜沒有回宿。我去探望母親，看完八點檔的連續劇，她便就寢了。

衰老的母親躺在一張彷彿曠野的大床上，並不很在意我有沒有回應，只是無歇地訴說：你們小的時候，全家七口睡一張板鋪，擠一床老舊的棉被；現在你們都長大了，一張彈簧床，一床新軟的棉被，卻只睡了我一個人。家裡經常只有電視機的聲音⋯⋯。

我陡然有些哽咽，一直沒有答腔。矇矓間，不知母親什麼時候停止了自語，也不知我什麼時候睡著。半夜醒來，一時之間，竟又不知自己身在何方！

近來，吾兒忽然問我：「爸爸，我是哪裡人？」這問題，竟爾難以回答。我出生於J縣，在那兒度過窮苦而快樂的童年。然後，搬到繁華得讓人窒息的T城，讀書、工作、娶妻、生子，耗了三十多年，至少遷移七、八次家。如今，攜著妻兒，告別T城，又落籍在人們視為偏遠的H縣。我是哪裡人？吾兒的疑問，能如何解答！什麼都不明確。

2.

車窗是一只無法對焦的鏡頭，不斷變換著追攝的景物。儘管來來回回許多趟，我仍然未曾認識它們；什麼都不明確，甚至途中許多村鎮的名字，至今還沒有弄清楚。不過，在這片陌生中，卻始終有一種熟悉的感覺，那是眼前山川的基調；大塊大塊而層層疊疊的翠綠之間，散佈著被水泥業者恣意挖掘的瘡疤；祖褐的岩土，總讓我想到猩猩在茸茸體毛中暴露的屁股。每次從車窗看著這片山川，都覺得它是那樣美麗、混亂而悲涼。

這樣的感覺，在H縣的許多地方，時常會被撩撥起來。H縣火車站前，有一方如清秀佳人的小公園。我不識其名的幾排花樹，三月間便怒放著鵝黃、赭紅、雪白的種種細蕊。半個多月前，公園一角的花樹下，突兀地矗起幾座巨大的鴿子籠。群鴿襯著藍空飛翔的時候，籠間也飄散著如絮的鴿毛，以及陣陣鴿糞的惡臭。

誰有特權在這裡養鴿子？不是站長的小姨子，便是環保局長的姘婦吧！

每次經過，眼前這種詭異的景象，都會引起美麗、混亂而悲涼的感覺；但是，我的女人就不僅這樣罷了。她臉色非常慍怒，眼光如火地燒向盤空的鴿群。鴿糞是某種腦膜炎的病媒，染之必死。許多年前，她有一個好朋友，便因此而壯年夭歿，讓她痛心不已。這也就難怪她視養鴿者如寇讎了。

3.

「我們雖有土地，卻很少有人把它當做家鄉！」她經常忿忿地這樣說。

當我從窗外群峰間收回眼睛，側頭便看到另類山巒。吾兒在七歲時就已經知道：「世界上有三座富士山。一座在日本，兩座在媽媽的胸前。」

身旁僅隔一條椅子扶把，是個刻意將性感寫在臉上的女人，無袖而緊身的T恤，逼得乳房聳如富士山峰。她微閉雙目；但是，我敏銳地察覺到她並沒有睡著。

我的眼光急速地掃過她的乳房，卻警惕地不敢略作停留。被告「性騷擾」，人們絕不會以「食色性也」的理由去原諒他。近來，這類案件時常發生，大多是由嘴巴、手腳惹來的禍事；然而，或許有一天，不會說話也不會撫摸的「眼睛」，可能同樣會惹禍。

假如，我們在兩性遭遇之間，還能勉強全身而退，那是因為電腦還沒有發展到可以解讀人們心中的念頭；否則，在許多公共場所，縱使綁住手腳、戴上口罩和眼罩，也可能成為「性騷擾」的被告者；而且，諸多被告，未必都是男人。

我迅速端正視線，臉色肅穆。坦白說，人們面對「性」事，從來都沒有說過真話。被說出來與被寫出來的，差不多全是謊言。其中，只有一句是真的：「我要和你（妳）做愛。」

不久，我們開始相互試探性的搭訕。我臨時揑造了一個假名，當然也無從確定她告訴我的名字是不是真的；但是，這並不重要，反正什麼都不明確。

「府上是哪裡？」我習慣地維持著文明的談吐。

「你問的是我的籍貫？出生地？還是現在住的地方？」她有些狡獪又頗為認真地回答。

這個回答卻讓我為之陷入迷惘。只有籍貫，沒有真正的「鄉」；難道許多人都是這樣？我的眼睛又移到窗外，車行不知到了哪裡？山川依然是美麗、混亂而悲涼。

4.

每個乘客的臉孔都像大理石所雕成，他們沒有哀傷、沒有歡愉，只是淡漠。同車乘客，是一種很奇異的組合，肢體相當親近，心靈卻又完全陌生。

他們是誰？但是，我並不想知道他們是誰。這時代，沒有誰真正知道誰是誰。

他們要到哪裡去？但是，我並不想知道他們要到哪裡去。許多人都沒有真正的「鄉」。

列車，在這不停奔馳而擁擠的空間裡，似乎什麼都不明確。

某一年除夕的夜晚，我如舟暫泊在 F 鎮的一戶農舍。屋裡是一對浪跡的男女，賃居於此。年夜飯後，熄燈是為了嗜愛黑暗的寧謐。我們排坐在簷下的台階，一時都陷入沈默。眼前不遠處，就是冷清的車站。我定定地看著一列火車緩緩地駛過，在無邊的黑暗中，一格一格透著燈光的車窗，剪貼著凝然不動的人影。已經是團圓之夜了，他們還要趕路去哪裡？我彷彿看到滿載沈重的鄉愁。

乘客們對於窗外的山川頗乏興趣。瞌睡、看報、吃零嘴、玩弄「隨身聽」，是他們聊以消遣的方式。不知什麼時候，鄰座兩個男人開始談論起如火燎原的選情。選舉最大的趣味，是讓我們得以一窺政客們的隱私。有人在外面藏了私生子；有人在家裡打老婆；有人嗜愛收紅包……。

他們的聲音越來越大。許多閉著眼睛而漠然的臉孔，逐漸地熱絡了起來，不管認識或不認識，便與鄰座談起這個讓人沸騰的話題。不久，彌天蓋地的聲浪，幾乎淹沒了鐵輪軋軌的律響。

「每位候選人都說，他們不是為了個人的權力，你相信嗎？」一個膚色有些黝黑的年輕人，激動地問鄰座的乘客。車廂裡，突然眾聲停歇，一片寂然。

列車長就在這個時候，從前端推門進來，開始驗票。他是這列車上最有權力的人。我奇怪地看到他赤裸著全身，胯間垂懸著纍纍如果實的陽物，狼犬什麼時候會衝進來！恐懼如春草蔓生。一時之間，我竟又無法確辨夢與非夢的界域了。

突然列車緊急煞住。前方究竟發生了什麼事？眾人焦慮地等候著答案。不久，列車長宣佈：「不遠的前方，有一列滿載石化物品的貨車起火燃燒。什麼時候恢復通車，還不明確！」我拉著鄰座那個女子的手，跟著躁急的群眾下車，便看到前方不遠，果是漫天的煙霧與火光。一時之間，什麼都不明確。我真的搭上不知終站的列車嗎？這究竟是夢或非夢？已無從辨識了。

後記

這一列車之中，那個不知終站的「我」，在T城某賓館與車上邂逅的女子做愛多次，被告「通姦」。三個月後自殺身亡，遺囑簡單幾句話：「我們活著，只有籍貫，沒有家鄉。除了性、金錢與權力，沒有別的希望！」

中國時報・人間副刊　一九九六年十二月六日

貓奴

曾經，我當過「貓奴」。後來，大覺煩苦，「貓」送給了別人，「奴」也就讓他去當了。

貓，是名種的「暹羅貓」，其性雌，還是個在室的少女。我喜歡她一身調色盤上調不出來的毛色：象牙白鋪底，再渲一層淡淡的鼠褐；臉龐、耳朵、腳爪、尾巴局部染以曼特寧咖啡。

她的毛色固然迷人，但最讓我動心的卻是那雙眼睛；那雙眼睛，我懷疑它不是貓所有的，而該屬於一個慧黠、慵懶，卻又有些憂鬱的女人。她有時候瞪著我，眼珠圓溜溜地打轉，彷彿正想使出什麼詭計，促狹她的情人；有時候卻瞇成細線，任憑怎麼逗弄，就是不肯睜開，彷彿剛剛睡醒的少婦，還慵懶地躺在床上，隨他春意的撩撥；有時候又靜靜地蹲坐在落地窗前，凝視著沒有盡頭的遠方，眼神是一泓寒煙濛濛的潭水。

我真的被她迷惑了，竟然甘心做為她的奴隸。

夏日午後，陽光仍甚兇惡。在家門口，我將一堆潮濕的河沙，分裝入砂糖袋中。然後，一包包扛上四樓，疊放在前陽台。

鄰人走過，疑惑地看著我。

「這麼多沙，幹麼？種花啊！」

我挺起很覺得痠痛的腰肢，用肩袖揩去頰上的汗水，感到沙子摩擦肌膚的麻癢。

「不是。給貓兒拉尿拉屎用的！」

「好好的日子不過，幹麼當貓的奴隸！」

我是「貓奴」！那是埋在生命深處的蠱毒。

從前，有個人叫「陶侃」，每天在院子裡搬磚頭，聽說是為了經國大業；而今，我在高樓前搬沙袋，卻是為了貓兒的屎尿。

是不是我該有些羞慚？但是，舉世皆奴，並非獨我為然。這樣想，便被「奴」得全無愧色了。

那是埋在每個人生命深處的蠱毒！

右鄰五樓住的是一個「鳥奴」，陽台上養了十幾籠鳥兒，金絲雀、畫眉、白文、九官……。餵食、除糞、遛鳥，都非常勤快；但卻從沒見他抱過兒子。

左鄰三樓住的是一個「狗奴」，養了兩隻聖伯納，經常在假日替牠們洗澡、抓蝨子。有一次，母狗懷春，浮躁地吠叫。他徹夜守在籠邊，溫柔地安撫。

至於「車奴」，更是前後左右上下鄰舍都有。除塵、沖洗、打蠟、貼飾紙……大約只有初戀的情人，才能同樣得到這般細緻的愛顧了。

「奴」輩之多，當不止於此。餘者如花奴、魚奴、酒奴、藥奴、影帶奴、音響奴、電玩奴、明星奴，以及情奴、色奴、名奴、錢奴、權奴……彷彿這世間就是一個廣大的奴隸場。其中尤以色奴、錢奴、權奴最為熱門，世人爭相為「奴」而不疲。

舉世皆奴，那是埋在每個人生命深處的蠱毒，卻以各種不同的姿態浮現。

我是「貓奴」，莫名地惑於她的毛色與眼神，竟然甘心侍候著她的飲食，清理她的屎尿。有時候，撫摸著她，我卻奇異地想到遠方的母親。很久不曾見面，她去年大病了一場，衰弱地整日躺在榻上，仰賴父親細心的照拂，他們從不養貓。

他們當然也就不知道養貓的趣味：這是一幢ㄇ字形的五樓公寓，二十五戶，至少住了一百個男女老少，共用一扇大門。別人進出大門，她全無動靜；當我輕輕把鑰匙插入電動門的鎖孔中，咔嚓一響，便立即聽到她在四樓的歡叫聲。我彷彿看到：她蹲在落地窗前孤獨的身影，整日在等候我回家。

那是埋在生命深處的蠱毒：一種被需要、被期盼、被依靠的感覺。我可以確定，她比任何一個曾說愛我的女人都更為忠實，永遠不會背叛我。

父親直到年老，還那樣細心地照顧著大病一場的妻子；我的母親，在病榻上，已容顏憔悴，應該不會有什麼孤寂的吧！但是他們一直都不養貓。

他們當然也就不知道養貓的趣味：我半閉著眼睛斜靠在沙發上，她不斷喵嗚喵嗚著，偎在腳旁，柔軟而溫暖的軀體輕輕地摩擦著我赤裸的小腿。那雙眼睛，那雙眼睛一直仰望著我，似乎在渴求我的垂愛。我假裝不理睬她；她並沒有因此就走開，反而跳到我的大腿上，仍然喵嗚喵嗚地叫著，伸出右前腳，撥弄我的手背。她在示意我什麼？我當然知道；但是，我只輕輕把她抱離我的身體，放回地板上，揮手叫她走開；她突然靜默了下來。

我發現，我在當著「貓奴」的同時，其實也在「奴」著貓；支配她、擺佈她。召之即來，揮之即去。當她渴求我的憐愛，我可以毫不垂顧；當她寂寞地躲在牆角，我可以抱她入懷，給予溫柔的撫慰；而她也從不曾反對過我，或拒絕過我。

那是埋在生命深處的蠱毒。萬物相奴也若是！

對於養貓，妻始終不很熱切；她比較喜歡狗。娘家住在偏僻的山腳下，養過幾代的狗。「狗，很實在，很可靠。」這是她喜歡狗的理由。貓，在她的眼中，是一團永遠看不清楚的霧，或是一具難以捉摸的幽靈；然而，狗這笨東西，我卻認為他很市儈，是用錢就僱得到的門房。

費了幾天的工夫，我終於扛完數十袋沙子，大約可敷半年的使用。半年之後而又半年之後而又半年之後……呢？聽說貓兒可以活十幾歲，我忽然覺得肩膀上黏著一塊推之不去的石頭。「傻瓜也需要運動呀！」我聽得出妻揶揄的口氣。

從前，我只遠遠地聽過鄰居的貓兒叫春；如今，這貓兒就在我家裡，把春天叫成讓人毛骨悚然的樂聲，其聲如嬰孩飢渴的哀啼。她正忍受著性飢渴的煎熬，但我卻束手無策。原來，在她的生命深處，也有我所不能支配，所無法給予滿足的需求。

我在床間，輾轉反側地難以入眠。只用耳朵，就彷彿看見她在落地窗前焦躁地徘徊、嘶喊。外面月光流瀉，天地寥廓，遠遠傳來與之相應的貓叫聲，同樣是原始野性的呼喚；然而，緊閉的門窗，卻隔開了兩個世界。我是「貓奴」，卻以私愛的理由禁錮了她。「過些天，把她結紮了吧！」躺在身旁的妻提議說；但是，她沒有看到我在黑暗中搖了搖頭。不知什麼時候，我在朦朧間走到一處曠野，黑色的天幕綴滿閃爍不定的星星，恍若一隻隻猜疑的眼睛。我便在它們的窺伺下，和一個臉孔模糊的女人，躲進草叢中做愛。當鄰婦猛按門鈴，告訴我：「貓兒逃家」。我驚異地察覺到自己竟然「夢遺」了。

那是埋在生命深處的蠱毒。究竟要如何才能刮除！

父親始終毫無怨言地照顧著臥病的妻子。他們從不養貓，當然也就不知道養貓的困擾了。種種困擾越來越多，她身上長出了跳蚤、她吃膩了經常吃的幾種魚、她煩躁的時候就抓落牆上的字畫出氣……。最大的困擾，則是夫妻不能一起到遠方去旅行而把她關在家裡。有一次，我陪妻回娘家小住幾日，只好攜著她同行，暫時讓她住在一幢磚砌的倉庫中。當晚，她找到縫隙溜了出來，卻被忠實地守夜的狗追咬。她驚恐地喊叫，跳上屋頂，總算逃過那個惡棍粗暴的欺凌。

我爬上屋頂，在如銀的月光下，看到她那雙眼睛。那雙眼睛，此刻不是慧黠、慵懶與憂鬱；而是無邊的疑懼與委屈，彷彿覺得我不再可以絕對的信賴。她就這樣與我靜默地對視了許久。

「狗，這惡棍！」但是，妻仍然為狗辯解，堅持他的實在與可靠。

當夜，我又在同樣的情境中「夢遺」了。那是埋在生命深處的蠱毒。

最後，讓我決定不再做「貓奴」，是由於妻的懷孕。醫學明載，貓身上寄生著一種很小的原蟲，會感染給人類，稱為「毒漿體病」。孕婦得之，容易流產、死胎或生出異常兒。貓與兒女，只有一種選擇。

我把她送給一個詩人。他寫詩，也喝酒。

十年之後，我又碰到了詩人。他告訴我：貓兒老了，對什麼都沒有欲望，連最愛吃的魚也碰都不碰了。

然而，最終我驚愕的卻是，他平靜地向我說了一樁不幸的遭遇：

「我的妻子，和一個我所熟識的男人私奔了！」

那是埋在生命深處的蠱毒。幸好，我沒有繼續當「貓奴」！

中央日報副刊　一九九七年六月二日

被拋棄的東西也有他的意見

最近，我很想拋棄些什麼東西，我必須拋棄些什麼東西。

在一家診所，我靜靜坐著，等待遲到的醫生。對面粉牆上，是一幅讓我不斷焦慮起來的油畫。畫裡面的女人穿著雨衣，撐著雨傘，卻抓著水管，正在雨中澆花。不知道那個女人為什麼讓我這樣的焦慮！

我靜靜坐著，等待遲到的醫生；醫生到現在還沒有出現。候診的病患們都兩手環胸，垂頭打盹著。

醫生還沒有出現，到現在。我靜靜坐著。不！我走到那個女人的身旁，但卻有些猶疑起來，究竟要搶下她的水管？或揪走她的雨傘，剝掉她的雨衣？這就讓我一剎那間無法抉擇了。

「有些東西必須被拋棄！」我焦慮地說。

「……。」她翕動著嘴巴；但是，我沒聽見她說了些什麼。

醫生終於出現，我用力指著牆上的畫，示意把它拿下來；但是，他沒有任何反應，只瞪了我一眼，漠然地跨過我斜伸在走道上的右腿。這個只會拿聽筒的傢伙，難道也不明白有些東西必須被拋棄嗎？

最近，我很想拋棄些什麼東西，我必須拋棄些什麼東西。是的，家裡的東西已多到令我窒息。他們毫不客氣地佔領了我的生活空間。並且對我充滿了敵意，我清楚地感覺到。

這許許多多的東西，究竟怎麼住進我家？已記得不很清楚了；但是，他們都明明在那兒，佔領了大部分的空間。有的像大北極熊盤踞著牆角，他說：「我是冰箱，你不能沒有我！」有的像獅子張大嘴巴蹲踞在櫃面上，他說：「我是電視，你不能沒有我！」有的像大豬公躺在客廳中間，他說：「我是皮沙發，你不能沒有我！」其他酒櫥、衣櫃、音響、放影機、電話、除濕機、冷氣機、餐桌椅、瓦斯爐……一呼百應，眾聲喧嘩向我高喊：

你不能沒有我！

你！不能沒有我！

這些痞子，他們在要脅我，我真的非要他們不可嗎？他們究竟怎麼住進我家？已記得不很清楚了；但是，恍惚間，我經常走在一條直通到地平線的彩色街道上，兩旁是一間接著一間的商店，落地窗全都彩繪著古典的春宮圖，每家門口站著一個披著面紗卻赤裸著身軀的女人。街上熙熙攘攘的人群都戴著墨鏡東張西望。我與女人擦肩而過，走入街頭第一家商店，整間屋子從地板到天花板堆滿了紙尿布，成千成萬在地上蠕蠕爬動的嬰孩，你推我擠地爭搶著，「我不能沒有尿布！」他們說。尿布，我再也不需要的了，可惜它不能當做擺飾。

中間究竟進進出出多少種商店，買了多少種東西，實在也弄不清了。印象最深刻的卻是街尾的最後一家商店，當我踏進門口，立刻被滿屋大大小小的棺材嚇住。最大的像貨櫃，「有人一定要這麼大，才襯得出身分。」老闆說。最小的卻只有鉛筆盒一般；但是，表殼密密地鑲嵌著中央信託局的金幣。櫃檯邊擠滿爭相搶購的人潮。「可以投資，也可以當做擺飾。你不能沒有他！」老闆說。

搶購，是的，我們經常都陷落在搶購的熱潮中。雖然我們什麼都不缺，但我們非搶購不可，那是一種焦慮，一種發洩，一種佔有，一種樂趣，很複雜的感覺。狗，不懂這種感覺。豬、牛、羊，甚至大象、獅子、老虎、野狼等等，也都不懂這種感覺。牠們只是低級動物，餓了就找東西吃，吃飽了就睡覺，怎麼懂得「搶購」的種種感覺呢！

這許許多多的東西，究竟怎麼住進我家，佔領了大部分的生活空間？現在我有些明白了，就是從一條很長很長直通天邊的彩色街道搶購來的。在那條街道上，所有東西隔著彩繪古典春宮圖的落地窗，向我招喊：

你不能沒有我！

你！不能沒有我！

就這樣，他們像一群政客，或像一群妓女，毫不客氣地就佔領了我的生活空間。有時他們互相排擠，互相叫罵。某一個午夜，我口渴起床喝水，迷糊間，差點兒被一個攔路的花瓶絆倒。這沒用的東西，我幾乎已忘了她的存在！怎麼又跑出來扯腿呢？

「始亂終棄，你還是人嗎？」她顯得相當悲憤。

我還沒開口，站在腳旁一個前幾天剛搶購回來的陶製垃圾桶已叫罵了起來：

「妳這擺著看的沒用東西，被拋棄也是活該，還有什麼意見呢！」

最近，我想拋棄些什麼東西，我必須拋棄些什麼東西；但是，被拋棄的東西也有他的意見。這的確是讓我頭痛的問題。不過，東西實在已多到叫人窒息了。別的不說，就先數一數我的私有物吧！

我擁有五十三條領帶、三十五條領巾、二十四件背心、四十一個電子錶、八雙鞋子。她們各有不同的性子，不同的姿色。就以領帶來說吧！有豐腴的、有削瘦的、有高的、有矮的；其色亦各異，湛藍者如七月烈陽下的海、翠綠者如三月雨後的山、或紅似玫瑰、或褐若琥珀；而且其性之殊，各具特色，有的柔滑如少女的肌膚，有的粗糙如鱷魚的皮。至於領巾、背心、電子錶、鞋子，她們的姿色，就像唐明皇後宮的三千佳麗，留給喜歡想像的人去想像吧！

這也沒什麼好驚異，更多的男人擁有的領帶諸物，還不止如此的數目，八十條，甚至一百條，他們從不嫌多。這和用不用得著，沒什麼關係；擁有，對，只要「擁有」，只要「擁有」的比別人更多，就爽透了。

我擁有五十三條領帶，她們被囚禁在衣櫃裡，像一條條的鹹魚垂掛在桿上。其中大多數都只在我的胸膛間躺過一、兩次。這也怪不得我，五十三條，每天換一條，也得將近兩個月；但是，我對她們早就失去興趣了。我知道，她們個個都想掐著我的脖子，靠著我的胸膛。「你，你不能沒有我呀！」她們爭著嫵媚地說。我卻沒有什麼回應，近來我強烈地需求「自由呼吸」的那種感覺，再也不願被掐住脖子了。

「始亂終棄，你還是人嗎？」聽得出她生氣了。她是一條海藍底色，雪白斜紋而寬幅的領帶。其實，我並沒有忘記她，因為我當新郎的時候，特別在群芳之中選了她。之後，春山翠、玫瑰紅、琥珀褐……，不斷擁進家裡，她便被擠到我眼光眷顧不及的地方了。

「既然用不著，為什麼當初搶著要我！」這一身鼠灰的傢伙，她說得那樣激憤；但是，我實在已記不得曾經搶著要她。可能一次都沒用過，就把她囚在櫃子裡。她不懂，對我來說，用不用得著，沒關係，只要我擁有的比別人更多就爽了。

「你究竟想炫耀什麼！」這次說話的是一條棗黑的背心。她的語氣太尖銳了，刺得我相當難受。炫耀，既然有了些錢，不炫耀一下就是呆子。所有走到那條長長的彩色街道，戴著墨鏡東張西望的人，誰不是這樣！

最近，我很想拋棄些什麼東西，我必須拋棄些什麼東西；但是，被拋棄的東西卻也有他的意見，而且對我相當敵視，說了許多如利箭一般的話。我實在很煩，甚至幾次惱羞成怒，真想放把火將他們全數燒掉。女人勸我去看看醫生；然而，那個只會拿聽筒的傢伙，卻一點兒都不明白，有些東西必須被拋棄。

從醫院裡回來，剛剛午後，躺在床上，我認為我應該是睡著了，可是卻又明明聽到喧嘩的眾聲。有的從衣櫥裡傳出來，有的從抽屜、從鞋櫃，聲音如梟啼，如蟖鳴，如蛇叫，如空谷中急促的腳步；然後，我就赫然看見，一條一條的領帶與領巾，從衣櫥裡鑽出來，像一群雨傘節、龜殼花、竹葉青，向著我的床鋪游近。接著，一件一件的背心，像一群夜梟，衝開衣櫥的門板，向我急掠而至。我驚嚇地翻身，卻看到一只一只電子錶，從抽屜蹦出來，像一群蠍子窸窸窣窣地爬向床鋪；然後，就聽見七、八種腳步聲，從樓下鞋櫃處開始朝著樓上奔來。

我一陣暈眩，恍惚間，平躺在床板上，被七八個壯漢抬著，緩緩地走在一條很長很長的彩色街道上。我的脖子間繫著幾十條各色各樣的領帶與領巾，兩臂上戴著幾十只電子錶，身軀因為穿著幾十件背心而顯得臃腫。街道兩旁的人群，個個戴著墨鏡，向我指指點點，他們不停地翕動著嘴巴，我卻聽不見什麼。

壯漢們穿著皮鞋，踏出輕重不一的腳步聲。我躺在床板上，微側著臃腫的身軀，卻無法動彈。走到一家樂器行前，透過彩繪古典春宮圖的落地窗，我隱約看到一個少女正低頭彈奏著鋼琴。她抬起頭來，臉色一片漠然，我的女兒，她是我的女兒！但是，記憶裡，她還是一個六歲的小女孩，什麼時候竟然已這樣亭亭玉立！

她似乎沒有看見被抬著遊街的父親，只是專心地彈奏著鋼琴。我拚命地呼喊她的名字；但是，陣陣琴音掩蓋了我的呼喊。很熟悉的曲子，那是她小時候經常彈給我聆賞的歌曲——貝多芬〈白色的雨鞋〉。我仍然清楚地記得它的歌詞：

我在森林中獨自徘徊，發現了一雙白雨鞋。

那是我從前在森林中遺失的白雨鞋。
經過多少風吹雨打，我從孩童長大成人。
經過多少風吹雨打，白雨鞋再也不經穿。

我的思緒忽然飛回了女兒的童年。那是一幢四面粉牆，空蕩蕩的，沒有擺設什麼東西的房子。客廳靠牆坐著一台雜牌中古的鋼琴。六歲的女兒，穿著一件鵝黃色、領口鑲著蕾絲的洋裝。她的小手輕靈地遊走在琴鍵上，一遍又一遍地彈奏著〈白色的雨鞋〉。我則站在琴旁，跟著反覆唱起歌詞來。琴音與歌聲交織成一片淡淡的哀愁。

當我陷落在許許多多東西的包圍中，什麼時候，我的女兒竟已這樣亭亭玉立了！但是，她卻聽不到我的呼喚。

我逐漸被抬離那家樂器行，女兒與琴聲也逐漸消失在遠方。我忽然覺得，在生活空間都被各種東西佔領的時候，每個長大了的人，都像是一雙童年被遺失在森林中的白雨鞋。淚水就這樣從我的眼角汨汨地流下來；我究竟將被帶往何方呢？

中國時報・人間副刊　一九九七年九月二十七——二十八日

告別都城

我告別都城，我攜家告別都城，時間在一九九四年的仲夏。心情卻不是夏天，但也說不上是哪一季，或許有些被特別掩蓋的秋意吧！

都城沒有圍牆，圍牆是帝權防護與禁錮的象徵。沒有圍牆的都城，卻讓我經常覺得身陷天羅地網之中。其實，都城並不需要圍牆，群山如鉗地包夾了它的北、東、南三面，西面則橫躺著一條雖骯髒卻寬闊的河流；但是，都城之陷我以天羅地網，並不因為這帶礪的山河。如帶之河，如礪之山，都可攀渡；難以攀渡的是人們用欲望構築的網羅。

一九九四年的夏日，我告別都城；而遷入都城則是在一九六三年的春天。那時候，我十五歲，還是跟著父母腳踵的少年；而今，我已經四十六歲。父母走不動了；孩子們卻盯著我的背影。從遷入到告別，由人子而人父，其間歲月彷彿三十一顆珠子灑落在這風塵滾滾的都城，有的跌向街頭，有的跌向花園，有的跌向水溝、牆角、樓臺、廣場……。我，已經無法把它們撿回來了。

一九六三年春節剛過去，天氣仍然非常寒冷。我跟母親走出都城老舊的後車站，聽說橫在面前的叫作「鄭州路」。它是我踏入都城第一眼所看到的街道。那時候，都城還沒有現在這樣喧囂；但是，景象卻完全不同於故鄉那個冷落的小漁村。稜稜角角、高高矮矮，身軀貼著身軀的樓房，讓我再也找不到銜接大地的天陲；而我生命的天陲也從此消失在這腳不著地的都城中。

我試著找尋些許慣愛的綠意；但這是一個不種樹的城市，屋前屋後，街道的兩旁，都沒有樹木生存的餘地。我看到的是人與車子：人，許許多多；車子，來來去去。腳踏車、三輪車、摩托車和汽車，一輛接一輛地佔領了柏油路，並釋放著滾滾的煙塵。就這樣，我被吞進一個巨大而灰茫的鍋爐中，成為一條無法重歸江湖的魚。

在延平北路與鄭州路的叉口，停駐著許多輛待客的三輪車，車伕都是兩腳踏不到實地的「下港人」。母親說，父親就在這裡掙錢養活多產的兒女。當時，我什麼都不懂，只覺得乘坐三輪車很新奇、很有趣，並企想坐在父親的三輪車上，讓他載著我去遊街看熱鬧，就如同小時候，他用腳踏車載我各處去兜風一樣。那時候，我印象裡的父親，年輕、英俊、健壯；但是，經常很沈默，有時會皺著眉頭嘆氣。幾年前，他就放棄難以維持家計的討海、耕田的工作，隻身到都城求生活。小學三年級，在不識字的母親半催半求之下，生平寫了第一封信，寄給遠在都城賺錢的父親。竟然，父親收到信了。

那時候，我真的什麼都不懂，認為父親找到了比討海、耕田更賺錢的工作。今後，我們會逐漸富有起來，我上學的便當就可以吃到滷蛋與魚肉，而不再只是幾片醬菜了。那時，我將大方地掀開便當盒蓋，不怕鄰座的同學看到。這是我窮苦的少年時期真真實實的夢想；至於，什麼立志做科學家、文學家或當總統、法官、工程師……那只是作作文罷了。

因此，我跟隨母親，提著團花布巾的包袱，告別那貪瘠的小漁村；而跌入都城的天羅地網中，因憧憬而興奮，在熾熱的心田，鄉愁其實連芽都發不出來。

在鄭州路口，我們沒有找到父親，大約是載客走了。聽說有24路公車可以到三重埔；但是，母親不懂如何搭乘。「走也走得到」，她立刻拿出鄉下人的本領。就這樣，我踏入都城的第一遭，便憑著兩腳從車站走到三重埔。

那時，延平北路還叫作「太平通」，暮色混合著蒸騰的煙塵，如群鼠惶惶竄動的人與車，以及不斷切割著視線的形形色色的招牌，讓這條街道向我展演著一幅浮動、詭異、陌生的場景。儘管四面八方超量地湧來各種聲響，卻都不是我熟悉的蟲鳴、鳥叫或風號、浪吼。我忽然覺得彷彿幼年時候在熱鬧的廟會裡走失，跌入一種隨人潮飄動卻不明去向的孤獨中。

這時，我看見母親削瘦而硬挺的背影。她在我稍前幾步，因為沒有弄懂紅綠燈的規律，竟然陷落無情的車陣中。她獨自站在街心，進退失據，一輛接一輛的車子挾著喇叭聲從她身旁擦過。她左右擺動身軀，狀似閃躲，並尖聲叫喊著：「讓我過去呀！」但是，全路上的人卻只有我聽見她的喊叫。我的心眼穿透她的背影，看到她滿臉的驚惶、氣憤與無助。這個從小在廣闊的田野間，跟著牛群奔跑的婦人，想不到初入都城，卻過不了這狹窄的十字路口。

我心的熾熱開始有些降溫了；而那種人潮裡的孤獨，在往後輾轉於都城三十餘年間，竟然凝聚成解不開的情結。

如今，我將告別都城；而年輕、英俊、健壯的父親已經老去，並且比以前更沈默。他從三輪車到工廠到路邊攤販到手工煎餅，歲月與體力不斷流失，錢沒有賺到多少；但是幸好，一群兒女總算養大了。我沒有讓父親拉三輪車載著去遊街看熱鬧，現在我倒可以駛著轎車載他去旅行；然而，年輕、英俊、健壯的父親卻老得沒什麼興致了。他比以前更沈默。

很多像父親這樣的「下港人」，在都城裡，兩手空空的來也兩手空空的老了甚至死了。而都城卻不斷地漲大、肥腴、擦粉、塗脂，像一個已吃得過胖，滿肚糞便、氣喘咻咻、血壓飛升，卻仍然嗜食山珍海味而濃妝艷抹的女人。

在都城輾轉三十餘年，三重埔住過兩個地方，板橋市裡就搬過三次家，最後飄蓬跌落於新店，卻沒有一撮泥壤被允許認作是鄉土。甚至當年初入都城的許多物事，也被從「記憶之鄉」中拔除。夾岸垂柳的瑠公圳葬了、古老的臺北大橋死了、正當壯年的中興大橋暴斃了、破舊的火車站廢了、許多人都在那兒買東買西的中華商場被殺了……臺北實在是一個讓人們越活越陌生的都城。

都城之讓我覺得陌生，主要還不在於一幢幢建築物的生老病死；而在於彷彿滿湖布袋蓮急速繁殖而卻彼此越來越難以相識的人潮。都城的人潮像茫茫廣漠中覓食的狼群。在新車站，從地下層通往地上層的階梯，每當一列火車進站停靠不久，便可以看到幾百個各形各樣同時扭動卻毫無表情的肥臀；在那高陡而人擠人的階梯上，下階者就只能頂著上階者的肥臀，不管他是香還是臭，這是都城人際的奇觀。而他們這般靠近卻又彼此陌生，成群而行的理由或許是因為都同樣在追逐某些獵物吧！這怎能不教我想起廣漠中覓食的狼群；而我竟是其中的一匹。

當狼群掩蓋了廣漠，別說奔跑，連移動腳步都很困難時，那種感覺便不再只是陌生；而是擠壓、排斥、侵擾，甚至彼此變成對方的獵物了。

有一段時間，我經常陷落在惶懼與憤懣的氛圍中。巨大如插天墓碑的建築物，以熱帶雨林的莽莽陣勢將我困住。我仰望灰沈沈而四分五裂的天空，試圖辨識脫困的方向，星河卻久已淪失它們永恆的位置。我錯亂地穿梭在叢林之間，感覺到千萬隻彷彿利箭的眼光，正從四面八方交射過來；而我竟是一個無地躲藏的獵物。

某夜，一場暴雨中，我被我的車子緊緊包裹著，我的車子又被難以數計的車子緊緊包裹著。所有的車子都停止前進；但是，引擎聲卻如吼如嘯如咬牙如切齒如抗議如咒罵終而如嘆息如哭泣。這種堵車的折磨，雖已歷百遭，但是又有誰能習慣！我全身如焚地坐在駕駛座上，好像阻塞的輸送帶中的一團水泥，正無可逃避地承受著周遭逼湧而來的擠壓。我突然遏抑不住地狂按喇叭；接著便看到前後左右的車子，迅速地搖下門窗，伸出一顆一顆野狼似的頭顱，齜開森森的利牙，咆哮說：

「你——下地獄吧！」

我想，我必須告別都城，我必須攜家告別都城了；都城已成地獄的入口。在沒有離開都城之前，我的魂魄即已遠遊。那是一種日夜纏心的夢，一種黃泉碧落的追尋；追尋一個無車無人無街道無房子無塵無垢無利無害的原鄉。

往都城的上空，會是一條通向哪裡的路呢？我騎著「夸父」的手杖，將到太陽的家鄉；哪裡會有一座以光為牆以熱為簾的城堡，沒有任何一種污穢、罪惡的物事能在城堡裡生存。黴菌死了，病毒滅了，癌細胞萎縮了，塵垢消失了，噪音寂靜了，人們心頭的刀劍、砒霜融解了。柯林頓與海珊化作城門外一對靜默蹲踞著的石獅子；江澤民與李登輝變成護城河上兩根遙遙相望的橋墩。我們都是太陽神的兒女，絡繹地踏過河橋，走進城門。城裡乾淨寬闊的街道，兩旁種滿紅、橙、黃、綠、藍、靛、紫各色的花，無須噴藥施肥，便在光與熱的愛撫下燦開，而且永不凋謝。

我騎著「夸父」的手杖，都城已離我越來越遠；俯首下望，找尋一切曾經吃過喝過睡過玩過哭過笑過愛過怨過的蹤跡；然而，都城整個被厚厚的黑氣包裹著，像懸掛在枯樹間的一球虎頭蜂窩，只隱約傳來嗡嗡的亂響。我繼續飛向太陽的城堡，哪裡會有永恆的光熱；但是，都城的上空很不明朗，瀰漫著各種混濁、辛辣、腐臭的氣體。我騎著「夸父」的手杖，企圖穿越層層惡氣的包圍。突然，撞上一片如漩渦如狂風如亂箭齊射如火山驚爆的氣團。「夸父」的手杖斷折，我又跌向了都城，忽地想起古書的記載：人心貪猛，其氣為「戾」！

往都城的北面，又會是一條通向哪裡的路呢？我乘著神鼇，將游到「海若」的家鄉；那兒會有一座以水晶為牆以貝殼為瓦的宮殿。成林的珊瑚在潔淨的園子裡，安心地等待產卵。海葵緊擁著寄居蟹，全身透明的清潔工蝦與滑稽的小丑魚躲進海葵枝繁葉茂的觸手中。牠們那樣的生死相與，同歷滄桑。在水晶宮殿裡，什麼都被洗滌淨盡。是與非化作殿前可供歇腳的礁石，利與害融成宮中佐餐調味的鹽分，哀與樂轉為園內如絲如竹的潮音。我們都是海神的子民，比目、天使、文昌、沙丁、石斑、松球諸魚，甚至於扇貝、海星、水母、梯螺、瓷蟹、荚蝦……。我們群生而相忘於江海。

我騎著神鼇，都城已離我越來越遠。回頭眺望，找尋一切曾經吃過喝過睡過玩過哭過笑過愛過怨過的踪跡；然而，都城已消失在滔天淹地的浪峰之外，像一艘沈沒之前，滿載乘客還在相互推擠的輪船。我騎著神鼇，繼續游向「海若」的宮殿，哪裡會有永恆的潔淨；但是，都城的外海已成銅黃色的水域，漂流著密密麻麻的魚屍與浮木。我企圖穿越層層惡水的包圍，突然沖來一道如地搖如山崩如油井狂噴如天落殞石的巨浪。神鼇斷頭殘肢，我又被沖回了都城，忽然想起古書的記載：人心汚濁，其水為「穢」。

然而，我必須告別都城，我必須攜家告別都城。我的魂魄不停地遠遊，上下左右，東西南北。那是一種日夜纏心的夢，一種黃泉碧落的追尋。一個無車無人無街道無房子無塵無垢無利無害的原鄉，究竟在哪裡？乃請東樵子為我作卜，其卦曰：

火在水上，未濟，君子以慎辨物居方。

聯合報副刊　一九九八年三月十日

找尋山水裡的人

小城，被山與海包夾著。它的名字，我不必告訴你吧！你把臺灣想成一條長鯨，它就是長鯨的背脊。假如它有耳朵，恐怕早已聽慣過多的讚美了。因此，我最好是閉嘴，讓它的美麗由山與海自己去訴說。

其實，這裡的人們並不經常看山或看海。山與海一直擺在那兒，從不曾消失。很少人會去注意，山與海每分鐘都在變化。海最不安分，固無從捉摸。就是穩定的山，也藉著陽光與雲氣，不斷變換著明暗、深淺、遠近、顯隱的種種姿色；但是，這裡的人們並不經常看山或看海，因為山與海一直很當然地擺在那兒，從不必憂慮它們會消失！

我看山，大多時候站在某幢高樓上，一條排列著赭紅色方柱的長廊，沒有人，除了我。看海嚒！那條磊磊著巨石的長隄是很好的位置，沒有人，除了我。人，可能都在屋子裡、都在路上。屋子裡的電視機前或案牘邊；路上的車陣中與煙塵裡。假如時在正午或黃昏，那就是在餐盤碗筷間了；但是山與海從不供應連續劇、資訊、名利與餐飲。

一九九四年，歲次甲戌，移家花蓮，背嶺有窗，閒雲作幻，山青每排闥而入，海碧在想像之間，自以為無塵垢之亂心；但花蓮之於我，似近實遠，猶未貼切於生活，如對屏風上之山水，美則美矣，終是置身其外。

一九九七年，歲次丁丑，欲書寫花蓮，竟爾靈思蹇澀，筆鋒如陷於泥沼，行行止止吞吞吐吐塗塗抹抹，所得不過如是而已；雖瑰麗而空洞，頗不愜於人意。遂頹然擱筆，竟成殘篇。

其後，偶聞友人作家王浩威云：「凡書寫花蓮之作，多只見山水，不見人迹，實可怪也！」何以然？我亦不知其何以然。豈作者恐「人」汚染山水之清寧，故摒之於外！中國文學，天地山川向不離世事人情。嗚呼，無人迹之山水畫，無人情之山水詩，其空寂乏味，當可想而知。然近百年之中國，人性其混濁者多，其清淨者少；人情其可厭者多，其可愛者少。天人斷裂也久矣。以此不祥之人，置之於山水之間，實蹧蹋天地之靈秀。山水可於人，人不可於山水；寫山水而絕乎人，山水有心，能不寂寞！

忽憶一九八七年，歲次丁卯，始得廣州之行。昔者詩詞歌賦所雕鏤之故國，今將身歷其境，一睹真象之美。然斯遊也，吾寧去「人迹」於記憶之外，但存山水古蹟耳！

我們攪拌著憧憬、好奇、沈重、疑懼的心緒，穿過香港羅湖的海關。另一個世界，不待山水的姿色，便從公安人員臉上詭異的風景展露出來。那像是陽光很少探視的幽谷，陰暗、冷寂而危險。

「這就是深圳！」

站在簡陋的火車站前，竟然有一種陌生而很不真實的感覺。似乎連太陽也換了臉色，灰沈而詭祕；總覺得它不再那麼開朗，睜著窺伺者的眼神，盯住我的背脊。

這種陌生而不真實的感覺，第一次到香港固然沒有，就是第一次走出東京、漢城等機場，也不曾有過。它無關於人的膚色、建築的式樣或山川草木的姿色，那是一種由看不見的人「心」所凝結出來的氛圍。

風景不殊，舉目卻自有人事之異。這是我第一次踏入詩詞歌賦所雕鏤出來的世界的感覺。那時，許許多多人仍然稱它為「祖國」。

我們很敏感地察覺到：火車站前一張張灰沈而詭祕的面孔。他們戴著斗笠，挑著竹籃子，籃子裡卻只裝了幾顆包心菜或白蘿蔔。

「火車站前，這麼多人賣菜！」

悄悄地，他們挨近了，神祕地問：「要換人民幣嗎？」原來他們賣的是「這個」！

當詩詞歌賦裡的「人」走到身旁，才知道他們也是血肉做成的軀體；每天吃的喝的並非山光水色、文物古蹟，而是雞鴨魚肉、五穀雜糧。

然而，我真的曾經陪著陶淵明走入「曖曖遠人村，依依墟里煙」的世界，和左鄰右舍的農人們「過門更相呼，有酒斟酌之」；也曾經陪著王維「行到水窮處，坐看雲起時」，並且就在竹籬茅舍間「偶然值鄰叟，談笑無還期」。當然，陪著李白爬山、訪友也不錯，「綠竹入幽徑，青蘿拂行衣」，是什麼人生活在如此情境裡！這樣的朋友應該可以放心地和他喝酒；「我醉君復樂，陶然共忘機」，杯盞交錯間，沒有誰會出賣誰吧！

這些我曾經用「心」到過的世界，難道都是假的嗎？

我們走出老舊的廣州車站，立刻呆住，很難形容那種感覺，陌生、錯愕、疑惑與驚懼交雜。除了在戰亂逃難的影片之外，從不曾看過那麼多人，男的女的，老的少的，衣衫破舊，身旁堆著行李箱或包袱，或坐或躺，就在柏油地面蒸騰發燙的廣場上，背後屋頂間高高大大的寫著：「廣州車站」。他們都面無表情；但是，有些會滾動著狡獪的眼珠，瞪視外邦來的旅客。

他們，從各地到廣州討生活的流民，連一塊遮陽蔽雨的瓦片都沒有。時間不在六朝、五代的亂世，不在元、明末葉；而在二十世紀，一個正乘著工商業的太空船在起飛的南方城市。車站的對面，鋼骨水泥、玻璃帷牆，層層疊疊的高樓，烈日讓發色鋁窗恣意煥散著經濟繁榮的炫惑。街道上交錯奔馳的汽車，也絕不會是窮苦寒傖的沈默者，它們叫得比誰都大聲。這會是幻覺中的海市嗎？不是吧！然而，在這樣的城市內，卻那麼多人，枕著包袱，倚著行李箱，躺在烈日下或風雨中。這個我親眼所見的世界，難道會是真的嗎？

那天下午，廣州車站不斷讓我想起三十年前的臺北車站。牆上幾把老電扇無力卻又賣力地想要吹涼擠得水泄不通的旅客。燠熱的五月，我們在汗臭熏天，這邊打架，那邊吵嘴的氛圍中，耗了兩個多鐘頭的時間，終於在「台胞優先購票」的窗口，買到回程票。真與假，已教我無從分辨。不管如何，詩詞歌賦所雕鏤的、眼前所親見的，畢竟是兩個無法印合的世界。

傍晚，夕照中的麓湖，泛著粼粼波紋的湖面，把倒映水中的山影切作千層的翡翠蛋糕。這裡有一種被人冷落的寧靜；唯其被人冷落，才得以寧靜。繁鬧都城中的人，對沈默的山水，少有興趣者。

這又是另一種世界，是真是假，貼近現實或貼近詩詞歌賦，竟也讓人難以分辨了。

一九九八年，歲次戊寅，四月，寫畢廣州之行，觸緒紛亂。吾將相信文學家之所描摹！或相信眼下之所親見！吾將契入於人群，隨波濤而浮沈，齊是非以俯仰！或逃遁於山水間，對閒雲而忘歸，共啼鳥以清唱！然則，人群、山水果真無以相得乎？

吾心方自廣州歸來，固知身在花蓮，滄海召我，群峰媚人；而市塵頗近，車馬喧囂，吾又何能自外於塵世，但賞其山水，而棄絕人群？世界之真假，乃得之於心或得之於物？欲辨，實不如忘言。

五月，於煙雨蕭疏間，眼下世界每歸於渾沌，山乎！水乎！人乎！實不可辨，因拾筆足成此文。

生活在花蓮，假如不到什麼什麼公所、事務所或局呀處呀這些地方去辦事，大概都會是快樂的。其實，也不只花蓮如此，哪裡都一樣，我始終無法想透，為何再漂亮的女人或男人，一旦坐在那些地方的案牘上，就會變得很不可愛！那真是一個離山水最遠，讓別人不快樂，也讓自己不快樂的場所。

花蓮人比較適合出現的場所，是在海邊撿石頭或釣魚；在古廟旁大樹下拉胡琴、唱南管、喝茶、談天；在田野間耕草、施肥、摘木瓜、挖芋頭、割韭菜……；或在荒山裡的小聚落，三五成人與六七童子，浴乎清溪，而風乎石坪。

在這些地方的花蓮人，是山水的一部分；你無須和他們談論「自然」的道理，他們便是自然的子民。假如，將他們從自然山水抽掉，山就死了，水也不活了，而自然更變成一片寂寥的空間。我儘量不進入市區，尤其避免到什麼公所、事務所，什麼局、什麼處去；而到海邊、樹下、田野、山村找尋真正的花蓮人，只有他們才配享有這片山水。

我對花蓮最大的興趣，從來都不在太魯閣、七星潭、鹽寮、石梯坪、蝴蝶谷、安通溫泉……這些貼上旅遊勝地標籤的風景區。那都是已經被擺進櫥窗中展覽或拍賣的山水，只供不必貼近本地生活的過客用錢去購取。在這些地方，你所能看到人與自然山水的關係，大約只有二種：一種是人們對山水恣意的蹧蹋。不相信嗎？你只要到那些風景區用心觀察，還有些感覺的人便不免痛苦起來。遠的地方不說，就說近郊的七星潭吧！假如你真要去，千萬記住，儘量往遠方的山、遠方的海眺望；不要低頭，纍纍的果皮、塑膠袋、保麗龍盒、衛生紙……，會破壞你看山看海的心情；但是，每個人都不知道這是誰的錯，「蹧蹋山水」——這已是一種遺傳千年的習慣了。

另一種則是人們對山水視而不見的旁觀。山水，並非人人都看得懂。懂不懂，和動植物學、地質學、民俗學等知識沒什麼關係。李白的「相看兩不厭，只有敬亭山」，辛棄疾的「我見青山多嫵媚，料青山見我應如是」，蘇東坡的「有情風萬里捲潮來，無情送潮歸」，他們都真的懂了山水；然而，許許多多人都不懂，只是視而不見的旁觀，甚至從家裡換到郊外去吃吃喝喝罷了。

這兩種，不管哪一種，山水與真正在生活的人都離得很遠。那麼你說，寫這樣的山水，如何把人也裝進去呢？

我對花蓮最大的興趣，是在那些山野間的小村落或獨戶莊園，有的我連它的地名都不知道，但那真的一點兒都不重要。因此，我常喜歡全家開著吉普車，沒有目的地，隨意的閒逛，走到那兒就算到那兒。

我的驚奇、喜悅，以至乎迷惘，往往在於「山繁水複疑無路，柳暗花明又一村」的時候，突然發現一群生活在山水之中的人。他們與自然同一呼吸、同一脈搏、同一生息輪替，就像滿山滿谷的茯苓菜、咸豐草、地葵、臭杏、節節花、姑婆芋，或者牛乳榕、黃金桂、野牡丹……，他們生長於這塊泥壤，也終將回歸於這塊泥壤。

有時候，吉普車孤獨地顛躓於坎坷、荒寂的山路，許久沒有遇見人家，很難預料前方會是怎樣的世界。忽然從一片相思林轉過彎，便乍見幾幢年歲不小的紅瓦屋，嵌在雜花生樹，群蟬亂鳴的斜坡上，真叫人驚奇。

屋前或許會有幾隻沒見過世面的土狗向我們狂吠；用不著理牠們，叫只是叫罷了。假如真有些閒情，屋旁田地裡正在為橘樹剪枝的男人或女人，倒可以打個招呼。他們通常不會有什麼疑懼與防衛。運氣好的時候，碰上他們正在收割什麼什麼的，或許會送我們一袋橘子、玉米或幾塊生薑……，「自己種的，不值錢」，他們這樣說。的確不值錢，但卻真的叫人喜悅，那是一種不懷任何目的，純然出於情意的贈與。

有一次，在冷冽的山間，我們忽逢一大片橘林；冬陽熠耀中，千千萬萬恍如金球的果實，是無法抵擋的誘惑；找不到主人購取，我們便當它是伊甸園中上帝的創造吧！正摘得愉快，吃得甜美的時候，園主倏爾從林間小徑走出來。我們有些慌張，正想上前致歉並且付錢，他卻已笑吟吟開口：「我種的橘子好吃吧！多吃幾個，沒關係。」這個結果，讓我們有些意外；更意外的是，我們竟然被邀到他家吃中飯，還帶走一簍橘子哩！

然而，我最深的感觸，卻是繼驚奇、喜悅之後，隨而滋生的迷惘。上百萬人聚居到臺北、高雄那樣鈔票淹過腳踝的大都會，這是完全可以理解的存在抉擇，就像我們無須懷疑為什麼那樣多的花兒樂意被種植在中正紀念堂的園圃內；但是，當我站在荒山野嶺間，遠遠凝視著散落於坡上或坳間的幾戶人家，便不由得迷惘地測想著，他們的父親的父親的父親……，究竟多少年代之前，究竟什麼原因，讓他們偶然飄落到這塊無人垂顧的泥壤上？就像那許多不知名的草籽，隨風墜向荒野，然後就在這裡世世代代的繁衍。生命的存在，果真是一種無從選擇而偶被拋擲的荒謬麼！但是，等到他們歷經數代，與此間的樹樹木木花花草草鳥鳥獸獸蟲蟲魚魚共生同死，他們之活在這片山水之間，似乎又是一種不必懷疑，本來如此的當然。

這時候，我終於找到真正在花蓮山水中，不可被割除的人了。此外，你我以及許許多多從未讓腳板或手掌沾過泥土的人，其實都只是站在山水之外旁觀的過客，能看懂山水就已不錯了。

聯合報副刊　一九九八年七月十六日

因死亡事件被記取的小鎮

1.

暫且，我不告訴你：這個小鎮是什麼名字，就讓他的山色水聲去介紹自己吧！

他的東面是山，西面也是山。山與山之間，是匹緞向南北鋪展而邈不知其端的縱谷。緞面大筆彩繪著繁複的地景，東側貼切山脈而北向流竄的是寬闊的花蓮溪。他的右臂招引了源出中央山脈的光復、馬鞍、萬里、鳳林、壽豐、木瓜等溪；左臂則攬入了源出海岸山脈的大農、砂荖、太巴塱、山興、米棧、月眉等支流；然而，他並沒有因此而豐盈，經常向廣漠的藍天袒露磊磊的砂石。流短水枯，是臺灣河川的宿命。

溪與西面山脈，包夾著切割成方方塊塊的平疇與櫛比鱗次的房屋。平疇，宏觀之，大綠鋪底，偶間以紅、黃、白、紫諸色；細辨之，則有檳榔、麵包樹、羊蹄甲、銀合歡、橘柚、木瓜、甘蔗、花生、水稻、玉蜀黍、馬櫻丹、非洲鳳仙以及許許多多不知名的樹木花草。房屋，樓高不過三層，其型凡俗，色多淺灰、土褐、赭紅、淡青。常見舊式農村平房於樹叢間，或水泥為牆，其頂覆以黑瓦；或杉板為壁，其頂披以柏油紙。

西面之山，不高，約八百餘公尺，是林田山東邊的支稜。峰頂略圓，彷彿撐張的遮陽傘，脊稜以平緩的曲線，向南北兩端慢慢拾階而下。滿山闊葉樹，展示著團翠堆綠的林相，假如你貼近他，穿越繁密的林木，阻擋你的都是刀切斧劈、如屏如壘的絹雲母石、墨片岩，與綠泥片岩。

東面之山，更低，大約只有五百餘公尺，是月眉山稜南端的脊嶺。向北，與米棧山隔著兩座無名之丘，彷彿商略著峰頭究竟頂戴多少的雲雨。向南，他謙卑地緩緩俯身而下，似乎想要渴飲潺潺的山興溪。

西面之山，其名為「鳳林」；東面之山，其名為「山興」。這兩山夾輔的小鎮，不用我說，很多人都知道他的名字，《花蓮縣志》云：

> 鳳林，舊稱「馬里勿」，為上坡之意。早年森林叢密，木蘭繞樹滋長，狀如鳳鳥展翅。漢人來墾，名其地曰「鳳林」。

鳳林，清代屬臺東直隸州奉鄉。一九一六年，日人設置鳳林區；一九三七年，改稱鳳林庄；一九四〇年，改稱鳳林街；光復之後，才稱為鳳林鎮。

然而，不管他如何輾轉遞接於清人、日人與中國政府的手上，如何改換他的行政制名，由區而庄而街而鎮。「鳳林」仍然是「鳳林」，一個幾十年歲月中，不盛不衰，只是寧謐地被綠層層包圍的小鎮。

2.

來到這個綠圍中的小鎮，我不是歸人，也不是過客。只因為妻子的召喚，我便與這小鎮牽纏不絕了。吾妻一如所有山巔水湄的花木，是由此地泥土中生根發芽茁長的生命。

直到如今，我仍然抓不住什麼樣確定的身分和心情，去踩踏這個小鎮的鄰里街坊。對我來說，他與所有偶然驅車路過的鄉鎮一樣的陌生，一樣無涉於我的悲歡歲月；我永遠不會是鎮上那一條南街北巷某個住戶的歸人；然而，對這個小鎮而言，我也不會是那種連車窗都無須搖下來的過客，畢竟街坊鄰里間，總得遭遇一些熟悉的面孔。

我是這小鎮上空一片時或盤旋、偶或留滯的浮雲，曾駐跡旁觀側聞人們某些死生哀樂的故事。

小鎮居民以客族為多。除卻靈秀的山水，他是一個很平常的小鎮；平常的居民，平常的物產，平常的房子，平常的街道，平常的生活；連左鄰右舍、街邊巷角那些吠聲吠影的狗兒們也很平常。如許平常的小鎮，卻因為一樁「死亡」的故事而不平常了起來。

這個小鎮最引人興味的是客族式的早餐，你儘可以恍在農業社會中，悠閒地享用一碗油蔥肉燥米粉或吃個紅龜粿、菜包、草仔粿、發糕、肉粽。

此刻，清晨，我就坐在小鎮老街舊市場旁邊，一幢低矮簡陋的平房中。這是早餐店；米粉的油蔥肉燥香氣，正叫醒了我舌上的每一顆味蕾。

這一帶連著幾間房子，幾十年前還是菜圃；菜圃右後方是一間驢槽。而對面四房連棟，則是東臺名醫、制憲國大代表張七郎的「仁壽醫院」。如今，醫院早在一九四七年，一陣暗夜槍聲之後，就歇業了。

我坐在早餐店，確定是一九九〇年代，沒有軍隊和槍聲的街頭，平常而冷清，可以讓我無所迫促地一口一口咀嚼著米粉。而我卻恍然看到了對街，張醫師靜默地坐在醫事桌前，聽診器的喇叭頭，在一個病患的胸腹間移動。他理著平頭，髮已灰白，唇上是一撮濃密的髭鬚。放下聽診器，鏡片後面兩隻深邃的眼睛，投向街心、菜圃以至空茫的遠方。他依然靜默如山。

他的對面是山興山，背後是鳳林山。山以靜默的靈魄，不改姿態地閱歷著小鎮死生哀樂的眾相。

我坐在早餐店，確定是一九九〇年代，沒有軍隊和槍聲的街頭，平常而冷清。我無所迫促地吃完一碗米粉，又開始享用著柔軟的菜包。而我卻慨然看到，寂靜的街道上，夕陽彷彿以血色預示某種死亡之災的降臨。一群猙獰如狼的士兵，踏著混亂的步伐，急速地奔向小鎮西郊的鳳林山麓。他們包圍了一座名叫「太古巢」的農園。這裡是張醫師讓病痛的岳母得以靜養的別莊。一幢五間，檜木為牆，斜頂黑瓦。傍晚，暮氣穿越層層的樹林，四面八方地圍襲過來。

張醫師剛洗完澡，穿著寬鬆的休閒服，舒適地走到前廳，便看見隨著暮氣圍襲而至的一群士兵，粗魯地舉槍對準著他。他靜默如山地兀立著，肅殺的空氣中，凝住了他驚愕的表情。

他的對面是山興山，背後是鳳林山。山以驚愕的表情，目擊了一樁慘劇在暮色中揭開了序幕。

我坐在早餐店，確定是一九九〇年代，沒有軍隊與槍聲的街頭，平常而冷清。我無所迫促地吃完一個菜包，又開始享用紅龜粿。而我卻恍然看到，一群猙獰如狼的士兵，押著張醫師和他的兩個兒子，前拉後推，穿越如墨無邊的夜色，走到一處荒寂的墳場。士兵們剝下父子三人身上可以賣錢的衣物，只剩內褲。

接著，一幕一幕的酷刑，由於慘絕人寰，凡正常人的想像，到此必因不忍而斷念，故特予留白。

最後，六聲刺破寂夜的槍響。張醫師父子便自地表消失了，只剩一片新挖的泥痕。不久，開始雷雨交加。

兩天後，淒冷的夜色中，一輛牛車載著三具滿身污泥的屍體，靜默地從墳場駛往「太古巢農園」。家人圍聚過來，哭泣聲如殘春鵑啼。張醫師的妻子擦去眼角的淚水，咬著牙根說：「不許再哭，我們還要活下去！」

他們的對面是山興山，背後是鳳林山。山以陰慘的容顏，俯視著人類的罪愆與悲苦。

我坐在早餐店，剛吃完一個紅龜粿，時間在一九九〇年代，平常而冷靜的街道，對面就是張醫師「仁壽醫院」的舊址。我無法確知，五十多年後的今天，在夕陽如血的街頭，會不會又忽然出現一群猙獰如狼的士兵，踏著混亂的步伐，奔向某一個莊園！

幾十年來，與群山共其靜默的「太古巢農園」，最大的改變就是一個善良而興旺的家族，從此散成片段了。園內後方，一座以悲情鑄就的墳墓，苔痕如鏽的碑上，在白色恐怖的年代，卻毫不忌諱地抗訴著：「張七郎、宗仁、果仁父子遭難之墓。主後一九四七年，民國三十六年四月四日夜屈死。」左右對聯則沈痛寫著：「兩個小兒為伴侶，滿腔熱血灑郊原」。書法與碑文皆出自張七郎長兄，花蓮先輩名書畫家張采香手筆。

這座墓園，近些年來已成為「二二八事件」受難者的圖騰。張七郎，一八八八年，出生於新竹湖口。日治時期，一九一五年，畢業於總督府醫學校，即臺大醫學院前身。一九二二年，移居花蓮鳳林，開設「仁壽醫院」。其後，創辦鳳林中學，擔任花蓮參議會議長。一九四六年，當選為臺灣區的制憲國大代表。一九四七年，在「二二八事件」後的「清鄉運動」中，與長子宗仁、三子果仁同時遭難。

一九七九年，我從這座莊園中，將妻子娶走。此後，我便與這個小鎮牽纏不絕了。然而，我不是歸人，也不是過客，而是小鎮上空一片時或盤旋、偶或留滯的浮雲，曾駐跡旁觀側聞人們某些死生哀樂的故事。

3.

鳳林，除了山水，真的是一個什麼都很平常的小鎮。幾十年來，不盛不衰，只是寧謐地躺在兩山靜默凝視之間，平常的人們，居住著平常的屋子，耕植著平常的作物，度過著平常的生活，沒有驚天的人，沒有動地的事。他們在山水間，與所有的花草樹木，鳥獸蟲魚一樣，自然地作息輪替。

平常就是福，自然就是樂。山水之間的子民，都懂得這樣的福樂，卻會之於心，而不能言之於口。

有些鄉鎮，或以油紙傘，或以蜂炮，或以搶孤，或以豬腳，或以膽肝、鴨賞……而受知於世，召引遠人。凡有一物之殊美者，莫不為好奇者所樂道。

然而，這個以平常為福、自然為樂的小鎮。從山興西望，眾峰如群彥連袂，在煙聚雲迴之間，無言展示著天地的大美。放眼可及，鳳林山的背後，三千餘公尺的安東軍山，以鶴立雞群的姿態，表現他的傑出。其狀如怪鳥翔空，雙頭圓峰，兩翼則伸展成舒緩平頂的脊稜。左翼向北拍擊著溫文儒雅的白石山；右翼則向南輕拂著三峰扇立，妖嬈嫵媚的林田山；至於蹲踞前方的鳳林山、萬里山，就只能回首向他仰望了。若從鳳林山腰東眺，眼光可以踏著交錯在群綠間的小路，慢慢散步過去。然後海岸山脈便以翠玉長屏的姿態，拒絕你對大海的窺伺了。

一九二二年，張七郎醫師因慕此間山水之美而定居鳳林。這樣一個小鎮，應該以山水受知於世，召引遠人；然而，誰也沒想到，小鎮卻因為這樣一樁「死亡事件」而被許許多多人注目、傳說和記取！

我常覺得，很難將如此山水與如此人事擺在同一個小鎮上；但是，它們卻都真真實實地發生了，存在了。

中央日報副刊　一九九八年三月十日

山鬼戀

若有人兮山之阿，被薜荔兮帶女蘿。
既含睇兮又宜笑，子慕予兮善窈窕。
——《楚辭・九歌・山鬼》

1.

愛情是電子錶。我站在世紀末城市的街頭，姿勢顯然是長久的等待。哦！李奧，你在哪裡？城市像沒有岸埼的滄海，人車是浮游的魚群，圓瞪著空洞而冷漠的雙眼，從我身旁擦過；但是，李奧，你沒有在魚群中，你彷佛一滴水，淌入滄海，就再也無從找尋了。而我的姿勢卻站成長久的等待，如同巨浪都難以搖動的礁石。哦！李奧，你在哪裡？

愛情是電子錶。這世紀末的城市，愛情是電子錶，炫著新異、浮華的外殼；沒有人會在意它的內容，也沒有人會在意它的持久。什麼都只是消費品，電子錶是消費品，愛情也同樣是消費品。消費品無須耐用，更不必然只擁有一個。很多人都擁有各色各樣廉價的電子錶，以搭配不同的心情和服飾，用壞、看膩了就丟掉。

愛情，也像電子錶，很多人這樣的消費；但是，李奧，我卻在城市之中，讓姿勢站成長久的等待，而你在哪裡？

你曾說，我的前世合該是癡戀的山鬼。我恍然看到自己在一個幽謐的山阿，姿勢就真的站成長久的等待。等待，是追尋落空之後，還不肯割捨的癡想。在等待之中，時間是一條無岸之河，而我是遺失槳楫的舟子。哦！李奧，你如何明白，只有在等待之中，愛情才不致從如流的心河上漂逝。

在一個幽謐的山阿，我恍然看到自己，讓赤裸的胴體披上薜荔枝條編成的衣裳，再繫上女蘿藤莖編成的腰帶。哦！李奧，你知道這是我最窈窕的妝扮了；我想你會喜歡吧！李奧，如果我是那個亙古以來在癡戀中等待的山鬼，那麼你就是那個永世失散的公子了。哦！李奧，你叫我如何在這淒冷的山中，夜以繼日地諦聽著雷哭雨泣、猿鳴風號呢！而你又在哪裡？

雷填填兮雨冥冥，猿啾啾兮又夜鳴。
風颯颯兮木蕭蕭，思公子兮徒離憂。

哦！李奧，在這世紀末的城市，誰是山鬼，癡心地等待唯一的所愛者？愛情是電子錶，在許多店舖裡，只要有錢，想買幾個就買幾個，不用追尋，也無須等待。哦！李奧，在世紀末的城市裡，愛情也是櫥窗中的商品之一，伸手可及；人們相信能把玩於掌中的物品，才是真實。因此，人們不再嚮往神話。這是一個沒有神話的時代，誰都不肯承認神話才是人們心中最真實的願景。

哦！李奧，當愛情已是電子錶，時間便只是錶面上十二個數字的反覆，而不再是宇宙間一條沒有起點也沒有盡頭的長流。那麼，在愛情之中，還會有天荒地老的等待嗎？十二個數字，大約僅夠計算一夜情慾勃起而又傾洩的時間吧！然則，山鬼的等待呢！我的等待呢！當等待是心靈朝向未來一項沒有折扣、無可替代的願景，它即是生命歷程的本身；除非實現了，否則能以什麼去丈量時間的長度呢！

問題是，山鬼的公子在哪裡？我的李奧在哪裡？追尋、失落、阻隔、等待，難道是一切真愛宿命的歷程；而這世紀末的城市，愛情是電子錶，只需要幾個簡單的數字計算一夜的時間就夠了。

2.

哦！李奧，你在哪裡？而此刻，我又在哪裡？

我明明記得，坐在電腦前面，螢幕是一個沒有守衛的入口。在這世紀末的城市裡，密佈著千千萬萬個這樣的入口，它們通往一個沒有山水沒有草木沒有鳥獸沒有房屋沒有道路沒有汽車沒有人影沒有陰晴沒有溫度……什麼實物都沒有，只有符號的世界。

李奧，我的的確確是從那個入口走進去；但是，我在哪裡？我感覺自己像一隻被斷去肢腳摘除眼球的蜘蛛，跌入一張沒有邊際的大網。那是一種看不到任何形體、聽不到任何聲音、感覺不到任何呼吸與溫度的荒涼；然而，人們喜歡這樣的荒涼，因為在其中，道德不再有重量，生命不再有血肉與靈魂，一切負荷都沒有了，一切虛假與冷漠都當然了。人們唯一需要的是符號，在符號的世界裡，不管男女，都是隱形人；可以放心地混淆性別、不辨美醜、無計善惡、難分真假地談情、媚惑，甚至做愛。

符號是一種沒有尺寸，絕不會早洩，也無須高潮的性器，適合血肉與靈魂都萎縮的人用來做愛；然而，李奧，愛情怎能那樣的荒涼！

我在哪裡？李奧，我的確從那個螢幕入口走進去；但是，在符號的世界裡，我完全迷路了。我誤闖了幾個地方，每個地方都非常幽暗，沒有東西南北、上下左右的空間，沒有能被踩踏的厚物。我們都飄浮著、隱匿著，推送一枚一枚的符號，彼此交談。

A是女人，因此我隨機就變成了男人；這樣會比較有趣些。我們肆無忌憚地交談，在陌生與虛無裡，便無所謂「尊嚴」了。她說曾經和十一個男人做愛過，卻從不問他們的姓名，也很快忘記他們的長相。唯一比較深刻的印象，是其中一個男人的陽具上有塊黑色的胎記。她問我，要不要成為她的第十二個男人，而我用不著告訴她真實的姓名。

B是男人，因此我便恢復為女人。哦！李奧，你知道，男人對女人永遠比對他們的同類更有興趣。這回是我大膽問他曾經和幾個女人做愛過，他的答案非常狡猾：「柯林頓有幾個，我就有幾個。」然後，他問我：「願不願意當我的李文斯基？我也有一間可供幽會的橢圓形辦公室。」

A是女人、B是男人，這如何確定？就像他（她）如何確定我是男是女？而在一切難辨真假之間，他（她）對我唯一的興趣便是做愛。哦！李奧，在人們都飄浮著、隱匿著的符號世界裡，愛情已連可以握在手上的電子錶都不是了，它只剩下一個被用符號拼湊出來的性器。此刻，我真的像一隻跌在無邊巨網中的蜘蛛，失去肢腳，沒有眼珠；而李奧，在這完全飄浮、隱匿的世界中，我如何能找尋得到你？

哦！李奧，我肯定你並不在這個符號世界裡。然而，越是飄浮、隱匿，越是真假難辨，你的影像卻越是穩定、鮮明，真實如山鬼亙古等待的公子。哦！李奧，你曾說過：儘管這是一個沒有神話的時代，但我們仍然相信神話才是人類心中最真實的願景，它讓愛情保存在一個縱有遺憾卻必然純淨的世界裡；那個世界是人類靈魂的原鄉。我們是一群被放逐到汚濁之淵的魚兒，只有依藉真真實實的愛，才能讓靈魂游回原鄉。哦！李奧，那是你第一次為我開啟神話世界的門扉，看到山鬼為愛而永世地追尋，亙古地等待。公子是唯一，他可以消失，卻不能被取代。

哦！李奧，越是在飄浮的符號世界裡迷路，我就越是強烈地追懷另一個山鬼的世界。你一定還記得，我們如何在靈魂深處找到神祕的入口，攜手走進山鬼為愛而亙古等待的山阿，在一片幽篁中，看見山鬼蒼白、婉麗而哀怨的臉龐。

山，就是永恆、就是靜定、就是人們對愛的願景；而她是山的精靈，永遠都不離開山，永遠都在山的靜定中等待，等待她唯一的愛；縱然等待畢竟落空。

她經常孤獨地站在山頂，眼下煙雲變幻不定，偶或晴朗，偶或陰晦，偶或風雨淒迷。那煙雲的下方，便是若馳若驟，萬化無常的世間了。而流轉於世間的公子呢？他幻化諸相，飄浮於情慾之海，究竟已輪迴幾世？何時能終止這樣的輪迴！讓記憶回復到當初與她的誓約；而歸來山中，永世相守，以芬芳的杜若為食，以清甜的石泉為飲，以蒼翠的松柏為蔭。

「公子呢！他為什麼離開妳？」

李奧，你還記得我們這樣的疑問嗎？山鬼默默，欲言又止。她想說什麼？她又不想說什麼？假如，追尋、失落、阻隔、等待，是一切真愛宿命的歷程，那就只能自己沈默地承擔，言語終究無法訴說什麼。

「在愛情裡，古代，我們的悲哀是不能奔放，沒有自由；而現代，你們的悲哀卻是難辨真假，沒有保證！」山鬼終於打破了沈默。

3.

「公子呢！他為什麼離開妳？」這仍然是等著我們去解開的疑問。山鬼是九疑山君的女兒；而公子的父親卻是洞庭湖神。他們不被允許相愛，但他們堅定地相愛。哦！李奧，你用你的心在詮釋他們麼！

他們不被允許相愛！是誰這樣殘忍？大地，不是山，就是水；山、水是大地的主體。因此，在神靈的世界中，山、水之神是兩個最大的族群。天帝懼怕兩個神族聯合，威脅到他的權力，特立禁令：山、水二族，其男女永不得相愛、通婚！

哦！李奧，我明白你所說：「愛情、婚姻只是權力的延伸！」那段時間，我們正準備《山鬼戀》這齣愛情悲劇的演出。你編劇並飾演公子，我飾演山鬼。不，李奧，其實我就是山鬼，而你就是公子。當時，我們用心在詮釋「公子為什麼離開山鬼」，卻怎麼都沒想到，我終將也得去詮釋：「你為什麼離開我？」

他們不被允許相愛，但他們堅定地相愛。因為他們在悠悠天地中，終於找到靈魂彼此沒有隔膜的唯一知己。天帝怒，乃囚山鬼於九疑山陰，暗無天日的「幽篁之谷」；而放公子於洞庭湖北，荒寂無物的「杳冥之澤」。

哦！李奧，當女鬼與公子為愛而在權力的宰制之下掙扎；你也憂煩地告訴我：「父親反對我們的相愛！」我沈默地凝視著你游移的眼神，試圖解讀出在這個被宣稱為「自由」的時代，權力是否真的已從愛情的世界撤退！

山鬼病，乃折取石蘭之蕊，託玄鳥帶信給公子：「病矣！石蘭表心，凌冬不凋，此情永在。」公子逃出「杳冥之澤」，遠涉崑崙山，盜取西王母園中的「三秀靈芝」，為女鬼治病。

哦！李奧，在你的劇本中，把公子寫得那麼癡情與勇敢。李奧，你既可以是不畏艱險的公子，我為什麼不能是癡心等待的山鬼！但是，命運卻對真情相愛的男女始終不懷好意。「我的大腸裡，發現腫瘤！」你焦慮而哀傷地向我說出了這個噩耗。哦！李奧，為什麼生病的人會是你！我將到哪裡去採得「三秀靈芝」？

天帝怒極，決定讓這對男女受到最嚴酷的折磨。他一方面強迫公子喝下「忘情之泉」，把山鬼徹底剔出記憶之外，並將他貶謫凡間，幻化諸相，世世轉生為不同的男人，而與不同的女子沈溺在情慾之海。一方面又命山鬼於每月晦日，獨立九疑山峰頂，下望人間，找尋世世輪迴的公子，看他遺忘舊情，而出入於眾女之懷。妒恨，是對有情人最大的折磨。

哦！李奧，在這世紀末的城市，即使我不甘承認，愛情只是電子錶，甚至只是一個被用符號拼湊出來的性器；然而，我們又如何期望山鬼真能找到永世失散的公子？哦！李奧，在這世紀末的城市，假如那個寒雨迷濛的夜晚，我不在人車如魚群浮游的街頭，彷彿發現傘下你與另一個緊靠著的窈窕背影，我就真的會相信，父命與腫瘤是你不得不離開我的理由。告訴我，那個傘下的背影的確是你嗎？

公子幻化諸相，飄浮於情慾之海，必須輪迴百世；百世之後，假如他還能記起自己是誰，記起唯一所愛的女鬼；那麼，他就能回歸神界，與永世等待的山鬼結合。

演完《山鬼戀》，我們相約在經常流連的那家咖啡店慶賀。那一夜，我就如同山鬼，做了一場畢竟成空的等待；而李奧，你在哪裡？第二天，報載北海濱，有一對身分未明的男女飛車衝下崖岸。李奧，那會是你嗎？此後，你彷彿一滴水，淌入滄海，就再也無從找尋了。

哦！李奧，有關你的傳說很多；但是，除了等待，我並不想去求證什麼。在這世紀末的城市，愛情既已難辨真假；那麼，每對情侶的分手，雖然都可以說出一百種理由，但卻沒有一種能確定是真的。李奧，在你詮釋了公子悲劇地離開山鬼之後，我又該如何詮釋你的離去呢？哦！李奧，我真的不想求證什麼；但是，我仍然有一個無解的疑問：「究竟你在哪裡？在愛情的世界中，難道你從不曾存在過嗎？」

聯合報副刊　一九九九年五月二十四日

消失在鏡中的兒子

1.

吾兒，在我不斷地呼喚中，頭都沒回，走向一條深邃的廊道，而終於消失了。

我確知這不是夢。此刻，午間十一時三十二分，我就站在一家大飯店迴廊的轉角處；而吾兒卻消失了，在我的呼喚中。

我成為一個焦慮的父親，陷入霧如堆棉的雨林，每塊棉絮之間都有一隻眼睛，如虎如豹如熊如狼如狐如蛇；而崎嶇的小路，像身軀上密佈的血管。吾兒，你在哪裡？

吾兒兩歲的那一年，某日，在兒童遊樂場，一個大池子，裝滿紅黃藍綠各色的塑膠球，讓孩子站到球堆上，體驗著緩緩沈陷的感覺。每顆球都像張得圓圓的嘴巴，從腳掌開始，爭相吞噬著稚弱的孩子。吾兒，竟爾驚慌地大哭起來。妻迅即將他抱出，緊緊摟在懷中，彷彿生怕他就此消失掉！

「這，吃人的遊戲呀！」妻說。

第二天清晨，妻把我搖醒，告訴我，她作了一個夢，夢見吾兒闖入一條地面上牆壁間到處張著圓圓嘴巴的街道。她在後面拚命追趕，卻怎麼也追不上，最後只是眼睜睜地瞪著吾兒被千千萬萬個嘴巴吞沒了。

我看到一個焦慮的母親，在這世紀末城市的一幢公寓裡的床邊，緊緊盯視著熟睡如天使的孩子，恍若孩子會在她眼前化成空氣而消失。

「孩子，只要你平安長大！」妻輕撫著吾兒飽滿的額頭。

此刻，我成為一個焦慮的父親。吾兒，果真在我的呼喚中消失了嗎？這世紀末的城市裡，究竟有多少個焦慮的父親們，唔！還有母親們，同樣在這時候，佇立於各個角落，呼喚著恐將從眼前消失的孩子！

「孩子，只要你平安長大！」我聽到不分語言、不分國界，同聲的祈禱。

2.

曾經，我也是讓吾父吾母焦慮著的「吾兒」。即使如今，我已成為一個焦慮著吾兒的父親；但是，在他們的心目中，我依然是讓他們焦慮著的「吾兒」。

他們已衰老，但「焦慮」並沒有隨之衰老。只要有「愛」與「危險」，「焦慮」便是心田上焚燒不盡的亂草。

他們悶居在一幢老舊的公寓，等待著讓他們焦慮的兒子來探視。或許，為兒子焦慮，讓他們在衰老、冷寂的歲月中，還能感覺自己的存在吧！又或許，「焦慮」是這世紀末流行的「心靈瘟疫」，它正隨著「愛」與「危險」之等量增長而不斷擴散，無人得以免疫。

有一次，我比往常探視他們的時間晚到一個多鐘頭。走到公寓前，仰頭，我便看到三樓昏暗的陽台燈下，浮動著兩張衰老的臉孔，網狀的防盜鐵窗，粗黑的線條分割了他們完整的面目。他們頻仍地俯望，想是在搜尋巷子裡來來往往的行人，會不會突然出現他們兒子的身影。焦慮的目光彷彿可以穿透層層夜幕，化成懸掛在陽台上的四盞燈，指引著他們兒子的來臨。

他們終於看到兒子了，焦慮隨之消散在夜空中。

「這時代不比從前了，壞人很多！」我一進門，他們便這樣說。

這時代不比從前！「焦慮」真的是這世紀末流行的「心靈瘟疫」麼！連已經閱盡滄桑的老者也受到感染！

在夜色中，公寓是一座懸浮的島嶼。透過窗子，我們看到的只是自己的孤絕。

他們又回身坐到電視機前。電視機虛幻的聲影之外，是一排日日等待消渴的盆栽，兩棵孤挺花，今夏不知何故竟拒絕開放。再往外，便只能聽到嘈雜的聲浪，那是一座每分鐘都不確定會發生什麼事故的城市。

從電視裡，他們看到這個世紀末的社會，每日都有讓人驚怖的消息。諸如在城市某個角落的空屋裡，或在郊區某處草叢中，被發現肢解或燒焦的無名屍體。至於有蒙面惡客在大白天向百貨公司瘋狂掃射，或什麼綁票、搶劫、縱火……，那都已不夠新聞了。

他們害怕會從電視中，突然看到自己的兒子嗎？雖然他們的兒子早已長大，其實是用不著擔心；但是，「這時代不比從前了！」

3.

在更早的記憶裡，很少父母會經常焦慮孩子從眼前消失掉。

「天生地養，只要不生病，有飯吃，怕什麼？」他們都這樣說。

那時候，父親還很年輕，卻不像現在這麼焦慮。他經常坐在不遠的籬邊，斜戴斗笠，低頭專注地補綴著破網。大多時候，他像一尊沈默的雕像；透過懸張的漁網，可以看到他略俯的臉孔，被網目分割成許許多多碎片，因而顯得模糊不清，也無從窺知他的表情。偶爾，他會哼著很東洋風味的歌曲，調子有些淡淡的哀傷；但是，這時候，他應該快樂的吧！我們猜想。

父親一向沈默如石。從小，我們就難以測知他的心情。在記憶裡，只有當孩子們生病或漁、耕歉收而三餐不繼時，他才偶露焦慮的神色。而我們也只有在病痛與餓肚子的時候，才覺得需要父親。

那個年代，父親，甚至於母親，並不經常在孩子身邊。他們的背影或側影，大多時候遠遠地落在田地裡、漁船上、豬圈旁、廚房中、稻埕邊……。姿勢或蹲或站，或彎腰或低頭，或挑擔或揮鋤或撒網；但很少是坐著或躺著。

他們只要工作就行了，從不必疑問：孩子會不見了嗎？那時候，家家戶戶都畜養著雞鴨。早上，雞舍門打開，牠們歡悅地往田野間去覓食。傍晚，又都回舍棲息。沒有人疑問：雞鴨會不見了嗎？

我們就像一群野放的雞鴨。天亮，喝兩碗稀飯，嚼幾片醬菜，就出門了。整個村莊是一座沒有圍牆的庭園，到哪裡去都不必擔心有壞人，甚至父母親從未告訴我們「壞人」這個東西，除了傳說中的虎姑婆。有關壞人的樣子，我們是從布袋戲和歌仔戲才弄明白的。他們大都是青面獠牙；但是，我們在村子裡，卻從未碰見這種長相的人。

我們有好多地方可以隨意去玩。通常在王爺廟的大殿裡打彈珠或尪仔標，有時候在寬闊的稻埕上賽陀螺，在木麻黃樹蔭下鬥蟋蟀……。誰在乎整天聽不到父親的吆喝？累了，草堆旁、樹蔭下，隨處都可以睡個覺。傍晚，總會有大人來拎著我們回家吃飯。似乎，沒有誰需要疑問：孩子會不見了嗎？

那時候，我們很貧窮，所擁有的東西並不多。日常見到的車輛，就只有少數的牛車、客運巴士或貨卡。全村兩台收音機，一台屬於富而驕傲的村長；一台屬於心廣體胖的雜貨店老闆。年輕的父親就經常在白日忙過了之後，提著一把圓凳，和好些村民聚坐在雜貨店門口，興滋滋地諦聽著各種廣播節目。這時候的父親，顯得安閒而愉悅。

從這個長方形、黑褐色、發著聲音的箱子，他們通往一個眼睛看不到的世界。其實，在那裡，除了有趣而古老的故事，一切還是那麼單純，就像眼前的生活，極少有叫人驚怖的事情發生。

當時，他們再怎麼會夢想，也不曾夢想過，可以從一種名叫「電視」的箱子，看到全世界的影像；而世界竟然如此的複雜而難以預料。

如今回想起來，「單純」並沒有什麼不好。我們擁有的雖然不多，但至少擁有「每一個確定的明日」。

那時候，只有「勞苦」的父母親，很少有「焦慮」的父母親。誰都不必憂心：孩子會突然不見了！

4.

吾兒，在我不斷地呼喚中，頭都沒回，走向一條深邃的廊道，而終於消失了。

我站在一家大飯店迴廊的轉角處，確知這不是夢；而外面是一個複雜而什麼都不確定的世紀末城市。吾兒，究竟去了哪裡？

在這城市中，我們從不敢奢想，孩子可以像野放的雞鴨，早出必然能夠晚歸。在孩子很小的時候，就得教導他：怎樣辨識壞人？

「壞人都長得像《星際大戰》中的達斯魔那麼凶惡嗎？」

「不，很多長得比爸爸還帥哩！」

壞人並非長得像戲裡惡魔那般青面獠牙，甚至很多比爸爸還帥。他們有的在街上走，有的在校門口徘徊，有的坐在公車上，有的住在鄰居，甚至有的經常進出家裡，和我們一塊兒吃飯、看電視、聊天。這，就難以分辨了。連好人與壞人都無從確定，我們能有什麼辦法讓孩子遠離危險？

城市是水氣的凝結或波光的倒影，絢爛而不真實，時時刻刻都在幻變甚至消失；而四分五岔的街道，每一條都可能是歧途。

我們就在這樣的空間裡，和許多陌生而好壞難辨的人一起搭車，一起在餐廳吃飯，一起在黑暗的戲院裡看電影，一起在游泳池覬覦著對方幾近赤裸的肉體，一起擠在窄小的電梯間內感受彼此溫熱的呼吸……。在這樣靠近卻又陌生的人群中，到處都是眼睛、嘴巴與手爪；他們從難以防衛的角度，企圖窺視、吞噬與攫取。

吾兒，他像是一隻不認識野狼的幼兔，天真地蹦跳在叢林裡；卻沒有警覺到處都是眼睛、嘴巴與手爪。

每當電視或報紙又出現被綁票而遭殺害的孩子，我就彷彿看到在這世紀末城市中的每個角落，千千萬萬個焦慮的父母親，同聲祈禱：

「孩子，只要你平安長大！」

我又彷彿看到，千千萬萬隻眼睛緊盯著一個個天真地蹦蹦跳跳的孩子，絕不許他們瞬間離開視線。

「焦慮」真的是這世紀末流行的「心靈瘟疫」；但是，它卻不由於病毒或細菌的感染。人類將以腐敗的靈魂懲罰他自己。

假如人生如戲，我希望這一切只是「戲」而已。《楚門的世界》，其實是一座巨大無比的攝影棚。人們在電視上看到的只是一場一場被導演出來的生活戲碼。天空是假的、海水是假的，四季、晝夜是假的。好人是假的，壞人也是假的……。臺灣，就像楚門所住的那個島嗎？其實也是一座巨大無比的攝影棚嗎？在這裡所發生的一切，不管最好或最壞的，讓你狂喜或悲痛的，都只是假的嗎？

楚門終究逃出攝影棚，才發現自己過了半輩子被人虛構的生活；然而，攝影棚外的世界會更真實嗎？我們也逃得出臺灣這座巨大的攝影棚而證實這一切都只是戲嗎？但是，攝影棚外的世界會更真實嗎？當攝影棚已大到包裹了整顆地球，戲與非戲，虛構與真實，又何從分辨呢？

然而，我還是希望，這一場一場的「心靈瘟疫」，真的只是「戲」而已。

5.

吾兒，在我不斷地呼喊中，頭都沒回，走向一條深邃的廊道，而終於消失了。

我確知這不是夢，在迴廊的轉角處怔忡了半晌，立即焦慮地向吾兒消失的方向追奔過去，卻意外地撞上一面鏡牆！它明亮到那麼的不真實。吾兒，就消失在這虛幻的鏡中世界嗎？

我由焦慮而驚惶，回身，才看見吾兒正站在廊道的另一端，微笑地向我招手。

他的背後是落地窗；窗外是一座複雜而每分鐘都不確定會發生什麼事故的世紀末城市。我無從知道，它會比另一端的鏡中世界更真實嗎？

聯合報副刊　一九九九年五月二十四日

窺夢人

1.

我認識「窺夢人」，這是真的。

我並不打算寫一篇純屬虛構的小說，也不預備向你講個查無此事的寓言。我想告訴你的，都是平常發生在你我身邊的事。

這些事，全是真的。或許，你不相信，硬說是假的。恐怕我們免不了要爭辯起來；但是，語言最靠不住了，人們從未曾拿它弄清過任何「真象」呀！還不相信嗎？那麼，我們就活在快被如浪的語言溺斃的世界，誰又確實弄明白過，那些每天口沫橫飛的人，背地裡想的是什麼，幹的又是什麼！

這世界，任何一件事都只能各說各話，「真象」就讓「自以為是」的人去相信吧！假如，這世界果然事事都有「真象」，許多人將無法活下去。坦白承認吧！我們之所以還能放心地吃飯睡覺，完全是因為這世界不會真正的透明。

那麼，我說我真的認識「窺夢人」，你根本無需與我爭辯，就當我在「癡人說夢」也罷；這世界向來是真假難辨，因此聰明的人都學會沈默。

2.

我們都喊他為「窺夢人」，至於「窺夢人」的姓名，竟已被遺忘而不可考。問他，他有時一手指天一手指地，沈默而不答；有時則隨便胡謅一個姓名給你，什麼「孔仲尼」、什麼「馬基督」、什麼「牛七力」、什麼「李王八」……，然後反問：「你非姓X不可嗎？」

「窺夢人」究竟從那兒來？有沒有父母兄弟、妻妾兒女？也同樣一片空白。曾經有人費了不少工夫，從各種管道調查他的身世，卻空白還是空白，就像一口不知隱藏何物的黑箱。他一向不回答任何有關他的問題，只是笑笑地重複兩句誰都聽不懂的話：

每個生命都是一口黑箱，而且必須是一口黑箱。

這句話，我開始也同樣聽不懂。後來，因為幾個朋友的生命如黑箱被揭開蓋子而死亡；甚至「窺夢人」也在娶了妻子之後，由於某個與生命黑箱有關的事故而自戕；我才如禪修之頓悟。

真的，對任何生命而言，「幽暗」都是一種「必要」，被曝曬在陽光下而裡外透明的生命，都將在他人炯然的注視中枯萎。

對於「窺夢人」之死，我沒有悲傷，那不僅因為他並非我的親人或相交莫逆的朋友，更因為他只有死亡，才能驗證自己所說的至理名言：「每個生命都是一口黑箱，而且必須是一口黑箱。」這就讓人覺得，他的死亡有些滑稽；而滑稽之中又有些淚水悄悄地淌了下來。

從他身上，我們看到人生恍然是一場如真似假而哭笑不得的遊戲。

3.

我之遇見「窺夢人」，起始就弄不清究竟是真實或幻夢。

某個下雪的傍晚，我走進一間荒敗的澡堂，它的板壁朽壞而破了幾個大洞。從右前方的一處洞口，可以看到遠方積雪的山坳間，有一座紅瓦的寺廟。寬大的澡池裡，貯滿乳白色的浴湯；但卻空無一人。池面氤氳的水氣，飄浮如輕盈的棉絮。

我赤裸著身子，斜靠池邊，坐進浴湯裡。熱騰騰的水溫，彷彿千萬隻手搔抓著靈敏的皮膚，我感覺到胯間有物暴漲。這時候，澡池中央，忽然冒出一顆光頭，接著便看到雙峰堅挺的乳房，是個姣好的尼姑！她嘴角粲著微笑，像一條肥腴的錦鯉向我游了過來。

忽然，我看見板壁的破洞間，露出一張非常蒼白的臉龐，圓睜睜的兩隻眼睛，沒有瞳仁，好似煮熟的魚目。我驚嚇地「啊」了一聲。

妻就躺在我身邊，和我一樣赤裸著身子，頭髮卻披散在籐枕上。她的臉色略顯酡紅，睜著眼睛注視著我，「作夢了！」她說。

我沒有告訴她關於澡池裡裸尼的事。她是個虔誠的佛教徒，準會呵責我如此的褻瀆。假如，我和她爭辯，只不過是個夢而已，怎麼能夠當真；然而，在情慾與宗教上嚴重冒犯到她的這樣一個夢，她絕不會理智地去分辨真假。說不定，還一口咬定：「夢比這現實更真呀！」

我倒是向她說，看到一張沒有血色的臉龐、兩隻沒有瞳仁的眼睛。她直呼好可怕好可怕，並且安慰我，只是個夢而已，世界上不會真有這樣的人。人們總是選擇他想相信的去相信，而不想相信的事物便認定是假的。

其實，我也如妻一般認為，世界上不會真有那樣的人，直到遇見「窺夢人」，才開始懷疑，澡堂裡裸尼以及那張臉龐、那雙眼睛，究竟只是一場夢或真實發生過的事？甚至，當時自以為醒來，妻躺在我身邊，說我作了夢，並與我談論這場夢，如此情境，究竟是在夢中或現實的世界？

我在都城一座壅塞著人潮的天橋上遇見他，一張沒有血色的臉龐，兩隻沒有瞳仁的眼睛。他就站在夕陽軟弱的橙光中，薄暮如紗的煙塵，讓他的身影恍然在大氣中飄浮著。這是在夢裡嗎？

「夢與非夢，怎麼分辨！」他說。

從前，有個樵夫到山野間去砍柴，遇到一隻驚慌的小鹿。樵夫將牠獵殺；但是，因為他得繼續砍柴，就暫時把鹿藏在乾涸的窪池裡，並覆蓋幾片蕉葉。等樵夫砍完柴，卻已忘記而找不到藏鹿的地方。

「難道這只是一場夢嗎？」他真的迷糊了。

回家途中，他將這件事說給人們聽。有個鄰人依照他所說，竟找到那隻覆蓋在蕉葉下的鹿，很高興地回家，告訴妻子說：「那個樵夫作夢獵得一隻鹿，而忘記藏在那兒；我卻把牠找到了。他的夢竟然是真的！」妻子半信半疑，說：「說不定是你自己夢見樵夫得鹿吧！樵夫在哪裡呢？不過，你的確把鹿扛回家了，你的夢竟然是真的呀！」那個鄰人說：「管他是誰在作夢，我得到一隻鹿卻是千真萬確。」

樵夫回家之後，非常懊惱，晚上真的作了一個夢，夢見藏鹿的地方，也夢見鹿被那個鄰人找到而扛走了。第二天醒來，依照夢境尋去，鹿果然就在鄰人家裡。他非常生氣，一狀告到官府去。

「窺夢人」說了這則《列子》裡的故事，然後問我：「夢與非夢，怎麼分辨？」

此刻，我真的迷惘了。「澡堂」與「天橋」，哪一個是夢，哪一個非夢？而我卻同樣看到這張臉、這雙眼睛。假如「澡堂」是現實，那就是「澡堂」中的我夢見「天橋」上的我；假如「天橋」是現實，那就是「天橋」上的我夢見「澡堂」中的我。而裸尼呢？妻子呢？哪一個才是現實中與我同在的女人？哪一個只是夢裡無明的幻象？我該相信什麼？我不該相信什麼？倘若曹雪芹感悟到的是「假作真時真亦假」；那麼，此刻我感悟到的卻是「真作假時假亦真」；然而，每一個人卻都自認為在「真象」之中而看到了「真象」！

其實，這整個經過，最讓我害怕的還不是夢與非夢、真實與虛幻之難以分辨；而是「窺夢人」竟然能夠在我這兩個世界中自由進出，「我在一個荒廢的澡堂裡看過你」！聽到他這句話，我不是訝異，而是驚恐。

我一向認為，生命存在的真假無從辨明，也不重要。重要的是彼此之間，允許自我「留白」；讓每個人在相互瞪視之外，也可以孤獨地躲進一個任何他者所無法侵入的世界。那也是我們可以安全地生活一輩子的理由。假如每個都是「窺夢人」，我不知道誰能放心地過完這一生？

4.

我和「窺夢人」坐在都城東北邊的山腰間的一棵白雞油樹下的磐石上。都城已在如墨的夜色中，變成一口巨大的黑箱。箱面上鑲嵌著熠耀的明珠與鑽石，那是可以照灼幽暗的燈火；但是，生命的幽暗處卻向來是任何亮光所照灼不到。它在光之外，像是永藏不露的山陰，與山陽共成無法分割的山之實體。

深夜裡的都城，是一口巨大的黑箱，即使通明的燈火也難以照灼這黑箱中許許多多生命的幽暗。我們所能看到的只是黑箱的外殼；然而，因為如此，所以都城繼續存在，人們繼續存在。

「窺夢人」彷彿融進夜色中，變成沒有實體的靈魅。他的眼球不長瞳仁，在白天，看起來像顆煮熟的魚眼睛。這刻在夜裡，竟然泛著曖曖的磷光。他低俯身子，面對腳下如黑箱的都城。眼中的磷光像五月的螢火，閃爍不定。

「搭著我的肩膀，閉上眼睛；我帶你到幾個用眼睛看不到的地方。」他說。

請原諒我吧！我真的無意去揭開任何一口生命的黑箱；然而，隨著「窺夢人」，我侵入了幾個生命的留白，看到了平常眼睛所看不到的景象。當時，我並不知道身在哪裡，只以為那是真真切切發生在這現實世界中，卻叫人震驚而難以置信的事。之後，才知道我們進入了某人的夢境，窺視了連他最親暱的人都無以察知的祕密。

其中，有些我認識，有些我不認識。不認識的，我就不說了；認識的，我挑一個說說吧！但是，我必須姑隱其名，你千萬不要繼續追問，那個人究竟是誰？

天似黑鍋，頂空卻破了一個大洞，散落如血的光芒。大地是滾滾的濁流，什麼都被淹沒掉，只有一座金色的高樓聳立水面。頂層的陽台上，一把長背的交椅，C君端坐，彷彿冰冷的石像。他的右手拿著酒杯，左手摟著一個妖冶的女人。

陽台前端有把鐵梯垂懸到水面上。水面上，一個肥胖而衰老的男人，正在滾滾濁流中載浮載沈。他赫然是C君的父親。他不停地揮手向C君求救；但是，C君卻只是冷漠地瞪視著他——這個C君叫他「父親」的男人。C父拚命地向自己金色的樓房泅泳，終於攀到了梯子。

他疲倦而興奮地往上爬，眼看就要爬到梯子的頂端。C君站了起來，臉無表情，抬起右腳將梯子踹倒。

「窺夢人」在我身旁，漠然地看著這一幕悲劇，或許是他看多了，或許這些人這些事都與他無關；但是，我就不能那樣淡漠，C君是我最好的朋友，很知名的大學教授，向以孝悌為我輩所敬重。C父則是一個擁有許多財富與女人的商賈，生了幾個不同母親的兒女。

C君怎麼可能做出這樣的事！但是，他卻在我眼前發生了。之後，我明白那是C君的一場夢，是C君生命黑箱中另一個幽暗的世界，我不應該侵入；然而，我卻已經侵入，揭開了黑箱蓋子的一個小縫。此後，每當見到溫文儒雅的C君，在真假難辨中，竟感到一種奇異的陌生，甚至摻雜著些許的厭惡。

5.

昔者，有「狐疑」之國，王忌其弟謀反而苦無稽焉。某日，一士自西方來，自謂能窺人之夢，以伺心機。王遣之偵察其弟，果得叛變之夢，因以為據而殺之。復疑其弟魂魄為亂，懼而不能自解，終癲狂而死。

我並非在講一個查無此事的寓言，這是平常或至少可能發生在你我身上的事。

自從「窺夢人」在我們的群體中出現，這世界就忽然複雜了起來。許多傢伙開始在最親近的人身上貼問號，「窺祕」是一種心靈自體潛生的病毒，被誘發之後，便很快的擴散開來。很多人都想揭開所親者的生命黑箱，讓他成為一個完全的透明體。因此，他們都以很昂貴的代價，請求「窺夢人」的幫助。有夫窺其妻者，有妻窺其夫者；有父窺其子者，有子窺其父者。有至交之相窺者……而人人自以為已看清對方生命的「真象」。

他們究竟看到了什麼？誰都沒有說明白；但是，據我所知，已有好幾個人，卻因此而夫妻、父子、朋友彼此離散或相殘。

「窺夢人」總是漠然地進出很多人的夢境，並以此異術而致富；於二十世紀末，在都城南區一座天主堂中，由安樂神父福證，而與鶯鶯小姐結婚。

婚後不到兩個月，「窺夢人」便開始酗酒，為什麼會這樣？他始終沈默；但是，臉色明顯地堆積著層層的怨苦。後來，禁不住我的關心與追問。他終於吐露了實情：「鶯鶯的夢裡有好幾個男人！就是沒有我。」

他每個晚上，幾乎都在窺視鶯鶯的夢；而他再也無法如窺視他人之夢那樣漠然。

「你就別進入她的夢裡呀！」我勸他。

「既然是X光，能忍得住不透視嗎？」他搖搖頭。

終究，「窺夢人」無法忍受這樣的煎熬，於二〇〇〇年「愚人節」當夜，從鶯鶯的夢裡出來之後，服毒自殺，遺書只留下二句他曾經說過的名言：

每個生命都是一口黑箱，而且必須是一口黑箱。

他早就這樣說了，卻沒有做到，竟然必須滑稽而悲涼地以自己的生命去驗證斯言！

我得再強調，這不是一篇純屬虛構的小說，也不是一則查無此事的寓言，而是平常發生在你我身邊的事；但是，請別找我爭辯它的真假。說不定你身邊就有一個「窺夢人」，只是你沒有察覺罷了。

聯合報副刊　二〇〇〇年四月二十七日

糊塗輓歌

1.

想為「糊塗」寫一首輓歌，這已經是很久的心意了；但是，卻一直難以下筆。而「糊塗」的影像在我猶疑不定之間，並未就此萎縮、疏淡，終至散滅；反而如塘面的布袋蓮，以幾何級數的速度日益繁殖，竟而頑強地盤據了我漫漫的腦海。

「糊塗」之輓歌，不能不寫；但是，我仍然質詰：有什麼必寫的理由？「糊塗」之於我，非親非友，甚至連認識都搆不上，並無情誼之可輓。而他又是小人物中的小小人物，在人們的心眼中，實不及一隻被寵飼的貓狗甚或電子雞，略無功業之可輓。這樣說來，我之不能不寫「糊塗輓歌」，難道是一種無理可解的癡病嗎？

我說，在人們的心眼中，「糊塗」實不及一隻被寵飼的貓狗甚或電子雞，洵非誇張之詞。凡寵物者，都有悅耳的名字，以供主人親暱的呼喚，或「瑪琍」，或「傑克」，或「一路發」，或「漲停板」，甚至有人將寵愛的大狼狗取名「柯林頓」，或甜膩地呼叫豢養的尼羅河鱷魚為「朱鎔基」；而「糊塗」呀！卻沒有人知道他的名字，就姑且喊他作「糊塗」吧！電子雞死了，玩具商還在程式中為牠設計一個哀傷的葬禮；然而，「糊塗」的消逝，卻在人們無知無覺間，如一隻荒野中的螻蟻，悄然復歸於塵土。但是——

他明明活過，在這大流落的時代！我也相信，他不可能本來就沒有名字。

2.

「糊塗」，站在桌邊，大約只冒出一顆頭顱加一段脖子加一截肩膀。在他托身的這個小鎮，十之八九的店舖，都賺不到他半毛錢，尤其是理髮店、服飾行和餐廳。

他的頭髮是臭水溝邊的雜草，不修不剪不洗不梳，恐怕連蝨子都不願住下去。即使他有付費，理髮師也會拒絕他進門吧！

他彷彿活在一個沒有水、沒有毛巾的礦坑，臉孔是剛把飯炒焦的鍋底。鎮上誰都不曾看過他的真面目。

在他身上，四季沒有變換；整年穿著的是一件長可過膝的大衣，塵垢早已掩去布紋與花色了。

他碰到人，似乎知道自己的德性，總是站得遠遠的，咧著嘴直笑，咿咿哇哇地說了一長串誰都聽不懂的話。對鎮民來說，他的鄉音比ＡＢＣＤ還難以入耳。沒有人弄得清楚他從哪一個省哪一個鄉的哪一個小村落的石縫裡迸出來。

「老芋仔！」這是人們唯一所知道他的身分。

他真的是一團「糊塗」，因此人們就叫他作「糊塗」，而真正的名字也就不重要了。

他唯一的家當，也是唯一的伙伴，是一條和他同樣一團糊塗的狗，經常滿身泥垢，教人分不出青紅皂白。

大多時候，人們看到「糊塗」，總是一團矮小、佝僂的人影，跟隨著一團瘦削、羸弱的狗影，在暮色空茫的曠野間，恍若遺世獨立地緩緩蠕動著；一條田埂走過另一條田埂，卻不知道在夜色吞噬大地之前，這一人一狗將歸向何處！

他明明在這小鎮呼吸坐臥；但是，又彷彿在小鎮之外，從不曾屬於過這裡。什麼都離他遠遠的，人們遠遠的、房舍遠遠的、車輛遠遠的、豐饒的農作遠遠的、各種物資充滿的店舖遠遠的，甚至於嫵媚的山川草木、蟲魚鳥獸也都遠遠的；除了那條和他一樣孤獨的狗！

他明明活過，在這大流落的時代；但是，又彷彿在時代之外，一粒被拂去也不會有任何人經意的塵土。那麼，就叫他作「糊塗」吧！真實的名字何關緊要？

我想為他寫的輓歌，竟也一團「糊塗」，不知從何下筆。

3.

「糊塗」其實並非活得完全沒有希望。他手上有一枚「戰士授田證」，聽說只要效忠領袖，只要沒有被砲彈打死，只要收復河山，便有良田百畝等著他當地主。這不是畫在紙上的大餅，是可以成真的夢；因為英明的領袖從不說假話。

這是「糊塗」唯一的希望，是他和他那條狗能孤獨地活著的理由。他將它收藏在最隱密的地方，有時候拿出來見一見天日，彷彿讓太陽幫他確定：這是真的！

「糊塗」就這樣藏著一枚「戰士授田證」、藏著一分希望、藏著一個聽說可以成真的夢；在這貧無立錐之地的小鎮，慢慢等待收復山河。

將來有一天，他會是百畝良田的地主；然而，現在他卻連窩身的地方都沒有。他懷著「戰士授田證」，帶著他的狗，鎮上的小火車站算是他五星級的旅館；被趕走了，人行地下道也可以聊避風雨；或者商店街的騎樓下，等到打烊關門之後，挨著牆邊躺下來，就睡一夜也行。其實，他最喜歡的地方，是鎮南的「聖公祠」與鎮西的「承天宮」。正殿內，他不敢進去；大門前的廊下，磨石子地面，夏天睡起來很涼爽；但是，他不是那種趕得動「廟公」的大乞丐，反倒是經常被廟公當垃圾掃走。

「你睡這兒啊！臭得連神都不敢進門。」

然而，他將來會是百畝良田的地主，他有一枚英明領袖保證履約的「戰士授田證」呀！他應該睡在乾淨柔軟的床上。

他應該睡在乾淨柔軟的床上。我卻在乾涸的溪床上看到他，他和他的狗躺在一塊磐石上。夏天的早晨亮得特別快，才六點多吧，白閃閃的陽光已篩過繁密的葉縫，灑在他汚垢的臉上。他兀自酣眠，毫不在意逐漸熱鬧起來的小鎮。早起的人們，或做活、或運動、或談笑；然而，這一切和他都不相干，他只是一片落葉，昨夜掉在樹下的盤石上，沒有擾耳的聲息。

我想像天幕如帳、地盤如床；當人類社會的文明只剩下一支權杖，那麼就讓此身還諸天地，也未嘗不是一種自在；但是，「糊塗」和他的狗，豈是如我之所想？當他們在人類的社會中，找不到一瓦以容身；躺在郊野的磐石上，會是帶著什麼樣的心情，輾輾轉轉地入睡！而他擁有一枚「戰士授田證」，將來會是百畝良田的地主。

即使老鼠，也有一個可以安身的洞窟；而「糊塗」，這樣一個連老鼠都不如的人，叫我從何下筆，為他寫首輓歌呢！

4.

「糊塗」很窮；但是，從沒見過他向人乞討，更別說偷竊！至於搶劫嘛，「糊塗」連夢都不曾作過；而「糊塗」沒讀過書。

「糊塗」沒讀過書，看不懂報紙，哪裡知道當他啃著冷饅頭的時候，還有不少人動著腦筋，想靠偷竊、搶劫發大財。而他們都讀過書，比「糊塗」有學問多了。這是一種不可藥救的流行；然而，「糊塗」只是啃著冷饅頭。

「糊塗」真的距離這個時代、這個社會太遠了。他是這時代、社會之外，一粒飄浮的塵沙，光明與黑暗都和他沒有什麼關係；然而，他明明在這時代活過呀！

「糊塗」從不乞討，即使他很餓。他和他的狗踽踽在薄暮的田野間，哼唱著沒有人聽得懂的歌。小鎮疊疊樓房的窗戶，開始一框一框地亮起燈、亮起溫暖、亮起幸福。燈下，每一家人都圍著豐饒的餐桌，肥腴的臉龐泛著盈盈的光澤；而「糊塗」和他的狗，卻流轉在田野間，歌聲沒有人聽得懂。他和他的狗，餓嗎？

「糊塗」從不乞討；但是，乞討是一種最便利的行業，不需要本錢，只需要一個大碗或一個小鋁盆，讓丟入的銅板，發出清脆的響聲，彷彿奏著人們廉價的同情。走過火車站附近的地下道，一個壯碩的漢子仰躺在地上，腳貼著牆壁，頭顱正好像石塊盤據行道的中央，頂上擺著一個小鋁盆。臉龐用破舊的帽子蓋住，看不到是個什麼樣的顏面；然而，想必他正靈通著耳朵，諦聽銅板丟入鋁盆的脆響。乞討真是一種最便利的行業，只要把臉蓋住；而「糊塗」從不乞討。他和他的狗，餓嗎？

他和他的狗走過某戶人家的門前，一個好心的老婦人喊住他，遞給他一大碗飯菜，「實在可憐哦！拿去吃吧！」他哇啦哇啦說了幾句老婦人聽不懂的話，轉頭就走了；然而，他和他的狗，餓嗎？

有一段時間，鎮西山腳下幾戶農家，晚上經常失竊雞鴨。「糊塗幹的吧！」人們懷疑他。他哇啦哇啦說了一堆話；但是，人們都聽不懂。之後，他就沈默如石，連歌都不哼了。他和他的狗靜寂地踽踽在蒼茫的田野。

不久，偷竊雞鴨的賊子被抓到了，是鎮上兩個沈迷電玩的少年。「糊塗」和他的狗還是經常在田野間踽踽而行，又開始哼唱著歌，然而人們卻依舊聽不懂。

他從不乞討，從不偷竊。他和他的狗，餓嗎？這不是什麼偉大的功德，如何能寫入輓歌呢？

「糊塗」住進林大平的老家。那是一幢荒敗的板屋，被雜草團團包圍。林大平一家人早就搬到鎮上住樓房了。

「糊塗」並非白住，他和他的狗必須替林大平看管檳榔，不能讓人偷採。

「糊塗」有了固定的居所，安定總是好的。他身上的跳蚤彷彿也高興地哼著歌。

屋子以木板為壁，斜頂覆以防水的柏油紙。幾塊木板已經朽壞，從縫隙看得見昏暗的屋內，隱約堆著許多雜物。「糊塗」睡在哪個角落呢？至少，他和他的狗已經有一個固定的居所。他應該覺得幸福了吧！

冬日的午後，他孤獨地坐在屋簷下，狗兒趴臥在腳旁。他撩起右邊的褲管，腿肚上兩條巨大蚯蚓也似的疤痕，在陽光下，蠢蠢欲動。他塗了些唾沫在疤痕上，輕輕地揉起來。汙黑的臉容，看不出痛苦或其他的表情。這是他效忠領袖，而敵兵用刀槍在他身上直接鐫刻的銘文，沒有動章、沒有獎牌。

他明明在這時代活過，而且身上留著無法磨滅的痕跡；但是，卻沒有人知道他的名字，只
叫他作「糊塗」。

沒有人知道他的名字，也沒有人知道他的家鄉；但是，有一天，人們忽然都在傳說他回過
家鄉了。因為他失蹤了兩個月，又出現在小鎮時，整個人都變了，頭髮理短了，洗淨了。臉上
沒有污垢了，雖然還是削瘦，卻因為愉悅而泛著光彩。破舊的長袍換成一件乾淨的夾克。

人們都說，「糊塗」回鄉了。那是浙江山裡頭又山裡頭的一個小村落。「糊塗」把存了一
輩子的幾萬塊錢全數花掉，大部分送給親戚。他告訴親戚：在臺灣過得非常好，並且擁有一枚
「戰士授田證」，擁有一個即將實現的夢。

人們很不習慣這樣一個光鮮而愉悅的「糊塗」。回一次鄉，就讓一個人改變這麼多嗎？

然而，「糊塗」只光鮮而愉悅了幾天。林大平的老家忽然失火，把「糊塗」即將實現的夢
燒成灰燼。那天傍晚，人們看到「糊塗」在疏煙繚繞的焚餘之前痛哭，哇啦哇啦地吶喊一堆沒
有人聽得懂的話；然後，帶著他的狗，在夕陽如血的曠野間，一條田埂走過一條田埂。沒有人
知道，在夜色吞噬大地之前，這一人一狗將歸向何處。

此後，人們就沒有再看到過「糊塗」和他的狗。他死了？他完全瘋了，一個鄉鎮走過一個
鄉鎮？他又回到浙江山裡頭又山裡頭的那個小村落？幾種有關「糊塗」的傳說在小鎮流動著，
不久之後，又全都被遺忘。

火，是林大平自己放的，因為他想收回那幢老屋，卻又怕「糊塗」賴著不搬走——人們都

這樣猜測。

我一直想為「糊塗」寫首輓歌，卻始終難以下筆。輓歌畢竟沒有寫成；然而，在追想有關「糊塗」的種種往事時，其實已在心中一遍遍地哀輓過他了。甚至，我在哀輓著他的時候，忽然領悟到「糊塗」並非只有一個，在這大流落的時代，「糊塗」其實是成群結隊的影像。他並沒有消逝，還會不斷地再生。然則，我之所以那麼強烈地想為「糊塗」寫一首輓歌，也就不必去質詰它的理由了。

自由時報副刊　二〇〇〇年十月八日

太魯閣賦

序曰

在天地的大美之中，語言只是醇釀所剩的糟粕，有口無心的人，才會喧囂不休。而語言背後所包孕的慾濤念流、偏知成見，到這裡，也都該消融為眾水的昭澈、群山的靜穆；或者是草木蟲魚鳥獸的生息；或者是空靈的風聲、水響與鷇音。

庚辰之年，時維七月，序屬初秋，有客陳義芝、陳列、廖玉蕙、向陽、方梓、陳黎、王文進、羅智成、楊照、顏崑陽及諸家眷，會於太魯閣，適中部橫貫公路通車四十周年。國家公園管理處長，左挾青山，右持綠水，以享群客。莊子曰：「天地有大美而不言。」吾輩或宜以靜默接受這席自然的饗宴。

此時，遙遠的都城已成為語言的垃圾場，口沫如雨，幾乎淋濕了撫心掩耳的人們。政治，是最不環保的行為。排放毒水廢氣，汚染的只是人們的身體，範圍也畢竟有限；而排放謊言惡語，污染的卻是人們的心靈，藉著無遠弗屆的傳媒，範圍也就邈乎不知其所止了。

天下從沒有沈默的政客，而政客之意也從不在山水之間。因此，不言的天地大美，對他們來說，就只似雖在而不見的空氣罷了。這樣的自然饗宴，恐怕他們嘈嚷、飽醉之餘，連斜眼都不願側顧吧！然而，能被他們遺忘，也算是山水之幸哩！

我之認識太魯閣，少說也將近三十年了。穿遊在他的山懷水抱間，少說也不下十趟了，卻一向只是沈默地來又沈默地去，未曾用片語隻字驚擾過他。人們摹寫、讚述太魯閣的詩文，久已連篇累牘；但是，太魯閣之美其實始終都在語言文字之外，只有能以清心靈性默會於想像之表者，庶幾乎得之。

因此，我如今不得已的奢言，或許也是蛇足吧！但願還不至於對這片山水造成語言的污染。人類的狂妄與愚蠢，最表現在自以為是地說個不停；尤其是在某些權力的殿堂上！

辭曰

站在山繁水複、斷壁峭崖之間，每個人心中都可以想像一則神話，關於斯山斯水的誕生。

大約二億五千萬年前，那時，這座如今被諷稱為「貪婪」的島嶼，還懷孕在深沈的海洋中。蜓科有孔蟲、珊瑚、石灰藻等，它們的骨骸飽含著炭酸鈣，澱積為生物礁，厚度不下於大屯山。這些生物礁分分秒秒承受著上部岩層的重壓，漸漸地結晶為石灰岩。石灰岩因為亙久深埋又受到造山運動的影響，乃變質為大理岩。造山運動是大地自我的雕塑；大理岩就在次次的造山運動中，由於地熱與壓力，產生變質及變形，終於被雕塑出層巒曲水、波詭雲譎的皺褶與蒼灰棕赭、點染潑皴的色理。

到了四百萬年前，不安分的菲律賓海洋板塊與歐亞大陸板塊激情地蠢動，你推我擠，一個群山爭聳的島嶼便逐漸被拱出海面，臺灣就這樣誕生了，並且開始孕育著太魯閣雄奇的峽谷。板塊始終不知彼此謙讓，繼續兇猛地碰撞，島嶼因此昂首不斷地挺向雲霄。而上覆的岩層在千萬年的風風雨雨中慢慢剝蝕了，深埋的大理岩終於昭見天日，向世人展示它瑰奇的皺褶與色理。

這宇宙間，似乎總是對峙著向上提升與向下沈淪的力量。在板塊擠壓，島嶼昂首挺揚的同時，一條名叫「立霧」的溪河，正以豐沛的水流，如錐如鑽如鉋如銼如鍬如鑿，以其恆心毅力，永不歇止地切割著大理岩床。就這樣，山向上提升，水向下沈淪；而峭壁千尋，猿鳥無法飛攀的太魯閣峽谷便如是被孕育出來了。

假如，我們將太魯閣國家公園想像成仰臥的巨人，那麼南湖大山、奇萊連峰、合歡山群、中央尖山等，就是他崢嶸的額角、挺立的鼻尖、突兀的顴骨，甚或墳起的肩頭與胸肌，而他結實屈曲的雙腿乃朝東伸向大海。如是想像，那立霧溪便該是主動脈了。它從合歡山與奇萊北峰之間出發，順著脊椎，穿肺過腸，緣股越脛，流向腳底的新城鄉而入海。沿途，分支的小動脈，托博闊溪、慈恩溪、瓦黑爾溪、大沙溪、荖西溪、砂卡礑溪等，在兩側橫肋循腋、串肱貫橈，潺潺湊接著立霧溪。

如是我聞，地球科學家知性地解釋太魯閣的誕生；然而，站在山繁水複、斷壁峭崖之間，我寧可恣意想像著開天闢地、生山造水的神話：嘗聞〈五運曆年記〉所云：「盤古垂死化身，氣成風雲，聲為雷霆，左眼為日，右眼為月，四肢五體為四極五獄，血液為江河，筋脈為地理……。」但此刻，我想像的卻不是中國的盤古；而是臺灣，臺灣也該有他創世的神話吧！

我默爾停立於崇山秀水之間，想到：鴻蒙之初，天地未分，有渾沌者，其名為「鯷母」，狀如番薯，無四肢五官；乃得元精而自孕，有子九人，破體而生。鯷母之體既破，氣化為二，清輕者上升為天，濁重者下沈為地。其子之一，名曰「太魯閣氏」，六首八臂，黥面紋身，圖如山川綢繆狀。居天陲之東，臨洪洋之海，海中有「鯢魚」之國，其王曰「泰帝」。太魯閣氏欲求子以繁衍，無女，乃自斷其指，化而為「玄姬」。玄姬遇泰帝於清水之濱，以巨石為盟，而太魯閣氏求媾於玄姬；姬以泰帝故，不許，欲奔於海。太魯閣氏怒，化其身為重山以隔之，並囚玄姬於奇萊之北。玄姬誓與泰帝合，日夜啼泣，其淚成河，是曰「立霧」，乃穿山為峽，奔流入海。

你不必問我：這是真的嗎？就如同我並不想去問地球科學家：那是真的嗎？這世界，從來就不曾被真實地解釋過，合理與荒謬何嘗有什麼定準！我們只是各相信自己所相信的罷了。科學也好，神話也好，不管人們說了什麼，山水永遠都是它自己，唯能默會者遇之。

因此，請別攜帶任何人造的鏡框，僅須將你的心打掃得乾乾淨淨，走入斯山斯水。山水只有當下，沒有過去；只有神色，沒有知識；只供靜觀，不供論辯。丟掉人的執慢吧！你就是它懷抱中一座皺褶繁複、色理斑斕的大理岩；或者是一叢在初陽下擎舉著白十字的四照花；或者是一群在石縫間亂撒著金星的佛甲草；或者是一株在斜坡上招展著紫裙的高山沙參；或者是柳葉菜、是石葦、是冷杉、是狹葉櫟、是長尾栲……是任何一種讓你悅目而與此山此水同呼共吸的植物。如果，你比較好動，那麼就當自己是飛掠林端的酒紅朱雀；或者是滑翔在樹椏間的白面鼯鼠；或者是安靜地蟄伏於清泉石縫裡的山椒魚；或者是斯文豪氏樹蛙、是環頸雉、是長鬃山羊、是黃鼠狼……是任何一種讓你賞心而在此山此水同生共死的動物。

當然，假如你的眼界真是夠大，能容納崩天坼地的峽谷，那就讓燕子口、九曲洞成為你胸中的丘壑吧！但是，必須注意，這樣磅礴礴礴的景物，只宜遠觀，才能全幅領略它至大至剛的氣象。貼近巨人，看見的往往僅是膝蓋或肚臍。凝視前方的燕子口，百燕鳴谷、壺穴嵌壁都只是巨人身上剝落的膚屑或舒張的毛孔，其微，不足觀也矣。在我的宏視中，燕子口刀削斧劈的峭崖，嵯峨确犖的懸壁，是彌天崩落的層雲，是成群糾結的龍蛇，是騰躍攫撲的虎豹，是櫛比鱗次、疊簷累棟的九天宮闕；而黝黑的隧洞，則彷彿是通往他界的入口。

或者，假如你的目光真夠精細，想像真夠靈敏，能在尺寸中幻見千里的奇景，那麼你就該向一些皺褶繁複、色理瑰奇的大理岩凝目懸想。每一塊大理岩都是太魯閣的縮影，宜於近玩。你恍然看到群峰在煙雲裡出沒嗎？看到怪石嶙峋、湍流奔競的深谷嗎？看到林木葱蘢、鳥獸徘徊的野坡嗎？看到如蛇蜿蜒，穿山過嶺的道路嗎？假如，你的耳朵也已甦醒，或許從大理岩的皺褶色理中，更恍然聽到風喧雨鬧、鳥啼蟲鳴，萬籟在層巖群壑間迴盪著。

太魯閣的山山水水，或遠觀，或近玩，其美只在當下靜觀默會中得之。

亂曰

臺灣，漢代謂之「東鯷」；三國時期謂之「夷州」；隋朝謂之「琉求」。其後迭經唐、宋、元、明，至清代乃置「臺灣府」。

漢代去了，三國去了，隋朝去了，唐、宋、元、明、清都去了。而開拓臺灣者、侵佔臺灣者、踐踏臺灣者、污染臺灣者，所有賢與不肖者也都終將去了；但是，太魯閣，這山這水，卻是永世的生命共同體。在歷史興亡之外，在政客喧嚷之外，在科學知識之外，在語言辯說之外，糾繚擁抱、動靜剛柔，承載著眾物，踐履著生生息息，雖變化而無所終窮的天地之德與無言而得以致之的大美。

嗜食權力的政客總是意不在山水，就因為如此，他們才永遠看不到自己那種喧囂不休的狂妄與愚蠢。莊子曰：「天地有大美而不言。」試問喧囂的政客們，能否在斯山斯水間，學會沈默？

聯合報副刊　二〇〇〇年十一月二十日

人世遺落的種籽

1.

我退出客廳，退回書房；一萬多冊書層層疊疊如磚塊砌就的城牆將我包圍。午後明燦的陽光照著他們以字紋身的背脊，高高矮矮、胖胖瘦瘦、紅紅綠綠，姿態各異。靜默中，我卻彷彿聽到他們齊聲向我呼喊：

天地玄黃，宇宙洪荒。

家裡的女人，說我讀太多書了。她們一如往常坐在客廳；相隔兩條巷道，是一條通往鬧市的大馬路。她們正興味蒸騰地討論著，華燈初上的時候，將到鬧市去逛街，閱覽光色炫目的百貨櫥窗；而我，仍然會獨守著書房。家裡的女人，說我讀太多書了。

客廳有物曰：電視。世界就藏在這座黑箱裡，並以窄小的窗口，向我們展演著人世萬象：布希故意不出席在南非召開的「地球高峰會議」、海珊的情婦蘭素絲說他是「威而鋼」的信愛者、臺灣政黨不當取得的黨產將被徹底清查、有某政客說「高雄是一座不快樂的城市」……。

不快樂的城市，豈只高雄而已！在這樣的時代。我們能否不看電視、不看報紙？不看這樣的時代。

我退出客廳，退回書房；退出當代史，退回古代史，甚至退向「天地玄黃，宇宙洪荒」；而家裡的女人，說我讀太多書了。他們在客廳的電視機前，坐到華燈初上的時候，將走進當代史中，一座熱鬧卻不快樂的城市。

書房非常寬敞，前後兩面臨窗。後窗正衝著一條短巷。目光穿越巷口之後，必須浮掠過一片碧葉亭亭的芋田，才能碰到幾幢白色的樓房。那是一所學校，響亮的擴音器經常傳來訓示學生「好好做人」的話語；很威嚴的男聲，總讓我聯想到童年時代唸著元旦文告的總統。當日光攀爬過樓頂，便很通暢地直射到翠屏連綿的山脈。坳間是一片碑碣鱗次的墳場，上坡的小路，經常可以遠觀到無聲的送葬隊伍。我只能猜想著他們臉上的表情，悲傷或者愉悅？

前窗向外延伸是一個可以擺放成套休閒桌椅的陽台。針柏、紅蟬花、雀舌黃楊、彩葉山漆莖、孤挺花……多種盆栽佔領了桌椅外圍的空間。我坐在緊靠窗枱的書桌邊，可以看到這些盆栽四時無言的榮謝。或者離開書桌，佇立陽台上，向右前方注視，一座教堂屋頂白色十字架撐住如巨傘的藍色天空。緊鄰教堂是一戶養鴿人家，鴿子經常棲止在十字架上，毫無顧忌地撒落糞便。我奇怪地想到，背負人間罪惡的耶穌，應該會原諒這些鴿子無知的造次吧！

這整季的夏日，我大多時間都在書房度過。前後窗是我連接外面世界的通口。然而，我也只是遠遠的靜觀，目光所及之外的世界，就當做一片留白吧！寧可它不曾發生任何事，不曾由電視窗口湧來那麼多讓人不堪聞問的訊息。這世界，留白處，用心靈想像的恐怕比用眼睛看見的美好得多吧！

書房之於我，就如魚的江湖、鳥的山林。當然，必須是沒有釣客與獵人入侵；這樣，就可以擁有一個不打任何折扣的自己。而家裡的女人，卻說我讀太多書了。她們不明白，每一本書都是一個窗口，雖視之不見；然而，我的確從這許許多多的窗口，一趟又一趟地遠遊。

凡有心而未死者，皆須經常暫捨眼前這個世界而遠遊，遊不必有方。

2.

天地玄黃，宇宙洪荒。我遠遊神話世界，上下求索，試圖找尋一些人世久已遺落的種籽。

六月，夜讀，明月如霜，好風如水。我恍然見到，有鳥止於窗前，如雞而長尾，羽毛五色，卻在身上各部位形成文字，頭部是「德」字、翼部是「義」字、背部是「禮」字、胸部是「仁」字、腹部是「信」字。牠是一隻以「道德」紋身的奇鳥，其名曰「鸞」；但久已絕種，因此並沒有被列為保育類動物。

他就昂昂然地站立在窗前那棵針柏上，引頸以珠走玉盤的聲音唱著〈南風〉之曲，同時展開曼妙的身姿演示著〈桑林〉之舞；然後，靜默了下來，以憂傷的眼神凝視著我。半晌，忽然又愉悅地向我訴說：黑水之間，都廣之野，遍地生長著豐美的菽、稻、黍、稷，無須除草，也不必殺蟲。各種鳥獸與人們自在而和諧地漫遊其間。最後，他問我：「你相信嗎？」

這是人們所編造最美麗，也最荒唐的夢想。《山海經》曰：「此鳥現則天下安寧。」然而，他不應該飛入這個時代！我正想問他，真有「都廣之野」嗎？與現世相距多遠？他卻陡然就消失了。我孤獨地坐在書房，確信自己並沒有睡著；而她們也已在華燈初上的時候，去鬧市逛街了。關掉電視的客廳，便遠在當代史的喧嚷之外，與書房同樣陷入無邊的寂靜。我，就在這無邊的孤獨與寂靜中，從神話的窗口，看到了那隻奇鳥，看到了人們最美麗也最荒唐的夢想。我相信它，那是對存在不可破滅的期待吧！

在孤獨、寂靜中，我又彷彿站在一座奇特的山嶺下，濯濯無木，如一顆平擺在大地上僧侶的頭顱。磊磊岩石縫隙間，到處汩汩地湧現清泉。這就是傳說中的「亶爰之山」吧！

一隻名叫「類」的奇獸，在嵯峨的山崖上沈睡著。其狀如貍，頭上卻長滿蓬鬆似雄獅的髮髦。他雌雄同體，因此從沒有性別政治的難題。經曰：「食者不妒。」然而，當我找到他的時候，他正沈睡著；聽說已沈睡了億萬年。我如何能叫他甦醒？

他不會甦醒，在這個時代。

人們所做的，為什麼總是和想望的背反？此刻，我正徘徊在「君子國」的邊界上，卻找不到入境的關口。這裡，真的是在大海之東嗎？我遠望平曠千里的土地，到處長滿香氣瀰漫的花草，蘭芷、杜蘅、芍藥、留夷、蘼蕪……。這裡的人們都穿戴齊齊整整的衣冠，腰間佩著古雅的寶劍。寶劍並不用來相互殘殺，只是表徵身分與禮儀。他們不管男女美醜，臉上都展露著和藹的微笑；步履從容，過街穿橋，都像秩序井然的蟻群。經曰：「其人好讓不爭。」這裡，真的是在大海之東嗎？大海之東，真有如此的國度嗎？

然而，我一直找不到入境的關口，它彷彿罩著一層透明的帷幕，可望而不可即。一群群的人們在邊界與我擦身而過。他們都向我微笑，並且搖搖手，似乎在示意著什麼！我頹然坐在君子國的邊界上，夕陽照著眼前萬紫千紅的花草以及微笑卻無聲的人群，忽地感到漫漫的孤獨與寂靜，並且想起一個追日卻被譏為「不自量力」的男人。

在漫漫的孤獨與寂靜中，只聽到「夸父」急劇的喘息聲。他追趕著太陽，追趕著永遠一去不回的時間。經曰：「有人珥兩黃蛇，把兩黃蛇，名曰：夸父。」他揮動著手杖，腳步聲沈重地敲擊著寂靜的曠野，喘息是唯一不曾間斷的伴奏。太陽始終在他伸手難及的前方，沒有停息，也沒有回頭。他企圖將耳際與手上的黃蛇，化作長繩，以繫住即將遁入虞淵的夕日，繫住時間，繫住一切無可遏止的逝者。

太陽畢竟遁入虞淵。夸父頹然地停下腳步，追逐終究落空之後，飢渴是宣告遺憾唯一的感覺。他喝盡了河渭，仍然無法滋潤終將乾涸的生命，如一條困在車轍間失水的鮒魚。

臨死前，他感到無邊的孤獨與寂靜。沒有人了解他在做什麼。經曰：「夸父不量力，欲追日景。」這是人們對他也是對自身最大的誤解。他孤獨地躺在寂靜的大地上，懷想著他的祖父「后土」，忽然拚生最後一口氣，奮力拋出手杖。手杖挺直地插落后土中，化作一片桃林。「這是再生唯一的可能！」他想。

我就是這桃林中的一顆種籽，無數次的繁殖，在無邊的孤獨與寂靜中，看到自己的前身，看到亙古以來所有走在時間軌道上，走過每一段歷史的人們，其實都是夸父的後裔，追日、渴死、從「后土」裡再生，是無可拒絕的遺傳；但是，他們卻都不自知，當然也就不明白「再生唯一的可能」！

3.

我遠遊歸來。明月如霜，好風如水。書房還是在當代史的喧嚷之外。

她們也剛從熱鬧的城市逛街回家，興味盎然地打開電視，想確定總統是否仍舊堅持「臺灣要走自己的路」。家裡的女人叫我離開書房，說：「你讀太多書了，為什麼不多看看電視、逛逛街呢？」

他們可能不知道有關鸞、類、君子國以及夸父的記載吧！

中國時報・人間副刊　二〇〇二年十月二十七日

觀看一座種滿松樹的校園

一九八七年開始，我就經常在中央大學校園裡行動著，觀看各式各樣的樓房、樹木花草以及人們的容顏、身姿、聲音，甚至自由卻不免飢寒的流浪貓狗；這是一幅組合的風景，其中也有我。直到一九九八年，它終究只能被我典藏到記憶裡，不再是現在進行式而自己也在其中的風景了。

我在觀看的同時，或許也被觀看著吧！空間，在自我觀看、觀看與被觀看中，交錯地相互顯象與定義。

「中央」，一個充滿黨國想像的名字。那時候，我雖然在這名字所徵示的校園內行動著，卻並不很清楚他與黨國有何牽纏的歷史。其實，在這校園內的大多數人，也和我同樣不很清楚。歷史，在每個今日，都正被重新定義著；因此，它不僅是被載記的往事，所有往事都已如煙。它只能經由我們現場的觀看、改寫並參與新造；歷史，沒有過去完成式，而將不斷地以新的定義被再現著，直到它在這個世界消失了。自我觀看者，同時也在觀看他者，並以他者的身姿被觀看。

我曾在一九八七年之後，某一段時間的現場觀看著名為「中央」而種滿松樹的那所大學。黨國的想像已不若更早甚至再更早的年代那樣鮮明；然而，校園是一具巨型的身體，他有著可以被我們觀看的骨骼、毛髮、臉相與服飾，讓你想像著當年是以什麼樣的理念被打造出來。他的身體就是系列符碼，等待著被解讀。

你可以打從中壢市通往觀音鄉的那條馬路左轉中央大學正門前的大道，寬闊而筆直，兩旁是春夏間便忍不住燦爛的木棉花。你的視線應該可以到達大道盡頭緩升的環狀斜坡與右入左出而陡然縮窄的岔路。那斜坡圓環內的黃金榕被剪成巨大字體的校名。這時候，你必須移步站到校門口，用眼睛與想像去觀看，從行政大樓直貫名為「中正」的圖書館、禮堂，然後是名為「依仁」的體育館以及飄揚著國旗的操場。這條由頭顱連接尻尾的脊椎，是身體的中樞，也是校園空間佈局的主軸線。

行政大樓只有三層，並非特別龐然的巨物，似乎隱喻著某種刻意壓抑的謙卑，是「中央」面對「民主」的召喚，已察知在形象上必須「收斂」嗎？這總是好事吧！它後面的圖書館已老舊；新館乃巍巍乎其如高丘突起於平地，徵示著「知識」膨脹的時代來臨了。這也是好事吧！然而，白亮的色調與大片發色玻璃的現代建築，總讓人錯覺誇耀著經濟起飛的大型百貨公司，昂然地進駐校園，而成為與周遭全不諧調的地標。它會是後黨國想像時代，另一系列符碼的開端嗎？等到它周遭的建築都已改建而與這一系列符碼類化，是否就宣示了這校園已蛻變為另類的身體，將給予我們完全不同的想像？那會是什麼樣的想像呢？

接著，你可以自行政大樓前，左轉或者右轉；不管你左傾右靠，都將殊途同歸，在口字形環校路上任何一點相遇，停下來寒暄或漠然擦身而過。環校路的外邊，便算是脊椎兩側的腰脅和四肢了。宿舍、餐廳、商店、「游藝館」的課外活動場所，都於是乎在。最讓人嘆息的是靈性所鍾的湖泊與林園卻被放逐到邊疆，日夜都在清冷中，度過幾十年漫長的歲月。

這樣的校園身體符碼，隱然喻示著那個年代的大學想像——同學們，你要先能志於道、據於德、依於仁、勤於學，而後能游於藝，賞其心而悅其耳目。人們由上而下，一層領導著一層，像穩固的金字塔。人人如是地自我觀看，也觀看別人。這總是好事吧！然而，如此好事，在這個男可變女、女可變男的年代，恐怕已成無人閱讀的神話了。歷史，果真如潮汐嗎？你我究竟是哪一次潮頭的水滴？

在這樣方正、莊嚴的巨型身體上，師生們散列在各自固定的位置，如星羅棋佈的天體，卻沒有一個輻輳的空間，讓所有星子不期而遇，輕鬆地聊一聊各自星系的話語。人們構造了空間，空間也構造了人們。

走在環校路或口字中間任何一條或縱或橫的路上，你都會被覆蓋在濃厚的松蔭下，有時候甚至會忽然被離家出走的松果打中。松樹，是一種被植滿校園的符徵。在幾十年前的黨國想像中，它以最具傳統文化性的符徵被編碼了，日日夜夜站在風雨陰晴中，向一代一代的年輕人喻示著「節操」的符旨。忠貞不移，剛強不摧的人格，是黨國患難時代中，比經濟更重要許多的價值。

我觀看這座種滿松樹的校園，那一群一群日日走過松蔭或嬉遊其下的年輕人；在這亞熱帶區域的臺灣，他們是否真的感知了松樹的節操，解讀了這遍在校園的符徵而被潛移默化了呢？文化的建構，經常都是那麼不可預期。觀看，往往也都是那麼隨各人之所見。在歷史的流行中，我們又將如何找尋到彷似「地心引力」那樣必然的定律。世界，只是一個「成」與「毀」相循變化的歷程吧！

有一段時日，我每星期必須在校園裡度過兩夜。清晨，當校園淡煙薄霧還沒有散盡之前，獨自循著文學院到禮堂再右轉到湖泊的那條松蔭道上漫步。那時刻裡，我總是遺忘了孔子「松柏後凋於歲寒」的訓誨，只讓耳朵在千波萬濤的松風裡醒來，或者讓眼睛直瞠著一顆顆鱗片微張的褐色松果，或者總被那鋪地成毯的松針勾引得真想躺了下來。在這當下，松樹不再是被栽種於歷史文化中的符徵。我就是在現場以自己的心眼，欣趣地觀看著它。這恐怕已逸出了前人種植它時的期待視域吧！歷史，永遠不可期待。

歷史，永遠不可期待。當年誰也沒有想到，「知識」竟然可以成為有體積、有重量，而能夠量化為貨幣產值的物品；各大學校園裡正在競相量產。那麼，這樣的年代，種滿校園的松樹，既已不再是黨國想像的符徵，不再是賞心悅目的審美對象，那它又會被當作什麼符徵去編碼呢？它會在這座物是而人也還未全非的校園裡，被如何地再現？被如何地想像？它能被量化的，大約就只有材積吧！

中央大學，他的「籍貫」已由南京改為桃園；而南京，他的出生地早已隔在彼岸，成為不可「超連結」的遠方。這雖然不免讓他的身世有些滄桑之感；但是，這不就是中國歷史上常見的浮梗嗎？很多「僑郡」不就這樣誕生的嗎？只要懂得失憶而「土斷」，便可以隨遇而落地生根。

他已在桃園一個名叫「雙連坡」的地方落地生根了五十五年。他的名字仍然叫作「中央」，曾經充滿黨國想像；然而，歷史，在每個今日，都正被重新定義著。而同一個符徵，也可以在不同的時代，以不同的敘述去再現它的意義。再過五十五年之後，這座種滿松樹的校園，所有曾經在現場行動過的人們，對這個大學百年的身世，將以什麼樣的「敘述」，去再現「中央」這個名字的意義？他既已不再是黨國想像的「中央」，那會是什麼想像的「中央」呢？文化想像的「中央」嗎？學術想像的「中央」嗎？這個問題，該由誰去回答？

聯合報副刊　二〇〇五年四月二十八日

想像父親在死亡的邊緣

1.

這時候，父親在哪裡？他已八十歲高齡了。

父親就坐在起居室的電視機前，沈默而漠然地觀看著「靖國神社」政治荒謬劇的演出。各種厚塗粉墨的臉譜交錯地出沒在被框架著的螢幕中，讓一切已經發生、正在發生或將要發生的物事，都顯得那麼虛幻。或許這世界從不曾真實地存在過吧！

因此，父親這時候其實並不在起居室的電視機前。他在哪裡？我也不能確定，只能想像著或許他還是一個未滿十八歲的少年，從高雄港坐著日本軍艦，正要被送到太平洋上某一個陌生的島嶼；他知道那會是死亡的邊緣嗎？或許他正跳入一條散落著斷腿殘臂的壕溝，躲避美軍飛機的空襲。東條伍長以日語呼喝著：「不要怕，不要怕！」他已經知道自己正在死亡邊緣了吧！或許他戰後剛歷劫歸來，不久卻又陷落在二二八事件的硝煙中。夜色如墨的村庄，不斷響動著急亂的腳步聲、交射著手電筒的光柱，以及讓人裂心破膽的敲門聲。虎狼也似的軍隊正在搜捕他們所認定的叛亂分子。坤仔是父親的伙伴，剛歡喜著可以不再當日本軍伕了，卻又被祖國認定為叛亂分子。他就躲在這村庄裡，父親知道的地方。那麼，他們也知道這同樣是一個死亡的邊緣嗎？

父親就坐在起居室的電視機前；然而，他其實並不在哪裡。我想像著他會如何想像自己的家國，想像自己的歷史時空位置。那麼，這時候，他在哪裡呢？他的世界會不會是一片荒涼如月球？或時空幻變如宮崎駿的卡通《霍爾的移動城堡》？會不會他從日治昭和年間到中華民國九〇年代這時候，一直都無法確定自己在哪裡？他和他那一代的人們，會不會都集體流浪在宇宙間，雖人群往來，卻兀自四顧蒼茫？

這時候，日曆記載為西元二〇〇五年、歲次乙酉、中華民國九十四年、日本平成十七年。清明節剛離開，空氣中還瀰漫著追懷死亡者的情緒。日本「靖國神社」，一個錯雜的符碼，混凝著現代史上人類赤裸的權力欲望、虛假的政治神話、糾纏的民族恩仇以及被各路政客不斷用私意編碼的靈魂。有一群臺灣人去參拜「靖國神社」，為供奉其中三萬多個台籍日本兵的靈魂重新編碼：他們都是因戰爭而死難的英靈，參拜是為了祈求和平；相對的，另有一群應該也是臺灣人則想像著「靖國神社」所裝載的民族恩仇，而做出完全不同的編碼：他們雖然是被迫，卻為侵略而戰；參拜他們，是對民族尊嚴最大的侮辱。他們眾聲喧嘩，相互控訴；而那流落異國的三萬多個靈魂卻只能沈默。他們從來都只能沈默，不管生前或死後。

父親不在三萬多個靈魂之列，幸好不在，否則我會在哪裡？然而，父親也只能沈默，坐在電視機前觀看這齣政治荒謬劇的演出。不但父親只能沈默；父親之外，還有十幾萬個從戰爭的死亡邊緣歸來，而今也已老到接近死亡邊緣的日本軍伕們，同樣只能沈默。他們對於自己的生與死、英勇與怯懦、善良與罪惡，從來就不曾有置喙的餘地。歷史的書寫和編印，他們一向都不是執筆者；而只是被關在鉛字房中，默默依照文本撿字的工人。

「人都死了六十多年了，還要被這麼利用嗎？」

父親沈默之後，就只說了這麼一句話。他是芸芸眾生中，一個平凡的老人，並不真正懂得，在人類政治權力欲望的操弄中，弱小的百姓永遠都只是祭壇上的芻狗。悲憫也好，譴責也好，都只是不同意識型態的政治話語罷了；或許，憤激的尼采果真看穿了人類現實而殘酷的命運吧！他才會懂得「權力」是人類生來就嗜食的嗎啡。

2.

這時候，父親在哪裡？

兩年前，二〇〇三年，清明節剛離開，空氣中彷彿還瀰漫著追懷死亡者的情緒。這時候，父親在哪裡？他消失了；不管電話鈴聲如何呼喚，都沒有回應。

父親已七十八歲高齡；母親過世之後，他便獨居在八德市。龍鍾老態的公寓，外牆由米白變成褐黃而如鱗片剝落的二丁掛瓷磚，以及樓梯間凌亂地漆印著「馬桶包通」、「清洗水塔」各類廣告而顯得骯髒的粉牆，都昭示了歲月的跡痕與社會的影像。

我開始焦慮起來，想像著獨居老人猝死在公寓中很久才被發現的景況；想像著汽車如暴龍成群奔竄的馬路，每日都有許多肝腦塗地卻又不知其名姓的車禍罹難者；想像著綁票如綁肉粽一樣平常而層出不窮的案件；想像著不用買票進電影院，當街就可經常目擊搶劫甚而殺人的鏡頭。想像……。我焦慮地想像著，究竟是自己不正常或這個社會真的不正常，為什麼父親只是暫時失去訊息，我卻這樣想像著他置身在各種可能發生的死亡邊緣！

父親，這時候在哪裡？

「我在墾丁公園啊！」父親終於接聽了手機。聲音顯出疲憊，卻帶著高昂的愉悅。他做了一樁比赴太平洋戰爭更讓我震驚的事，以七十八歲的身體騎上機車，一個人沿著西濱公路，從桃園到墾丁去旅遊。

父親，這是一個到處都可能是死亡邊緣的世界；你怎麼像個孩子，天真地輕易涉險！他說他已經將近八十歲了，還怕什麼呢？他的聲音就在耳邊，但人卻在一個我只能想像的遠方；一切顯得那樣的不真實。這時候，父親在哪裡？他的確在這個名為「中華民國」的國家生活過嗎？他曾在那個名為「日本」的國家生活過嗎？或者，他其實只是生活在一個叫作「臺灣」的島嶼。島嶼的尾端有個公園，被稱為「墾丁」。

父親就在墾丁公園。我不能告訴他，這世界到處可能都是死亡的邊緣；他的安全讓人憂慮。

我只能諾諾地分享著他像孩子那般天真的快樂。他說，他已經將近八十歲了，再也不怕什麼，能自由自在地一個人各處去玩，就非常快樂了。快樂，既然是這般容易的事，為什麼怨憤與憂鬱的人卻那樣的多呢？

這時候父親在哪裡？真的在墾丁公園嗎？

3.

這時候，父親在哪裡？

他和同樣是台南州的一群男兒，擠在一艘日本輕型巡洋艦的艙底。他們是被日本半利誘半強迫而組成的第二回特設勤勞團，正要被送往パラオ（巴拉望）島。高雄港逐漸消失在水平線的彼端。他們知道這或許是回望故鄉的最後一眼嗎？西元一九四三年，也就是昭和十八年，父親還未滿十八歲，年少到只知道世界就是一個田地飽含鹽分的小村庄，三餐地瓜與鹹魚。他不明白，人們既然有飯吃，也活得好好的，卻為什麼要戰爭？

他不明白人們為什麼要戰爭，卻將被送往死亡邊緣的戰場。昭和十八年春，他被徵召去填寫加入勤勞團的志願書。本人月俸三十六元，家屬還有津貼七十元。那時候，教員和警察的月俸也不過二十幾元。父親還太年少，雖然錢多，他卻說「不」；但是，在日本帝國的權力意志下，弱小的臺灣少年有說「不」的權利嗎？終究，他還是被送往死亡的邊緣。每日以淚洗面的祖母只領了一年多些的津貼，日本帝國便賴帳了；而父親的月俸也都只被記入「軍事郵政儲金簿」。在死亡的邊緣，金錢僅是一串比鏡花水月還不真實的數字。

父親，這時候就坐在起居室的電視機前。二〇〇五年的清明節剛離開，「靖國神社」裡的亡靈，正在一群臺灣人的唇槍舌劍中，彷彿再次經歷著戰爭的痛苦。人類的權力欲望，才是永不止熄的砲火，在不同的時空中，以不同的形式相互射擊。而這時候，父親在哪裡？他真的在起居室的電視機前嗎？

父親，我想像著他在死亡的邊緣，與「靖國神社」中的某些亡靈，在昭和十八年秋的一個午後，漂浮於太平洋冰冷的海水上。他們是台南州的一千個男兒，在巴拉望島只待了三個月，便又坐著日軍運輸船，由兩艘驅逐艦護送，將被送往更遠的ニューギニア（新幾內亞）島，在日軍對美、澳的戰陣中，擔任後勤的勞役。下午三點多的時候，船過赤道線，美軍潛艦發射了幾枚魚雷，就讓他們彷彿「鐵達尼號」，卻只能演出沒有愛情戲碼的沈船記。年輕的父親從艙底迅捷地竄上甲板，呼叫伙伴們卸下救生板。蒼茫的暮色中，他們開始漂浮在沒有邊際的太平洋上。他感到冰冷、飢餒與恐懼，不明白為什麼要被送到這樣的死亡邊緣。他想起流著眼淚，跪拜五王爺神靈的母親。

幾個小時後，他們被救到另一艘擠滿日籍士兵的運輸船，卻只能坐在甲板上，幾天幾夜都僅穿一條短褲，讓赤裸的上身接受烈日與寒雨的洗煉。他們被改送到ニューブルテン（新不列顛）島，擔任雜役。新幾內亞島之役，另派臺中州的男兒們赴任。聽說他們在這次激烈的戰役中，沒有一個生還，全都住進「靖國神社」了；而在二〇〇五年的清明節過後，竟又成為脣槍舌劍的標靶。

4.

父親，這時候在哪裡？他說他在褻丁公園，正獨自很快樂地遊玩。哪裡有椰林與海灘的熱帶風情嗎？然而，我怎麼卻想像著他在新不列顛島。燠熱的天氣裡，美拉尼西亞的男女土著都只在下身裹著一塊紅布。他們是大自然的兒女，飢則漁獵而食，渴則摘椰果而飲，飽則鼓腹而遊，而從不貪取。雖然，他們偶爾也會為了生存、信仰或女人而戰，卻又如何理解這場所謂「文明人」毀滅性的戰爭，究竟是為了什麼！

父親在褻丁公園嗎？熱帶風情，會有椰林與海灘吧！我卻想像著他和幾個伙伴剛從新不列顛島某個部落，有些酩酊地回到死亡的邊緣。鄰近部落酋長的女兒出嫁，邀請他們去同歡。烤野豬的香味還留在齒縫間。他帶著醉意剛躺到鋪位上，美軍的飛機卻突然彷彿群鴉臨空聒噪起來。他慌忙從椰子樹幹與樹葉搭建的營房奔向防空壕；這剎那間，一排子彈將他鋪位上的枕頭與軍毯射穿。那時候，在死亡邊緣的父親，明白這是一場什麼樣的戰爭嗎？

接著，他又在熱帶瘧疾的死亡邊緣徘徊。我想像他臉色蠟黃，蓋著大棉被還不停地發抖。半昏迷中，他是否還能意識到自己究竟身在哪裡？這個島嶼距離自己出生的島嶼，究竟有多遠？

他還能回到那個叫作「臺灣」的島嶼嗎？

那時候，他從不曾想像過，可以一個人騎著機車，快樂地到島嶼南端的墾丁公園去旅遊；更不曾想像過，被日本帝國的權力欲望驅迫到死亡的邊緣，六十多年後，不管死者或生者，竟然在自己同胞操弄權力欲望時，又再次成為祭壇上的芻狗；而他們還是只能沈默。

5.

二〇〇五年，清明節剛離開，空氣中還瀰漫著追懷死亡者的情緒。「靖國神社」的政治荒謬劇正在上演。這時候，父親在哪裡？他明明就在叫作「臺灣」的島嶼上；然而，我卻總是想像著他遠在幾千里外一個日語稱它為「ニユーブルテン」的島嶼，想像著他在死亡的邊緣。這大流落的時代，「我在哪裡」會不會是許許多多人同樣的疑問！「身分漂流」與「時空錯置」，彷彿是人們集體的歇斯底里症候群，表現了存在意識的模糊、錯亂，甚至於失憶。

二〇〇三年，清明節剛離開，空氣中還瀰漫著追懷死亡者的情緒。不管父親是否真的在墾丁公園，我都喜歡聽到他說，他已經將近八十歲，什麼都不怕，能自由自在一個人騎著機車去旅遊，就非常快樂了；然而，父親啊！在這個什麼都是虛假，只有權力欲望是真實的時代；這樣簡單的快樂，會不會終有一天，人人都只能站在死亡的邊緣空自想像呢？

聯合報副刊　二〇〇五年六月二十二日

出海外記

1.

父親沒有住進日本的「靖國神社」而成為失去國度的靈魂；他終究活著回來。幸好如此，不然這世間可就沒有我了。

太平洋戰爭中，約有二十萬臺灣人被日本帝國徵調去當軍伕。他們都得遠渡重洋，散落到太平洋上某些島嶼，在砲火中替日軍做些運輸、補給、修復等後勤雜役；臺灣鄉間，就稱這為「出海外」。他們去的地方究竟有多遠？很多人自己也弄不清楚，只知道坐了十幾天十幾夜的船，彷彿到地球另一端了。

父親也「出海外」，那一直是小時候我心目中很神祕的一樁傳說，比「魯賓孫漂流記」還讓我感到興趣；也讓我覺得他比別家的父親偉大多了。鄰居孩子說到自己父親的故事，總不外是在村尾池塘裡捉到一隻烏龜，或是在村頭草堆旁打死一條雨傘節；而我的父親呀！他「出海外」的故事，就像一齣刀光劍影的大戲，三天三夜也演不完。

其實，我並不很清楚父親到底去了哪裡。他用日語說出某些島嶼的名字；我卻是個連國語都還講不溜嘴的孩子，地理知識也匱乏到連臺灣都搞不明白，就更別說父親嘴巴裡那些完全陌生的地名了；然而，這卻讓我愈發覺得「出海外」是一樁神祕的事，在我貧瘠的童年裡，供應了一片遙遠、模糊卻又豐饒的夢土，比任何一本迷魅的故事書，都叫人想像不盡。

最特別的是，在我的想像中，父親當然是第一男主角，其他配角就是一些面目模糊的日本兵以及和父親同鄉的青年；倒是島嶼上的高山峻嶺、椰子林、木瓜樹、海浪、珊瑚礁、獨木舟、茅屋、熾熱的陽光以及赤裸著黝黑的上身，只在下體圍著一塊紅布而頭髮蜷曲的生番，卻形色鮮明地組成那片夢土的圖像。那是一個陌生而奇異的世界，我看到父親在裡面彷似一個追逐著野豬或狗熊的勇士。當夕陽如血的時候，生番們正以響徹山野的歌聲與震動土石的舞步，歡迎他從獵場歸來。

那時候，孩子們誰能弄明白「太平洋戰爭」是一種和「躲避球」或「騎馬打仗」有什麼不同的遊戲！以眾人之血為墨汁，去書寫自己偉大的傳記，那是大人世界才會有的歷史。童年，這世界最可怕的事，也只不過是大野狼想吃掉三隻小豬罷了；而且大野狼最終總是會得到嚴厲的教訓。

二〇〇五年，父親已八十歲高齡了。他真夠本土，像是嘉義海邊一株原生種的木麻黃，一輩子都牢牢地把根釘在泥壤中。六十幾年前，「出海外」竟然是他唯獨的一次離開臺灣。在戰火燒滾太平洋海水的時候，恍如田單麾下的牛隻，被驅迫到前線。而如今我當然也不再是只知道玩「躲避球」或「騎馬打仗」的孩子，終於弄明白父親去的地方，竟然是幾千里外大洋洲中，已接近澳洲的一個島嶼；也弄懂了父親嘴巴中的「ニューブルテン」，就是英屬「新不列顛島」，它與新幾內亞島、所羅門群島相距不遠；那是尚未被人類文明所蹧蹋的地域。假如不是因為帝國權力欲望覆蓋了整個地球，讓多少生命飄散如風暴中的沙塵；恐怕父親作八輩子的夢，也想不到自己會像一粒沙塵掉落在這個荒島上；而且一待就是三年，完全無法確定能否活著回去。那時候，他還未滿十八歲。生命的存在果真這般荒謬嗎？而歷史往往就是由許多偶然而不美麗的錯誤串聯起來的失軌列車嗎？

那時候，他還未滿十八歲，年輕到還看不出人心遠比他所走過的層濤疊浪、窮山惡谷更複雜、峻險得多。當然也弄不懂這場戰爭究竟牽纏著多少國族之間幾世都解不開的仇怨。更別說怎麼會想到六十幾年後的今天，他們這群時代的受難者，在自己同胞的權力鬥爭中，竟然還被某些人當作戰犯來譴責！

父親「出海外」的那片遙遠、模糊卻又豐饒的夢土，早已隨著「大野狼與三隻小豬」的故事，一起被如煙消逝的童年帶走。我畢竟體會到了父親「出海外」歷程中的危險、恐懼、憂傷與無奈。他這輩子唯獨一次的出國，並非愉快的旅行。我明白他熟悉日本的歷史，幾年前曾慫恿他，在這個不必受迫的年代，可以自由地往日本走一走，找尋豐臣秀吉、織田信長、德川家康的遺跡；他們都嗜好戰爭而被視為英雄，究竟在這流轉的人間留下些什麼！然而，父親卻沒有很高的興致；是不是他已親歷毀滅性的世界大戰，早就明白英雄留在世間的東西，都只是一本傾盡眾人之血寫成的傳記，此外無他！

父親畢竟幸運的歸鄉了；兩年之後，我彷彿是戰爭中一個漂流的靈魂，跟著他遠渡重洋而來，心甘情願地出生為他的兒子。「出海外」這樁時代的苦難，在我的感覺中，卻似乎是父親與我兩個生命之間某種神祕的聯繫。以至於如今，父親已八十歲高齡，而我也早過了知命之年，「出海外」這件事都一直恍如昨日才發生。父親對這件事的訴說，也始終生根在我的耳蝸，甚至化成生命中不可刮除的記憶。有時候還錯覺，述說這故事的人，就是我。我能讓這樁時代苦難的見證，在當事人的沈默與街坊的眾聲喧嘩中，輕易地消音嗎！

2.

昭和十八年秋（一九四三），假如我隨著被美軍潛艇魚雷擊破的日軍運輸艦一起沈沒太平洋底，這時代的混亂與苦難就從此和我無關了。當然，我也不會有兒子與孫子接著我又去面對一個暮色正從八方掩襲而至的時代。

這一年，春天剛過去，貼在門上的對聯還很鮮紅。聽說遠方正當砲火猛烈，有些同鄉青年的骨灰從太平洋的戰場中被送回來。我未滿十八歲，還不到可以當砲灰的年齡，卻接到了臺南州東石郡役所徵調勤勞團員的通知。負責東石庄兵役事務的職員是自己的同胞，就住在隔鄰的龍港保。他集合庄裡好幾個青少年，「你們很榮幸被選中！出海外去，只做後勤，不危險，待遇又好：月俸三十六元，另加安家費每月七十元，當公學校的校長也沒這麼高的薪水。可惜我的孩子還小，不能和你們一起去。」他要大家填寫志願書，「都一定要寫，你們被選中了，這很榮幸！」我說了「不」，卻沒有用。他是自己的同胞，住在隔鄰的龍港保，冷冷地告訴我：「這是上面指定的，你非去不可！」

這是第二回「特設勤勞團」。台南州總共徵調了一千人，其中東石郡一小隊，下轄四分隊，東石與太保二庄各十人，組成一個分隊；我屬於東石庄。另外，義竹、布袋二庄合為一個分隊，六腳庄與朴子鎮各有一分隊。沒過幾天，我們都被送到設在朴子鎮的東石郡役所，隨即搭乘火車到高雄港；然後，我就孤單地站在一艘輕型巡洋艦的甲板上，跟隨著大家向碼頭邊送行的人群茫然地揮手。人群中並沒有我的父母；他們都是不曾出過遠門的田庄人，只能坐在家裡掉淚，或跪在神壇前拈香祈求五王爺，保佑他們的孩子平安回來。

航行了一個多星期，我們被送往パラオ（巴拉望）島，在碼頭上搬運貨物。島上住了許多日本移民，在他們臉上看不到因為戰爭而驚懼或厭煩的神色。三個月後，我們又被送往一個什麼都不知道的遠方。後來才明白那個遠方就是ニューギニア（新幾內亞）島，日軍與美、澳正在那兒展開一場接著一場血染山海的大戰，赴役者沒有幾個能生還。臺南州和臺中州的勤勞團人員分乘兩艘運輸艦，由兩艘驅逐艦護送，航向已被死神盤據的海域與島嶼。後來回想，我們所乘的那艘運輸艦在赤道線上被美國潛艇的魚雷擊沈，竟是一樁幸運的事。

我在艙底忽地聽到一聲裂耳的巨響，然後就是一陣翻天覆地的震動。瞬間，大量海水從艙頂灌進來。接著，聽到驚怖的呼喊：「船要沈啦！要沈了啦！」船艙出口被爭先恐後的軀體塞住。我像一隻尾巴著火的狸貓，迅捷地竄上甲板；然後，就開始幾個小時的隨浪漂流。看不到邊界的海面上，散佈著抱緊救生板而載浮載沈的伙伴們。在恐懼中，我忽然有些荒謬的感覺：這是夢嗎？我們怎麼會一起漂流在這完全陌生的海上？那時候，我並不確知這兒離家究竟有多遠；更不確知父母親最終是否能接到他們孩子的骨灰或任何身上的遺物。

我們幸運地被救了起來。有一個伙伴因為驚嚇過度而神智錯亂，不停地搖頭，喃喃自語：「死啦！死啦！」我照顧了他幾天，卻一直沒再看到他清醒過來。他終究被遣送回鄉了，然而卻因此在這亂世中存活下來。幸或不幸，要怎麼說呢？

我們坐的船已經沈沒了，只好改途到比較近的ニューブルテン（新不列顛）島。而ニューギニア之役，就由臺中州的男兒們去趕赴死神的召喚。兩年後，在ニューブルテン島上，來自東石庄鰲鼓保的阿德，他的工作是開挖防空壕溝。中午休息，因為怕美軍空襲，抱著二個椰子，躲進溝內，正要好好享受；溝壁卻突然崩塌，壓斷他的脊椎；住院三個多月，背上長了褥瘡，卻終究只剩一罈骨灰，哀傷地歸鄉了。幸與不幸，要怎麼說呢？

當初，志願書上寫明只去一年，我怎麼也沒想到，在ニューブルテン島上卻過著完全不知歸期的日子，甚至是否還能活著回到那個在記憶中日日更加美麗起來的故鄉？這也完全沒有答案；而父母家人的信息，在離開パラオ島之後，便已完全斷絕了。我還能活著回去嗎？這種驚疑，來到島上的第二年後，更加強烈起來。

日軍彷彿已經乏力了，聽說島上原有數百架飛機，前幾次戰役，出去便沒再回來。如今，只能躲進防空壕裡，隨盟軍轟炸。有一陣子，幾乎每天早上九點鐘左右，都會突然四、五百架飛機遮天蔽日地低掠而來。炸彈就像暴雨一般，巨響、火焰、硝煙、焚風、碎物、驚呼、慘叫，交織成一片人間煉獄；而我就在這煉獄中，卻不知道前生犯了什麼罪孽！這樣的日子，連能不能看到明天的太陽，都不確定；又如何奢想歸鄉的時節呢？

我究竟在哪裡？那是一種非常奇怪的感覺。這個島嶼，除了日本人與臺灣人之外，都是長得非常奇怪的生番。很多年後，我才弄清楚他們是美拉尼西亞人。他們的頭髮像炒焦的米粉，鼻頭扁而寬，連女人都裸露著木瓜也似的乳房。男的打獵，用標槍射魚；女的挖蚌殼，採椰果或它的嫩芽。他們生活簡單而悠閒，似乎不很清楚，佔據這島嶼的文明人正打著一場殘酷的戰爭。

我怎地來到這個地方呢！記憶裡，我生長在一個叫作「臺灣」的島嶼上，耕田、捕魚，活到將近十八歲，從沒和誰打過架；「戰爭」呀，只在故事書裡看過。然而，怎麼這時候卻掉進另一個完全陌生的島嶼，頂著熾烈的砲火，搬運貨物、看管倉庫、煮飯燒菜或種植可可樹。這是真的嗎？我究竟在哪裡？

有時候，站在島嶼的邊緣，眼睛所能看見的地方，都是海水與天空。貧乏的地理知識，讓我像一艘汪洋中失去羅盤的船隻，完全不知道自己到底在這地球上的哪個位置，而故鄉又在哪個方向？這種恍然不知身在何處的感覺，直到昭和二十一年，踏上基隆港碼頭，已經回到自己的島嶼了，卻仍然疑問著：這是真的嗎？

槍砲終究沒有要去我的命，纏綿了許久的瘧疾也總算饒了我。昭和二十年，日本投降了。這島上的臺灣籍軍伕，被集中到ラバール（拉布爾）港，分梯次等待回鄉的船期。戰爭所帶來的恐懼與哀傷，似乎很快被遺忘了；等船期間，大家組成康樂隊與歌仔戲團，竟然歡悅地演到昭和二十一年，才告別這個逐漸就要熟悉起來的島嶼。一年後，我娶妻；又一年後，生子，取名「崑陽」。

這場戰爭，我賺到的只有一個可以向兒女們訴說不完的「故事」，讓平凡的一生，因為歷經「苦難」而有些特別。這或許是所有在砲火中還能活著回鄉的小卒，唯一真能帶走的戰利品！

聯合報副刊　二〇〇六年五月二十九日

龍哭他方

悲時俗之迫阨兮，願輕舉而遠游。

——《楚辭・遠遊》

1.

龍哭，你離城的時候，二〇一一大樓跨年之夜的煙火，正迸射出朝代末的華麗。華麗的光芒中，我卻彷彿看到一片灰黯而連緜的廢墟；各類生物朽壞的氣味襲擊著過度敏感的嗅覺。

我瘋了嗎？那會是我的幻覺或夢魘！醫生一再叮嚀我：不要讓自己陷入惡潮一般的人群中，也不要凝視著華麗而虛幻的光影。他有些不耐煩地說：你為什麼總是從人群中感到孤絕，從華麗中看到荒涼，從大廈如林中看到廢墟；你不是正常人！他這麼說的時候，口氣不像是醫生，和那些左鄰右舍或辦公室裡的男女並沒什麼兩樣。

正常人，怎麼定義？他沈默許久，沒有回答；這個只在生理神經解剖枱上認識「人」的傢伙，怎麼弄得懂「人」的正常或不正常？每個人心中都豢養著一頭隱獸，如獅如虎如熊如豹如狼如狐如貛如狗如豬……，隨時伺機出柙，擇肥而噬。這傢伙哪能解剖得到？

龍哭，你選擇在這萬民歡騰的夜晚離城，也能算正常嗎？你為什麼總是不能與人同樂！獨如鷹隼，輕舉遠遊，找尋他方；你說這是「畸人」的傳統，如霜雪清白而冰冷，幻現著莊周、阮籍、陶淵明、王績等人的影像。在世人眼中，他們都不是正常人；然而，世間果真有一個可以讓畸人遠遊，甚至棲居的「他方」嗎？你沒有回答，卻定定地對著我，誦讀了一段《南華真經》：「君其涉於江而浮於海，望之而不見其崖，愈往而不知其所窮。送君者皆自崖而反，君自此遠矣！」這就是你的「他方」嗎？龍哭，難道你也有那種不是正常人的幻覺或夢魘？

記得嗎？我曾經問過你，怎麼會起「龍哭」這麼不正常的名字？難道有什麼典故？你說，父親龍戰曾是很多政客、商賈、演藝名流追逐求教的預言家。兒子出生時，夢中得句「龍哭于野，其聲迴墟」，遂為其名；但是，父親從此不再開口，三年鬱鬱以終；這麼叫人戰慄的情景！我遍查經籍，卻找不到這個典故。典故，是一種被埋葬在歷史廢墟中的人事。難道這只是預言，一種將被埋葬在未來廢墟中的人事嗎？龍哭，你何必降生在這人世間！

當一〇一大樓跨年之夜的煙火，正迸射出朝代末的華麗時；我如約前往，將與你一起從瞬間燃燒鈔票的煙火中，瞻望未來華麗的世界；卻在眾聲喧嘩，惡潮沒頂的人群裡，找不到你的蹤影。你LINE告訴我，即將離城，遠遊到一個沒有華麗煙火、沒有人聲喧嘩的「他方」。龍哭，你怎麼總是不能與人同樂！鈔票燃燒完了，煙火過了，人聲息了，華麗幻滅了。明天的事，明天再說吧！

龍哭，我們真的都不是正常人嗎？一〇一大樓跨年之夜的煙火，幾分鐘燒完二千多萬的鈔票之後，剩餘十七噸的垃圾，將都城裝置得像是戰後的廢墟；龍哭，或許你害怕看到這樣華麗而荒涼的景象，因而離城找尋一個遙遠的他方；但是，他方又在哪裡呢？

我們真的都不是正常人？然而，在無所掩飾的朝陽下，看著滿地垃圾，我還是不能了解，「正常人」怎麼定義！

2.

所有的荒涼都曾經華麗；許多廢墟都曾經是瓊樓玉宇。

西風殘照，漢家陵闕！

漢武帝坐在斜陽如血的廢墟上，拍賣他殘餘的帝國。他拿起一片生苔結垢的斷瓦，得意地說，這一方瓦片是用我偉大的功業燒製而成，歷經千載，貴逾鑽石。圍觀的群眾沒有臉孔，整顆頭顱是被磨圓的礪石。李白冷冷然回答：你的夢還沒醒嗎！忽然，擁擠的群眾中，有人高喊：別再自欺欺人啦！武帝暴喝：是誰？我叫「龍哭」！你越過群眾，站到帝王面前，挺立如廢墟中僅剩的龍柱。武帝靜默地凝視著你，突然仰天狂嚎，形影霎時消散在西風殘照的曠野，只留下哭嚎聲迴盪在荒涼的廢墟中。

這時候，我恍然看到，總統府有如陽具擎天的高塔頂端，才華燈初上，卻隨又熄滅了。龍哭，這是真實嗎？是幻夢嗎？歷史，是人們同床共眠，沒有邊際，沒有盡頭的夢界。每個人都在其中，也在其外。在其中者不知在其中，在其外者也不知在其外。龍哭，面對廢墟中拍賣殘餘帝國的王者，你揭露他的自欺欺人；這時，你究竟在其中，或在其外？

歷史夢界之外，真的會有一個從不自欺欺人的他方嗎？

龍哭，我們總是被看作不正常的人，和人們同在一個歷史夢界，卻總是漂移到夢界之外，從眼前的華麗看到未來的荒涼，從現實的「此地」看到遙遠的「他方」。你應該還記得，我們曾經跟隨宋朝的孟元老，進入開封都城，那是徽宗宣和年間，一個元宵節的夜晚。我們擠在惡潮的人群中，瞻仰徽宗皇帝駕登宣德樓，觀賞華麗的燈山。皇帝御座臨軒，以彷彿自信的聲調，向著仰望天表的百姓們宣示：

風調雨順，國泰民安；開懷享樂吧！

這座彷彿在黑夜中燃燒起來的都城，沒有人會看到華麗背後的荒涼。群眾敏銳的耳朵，被「樂聲鼎沸」灌爆了。清亮的眼睛被「華燈寶炬，月色花光」迷眩了。龍哭，我們都看到孟元老似笑如哭，提筆錄下東京開封城，這場一時之間還見不到邊際與盡頭的「夢華」：「五陵年少，滿路行歌，萬戶千門，笙簧未徹。」或許在荒涼即將來臨之前，更需要華麗的迷醉吧！

那時候，距離這個王朝的尾巴，只剩還不到十年！

朝代末的華麗，總特別誘人狂歡；荒涼，只是不正常的人才會產生的幻覺或夢魘。那個儘在生理神經解剖枱上認識「人」的醫生，不就是這麼嘲笑我嗎？

3.

欲望，是一種看不到形體的隱獸，卻又那麼真實的被每個人豢養在只有自己找得到路徑的祕園裡。

欲望，也是一種沒有形體的氣球，每個人都抓著好幾個在手上，不斷膨脹地吹氣，卻很少有人預知它爆破的極限；但是，漏氣或者爆破，終是氣球存在的定律。

欲望，有時必須戴上銅鑄鐵造的面具；不管虎豹、豺狼或豬狗，都必須經常戴上人的面具，擺出和善的臉孔，才能不斷地吞噬肥肉。當面具被揭下來時，只要三個鞠躬，說聲「抱歉」或「我愛這塊鄉土」；人們很快就會遺忘，甚至習慣了。

龍哭，你說離城的時候，還頻頻回頭瞻望；跨年夜中的都城彷彿一座巨大無邊，沒有圍欄的動物園，在華麗的霓虹燈光下，幢幢的影像若隱若現，如獅如虎如熊如豹如狼如狐如貛如狗如豬……趁著既是光亮又是黑暗、既是熱鬧又是清冷的夜晚，全都出柙了。他們一直都感到飢餓，追逐著各種能餵飽欲望的事物；而唯一留給這世界的回饋，就是自己也不願清理的排泄物。

龍哭，你說假如自己不離城，恐怕也會變成一頭獸，可能就是那溫馴地啃食著青草，卻必須慌張地躲避虎豹豺狼的山羊吧！

然而，「人」與「獸」又如何分辨呢？真的，在人類的歷史夢界中，「人」與「獸」的確混合難分。龍哭，我們就曾到過《山海經》的夢界，隨處都可看見「人獸合體」的怪物，那是我們人格的原型嗎？記得走到了剡山，在波濤滾滾的溪流邊，遇見了「合窳」。暮色沈沈，他就蹲在一座巨岩下，黃色的軀體、紅色的尾巴，像是一條奇異的肥豬；但是，粗短的脖子上卻頂著人的頭顱，竟然慈眉善目，寶相莊嚴。「你們就是我的晚餐！」他的聲音柔細如嬰孩。我們忽然驚覺到，「合窳」出現，天下大水！這種到處吃人、製造災難的「人獸」，其實是歷史夢界的主角。

龍哭，你大約從沒有放肆地吹過氣球，當然也就不曾體驗過那種欲望不斷膨脹的快感。聽說氣球爆破時，驚嚇的不是自己，而是圍觀的人。

我們也曾經在歷史夢界中，走到陶山，一座樸素的莊院中，范蠡正在燈下翻閱著厚厚的帳冊。他是最古老的資本家，這時已化名為「陶朱公」，經營貿易，很快就賺到千金；幾年內，他三次散盡千金，濟助貧病；每次千金散盡，不久又再賺了回來。這就是范蠡非常特別的吹氣球方式嗎？必須先懂得放氣，才能吹氣而不破。

龍哭，記得嗎？我們曾經坐在紐約華爾街的一家酒吧。夕陽從巨大的玻璃窗照射進來，暴露出一片恍然不是人間的異象。每個人都戴著面具，靜默地吹著五顏十色的氣球；此起彼落的爆破聲，讓這家酒吧熱鬧得有如舊金山唐人街的春節。

我們對面就是自稱「華爾街之狼」的貝爾福特；他很年輕，卻已憑著戴面具、吹氣球的本事，在華爾街推售空頭的「水餃股」，「騙」到幾億的美鈔。這時候，他正左擁右抱著幾個半裸的女人，在大麻的氣味中，如朕親臨，接受一群來自世界各地的年輕人匍匐膜拜。

你是「人」還是「狼」？龍哭，我們竟然問出這麼沒有禮貌的問題；但是，他沒有不悅，反而得意地大笑：我不是已自稱「華爾街之狼」了嗎？「狼人」本來就是我們的文化特產，還輸出到全世界哩！

暮色逐漸籠罩這家酒吧。華爾街的夜晚華麗、熱鬧有如白晝的股票市場。當我們向貝爾福特說了范蠡的故事；他在暮色中的臉色有著奇異的紅暈，狂笑說：他是一隻不會吹氣球的笨豬，怎能讓氣漏光呢！顯然他不欣賞古老的資本家范蠡；但是，這匹華爾街之狼，畢竟看不到氣球的極限，終於爆破了，讓很多人受到驚嚇！而他也進了監獄。

龍哭，你離城所看到的最後一幕，讓我也當夜失眠了。總統府二樓俯臨凱達格蘭大道的陽台上，一群戴著人皮面具的巨獸，各自口銜色彩鮮豔的氣球，正在昏黃的燈光中，比賽誰能將氣球吹到極限而不破。

燈光忽然熄滅，黑暗中，你在遠處都能聽到恍似連環鞭炮的氣球爆破聲。這就是「普天同慶」的跨年夜晚嗎？總統府有如陽具擎天的高塔，倏然消失在寒冷而沒有星月的暗夜裡。

4.

龍哭，在歷史的夢界中，真的可以追尋到一個「他方」嗎？

你說，曾經到過遠離中國幾千里的「醉鄉」，訪尋王績。一望無涯的平野，看不到山陵；沒有日夜寒暑的變化，也沒有村庄，沒有城市；人們如黎明前的疏星，三三兩兩散居田園間，不熱絡的交往，也不強暴的爭奪。你在一幢茅屋中找到了王績，他赤裸著上身，歪戴著官帽，躺在纍纍堆積如丘的酒罈間，醉眼迷濛地看著你闖了進來。你真的快樂嗎？王績閉上眼睛，呼呼酣睡，沒有回答你。

龍哭，這就是你追尋的「他方」嗎？

你搖搖頭，靜默地凝視著遠方。

龍哭，你又說，曾經到過莊周的「無何有之鄉」；那是看不到邊際的廣漠，天地混沌而難以分辨，只是一色青白；中央直立一棵頂天立地的大樗，枝葉覆蔽幾里。莊周正在樹蔭下，袒胸露腹，躺成個「一」字。他的呼吸深沈而均勻，彷彿睡著了。此刻，或許他已在夢中，幻化為栩栩飛翔的蝴蝶。你真的快樂嗎？莊周仍在夢中，沒有回答；而你也分不清這是夢境或現實。

龍哭，這就是你追尋的「他方」嗎？

你搖搖頭，靜默地凝視著遠方。

那麼，龍哭！你的「他方」又在何處？我好幾次這樣問你；你始終都沒有回答，只誦讀了一段《南華真經》：「君其涉於江而浮於海，望之而不見其崖，愈往而不知其所窮。送君者皆自崖而反，君自此遠矣！」這算是什麼答案！我懷疑，即使古今如夢；然而在歷史的夢界中，果真有一個滌蕩現實世界層層疊疊穢物的「他方」嗎？

「他方」會不會始終存在於歷史之外，僅是畸人們以「理想」幻現的夢界？這不也是一種讓人心悅而又心痛的「自欺」嗎？

龍哭，二〇一一大樓跨年之夜的煙火，正迸射出朝代末的華麗；你卻選擇離城，獨如鷹隼，輕舉遠遊，找尋「他方」；然而，「他方」又在哪裡？人們麕集面向東方的海岸，渴望爭先看見新年的第一線曙光。聽說，他們在第一線曙光出現時，卻從光明載浮載沈的波濤間，驚見一具屍體。

龍哭，我始終不願去確認那屍體會不會就是你！然而，你的確從此由人間蒸發。難道你真的找尋到「他方」了嗎？而我卻還是選擇在這城市中，活著，即使那個只在生理神經解剖枱上認識「人」的醫生說我不是正常人，即使我只能活得像一隻啃食青草，卻必須慌張地躲避虎豹豺狼的山羊，我還是選擇活著。

其實，我活著，是想證實，你的名字「龍哭」，是否真的預示著我們不能推辭的未來：

龍哭于野，其聲迴墟！

自由時報副刊　二〇一四年三月二十三日

附錄

伊蓮娜三曲

一：開在黑夜的曇花

伊蓮娜
妳是開在黑夜的曇花
我是隔牆守望的向日葵
太陽會灼傷妳的明眸
月亮會揭露妳的黥臉
日與夜是永被隔絕的世界
伊蓮娜
愛情鎖在惡龍看守的古堡
我們的心是唯一的鑰匙

人們卻說
黑夜是佛陀慾望的面具
當我向著太陽
在千萬隻眼睛監視下
如何鑿牆穿窬
變身為
戴著面具的偷花賊

二：雲水誓約

伊蓮娜
妳如何向我詮釋
紅樓隔雨相望冷
珠箔飄燈獨自歸
這是雲與水　永難兌現的誓約嗎
這是緣與命　鏤刻的碑文嗎
這是妳與我　被人排定的劇情嗎

或者　這只是
詩人浮生若夢的幻影
伊蓮娜
密雨如針如鋼絲如網羅如
千萬隻交相責罵的手指
我將如何穿越
優雅地走到妳窗前
高聲悲唱著〈上邪〉
紅樓是華麗的雷峰塔
妳的靈魂是蛇
能爬過貼滿教條的封印嗎
珠箔洩漏燈火 是妳充血的眸子
天已荒　地已老
我能回去哪裡
吾兒還被鎖在冰冷的精子銀行
仰望巨塔　我們將如何等到
崩山嘯海的哭喊

三：我們裸身若蛇

伊蓮娜
我們回到神話與夢吧
沒有牌坊
沒有誡條
沒有串聯如鎖鍊的眼睛
沒有鋪排如鐵軌的嘴巴
我們裸身若蛇
交纏成一叢垂掛曠野的藤蔓
離開上帝獨佔的 EDEN 吧
荊棘滿地算什麼
蒺藜滿地算什麼
當妳從我的肋間發芽
長成一株被禁食的無花果
我們就已明白
塵泥混合的連體

火焰之劍如何能分割
伊蓮娜
站在巫山的峰頂
我不是王　是渴慕的化身是所有男人的夢是洪荒的獸
妳不是神　是情愛的天體是所有女人的夢是洪荒的獸
陽臺向著天日袒露
準備受孕的子宮
朝雲從妳燃燒的雙眸冉冉升起
我將它裁剪作靈魂的焚化爐
暮雨在妳胯間飄落成潺潺的溪流
我的胴體寧願沈底　固結為不被開鑿的岩石
欲望是盤古精液餵養的蟲
從《道德經》第一頁爬出
在夢中化蝶　翅膀鐫刻前世今生的誓約
伊蓮娜
妳是一朵曇花
不必開在黑夜

我是一株向日葵
無須隔牆守望
究竟第幾世　能將神話與夢寫成不被竄改
只載記著我們名字的歷史

原刊乾坤詩刊五十六期　二〇一〇年七月

文學叢書 516

INK PUBLISHING

窺夢人

作　　者　顏崑陽
總 編 輯　初安民
責任編輯　陳健瑜
美術編輯　林麗華　陳淑美
校　　對　顏崑陽　吳美滿　劉于倫

發 行 人　張書銘
出　　版　INK 印刻文學生活雜誌出版有限公司
新北市中和區建一路 249 號 8 樓
電話：02-22281626
傳眞：02-22281598
e-mail：ink.book@msa.hinet.net
網　　址　舒讀網 http：//www.sudu.cc

法律顧問　巨鼎博達法律事務所
施竣中律師
總 代 理　成陽出版股份有限公司
電話：03-3589000（代表號）
傳眞：03-3556521
郵政劃撥　19000691　成陽出版股份有限公司
印　　刷　海王印刷事業股份有限公司

出版日期　2016 年 12 月　初版
ISBN　978-986-387-132-3

定　價　350 元

國家圖書館出版品預行編目資料

窺夢人／顏崑陽 著；
--初版，--新北市：INK印刻文學，
2016.12　面；　公分（文學叢書；516）
ISBN 978-986-387-132-3（平裝）
855　　105019456